महात्मा गांधी की झारखंड यात्रा

महात्मा गांधी की झारखंड यात्रा

अनुज कुमार सिन्हा

प्र
प्रभात प्रकाशन

प्रकाशक • **प्रभात प्रकाशन प्रा. लि.**
4/19 आसफ अली रोड,
नई दिल्ली–110002

संस्करण • 2025
मूल्य • चार सौ रुपए
मुद्रक • आर–टेक ऑफसेट प्रिंटर्स, दिल्ली

MAHATMA GANDHI KI JHARKHAND YATRA
by Shri Anuj Kumar Sinha ₹ 400.00
Published by Prabhat Prakashan Pvt. Ltd, 4/19 Asaf Ali Road, New Delhi-2
e-mail: prabhatbooks@gmail.com ISBN 978-93-5322-319-9

यह पुस्तक महात्मा गांधी के अनुयायी टाना भगतों को समर्पित है। इनके जीवन पर गांधी का गहरा असर रहा है। स्वतंत्रता आंदोलन में भी टाना भगतों की महत्त्वपूर्ण भूमिका रही। ये सादा जीवन जीते हैं। मांस-मदिरा से दूर रहते हैं, श्वेत वस्त्र धारण करते हैं, गांधी टोपी पहनते हैं, अपने साथ तिरंगा रखते हैं। महात्मा गांधी के प्रति इनकी भक्ति-श्रद्धा कितनी रही है, इसका अंदाजा इसी बात से लगाया जा सकता है कि रामगढ़, गया का कांग्रेस अधिवेशन हो या कोलकाता का, ये राँची के आसपास के गाँवों से पैदल ही अधिवेशन स्थल पर पहुँच जाते थे, ऐसे टाना भगतों को यह पुस्तक समर्पित।

प्रेरक दस्तावेज

गांधी भारत के आखिरी नायक हैं, जो देशों की भौगोलिक दूरी व परिधि और भाषा-संस्कृति की सरहदें पार कर दुनिया में विश्व नायक के रूप में स्थापित हैं। सिर्फ मूर्तियों के रूप में नहीं या संस्थानों के नामकरण के कारण विश्वव्यापी नहीं हैं। उनके विचारों, नेतृत्व व खूबियों का प्रभाव और फैलाव दिन-ब-दिन दुनिया में बढ़ रहा है। दुनिया के श्रेष्ठ विश्वविद्यालयों, संस्थानों के अध्ययन-अध्यापन में शामिल होते गांधी और उनके प्रासंगिक होते विचारों से हम जान सकते हैं। उनके जीवन के अलग-अलग पहलुओं पर लगातार आ रही किताबों से भी उनके बारे में बढ़ती रुचि हम समझ सकते हैं। यह संयोग है कि पिछले तीन साल से यानी 2016 से 2019 के बीच गांधीजी की चर्चा और बढ़ी है। 2016 में चंपारण सत्याग्रह शताब्दी वर्ष की शुरुआत हुई, 2017 में सत्याग्रह शताब्दी वर्ष पर आयोजनों का सिलसिला चला। 2018 में गांधीजी के 150वें जयंती वर्ष की शुरुआत हुई है, अक्तूबर 2018 से अक्तूबर 2019 तक पूरी दुनिया में गांधीजी को केंद्र में रखकर विविध आयोजन होने हैं, हो रहे हैं। इस क्रम में गांधीजी के विविध आयामों से जुड़ी पुस्तकों को, दस्तावेजों को देखने की कोशिश की—खरीदकर, लाइब्रेरी से फोटोकापी करवाकर। साथियों-प्राध्यापकों-शोधार्थियों-पत्रकारों-विद्वज्जनों के सहयोग से। चंपारण सत्याग्रह शताब्दी वर्ष पर बिहार को केंद्र में रखकर भी कई नई पुस्तकें आईं, प्रायः अधिसंख्य पुस्तकों को देखने का मौका मिला, लेकिन एक बात खटकती रही कि देश-दुनिया में गांधीजी पर इतनी बातें हो रही हैं, उनकी गतिविधियों से जुड़े छोटे-छोटे दस्तावेज भी बड़े रूप में, बड़े फलक पर सामने आ रहे हैं, पर गांधीजी के उन दिनों के दक्षिण बिहार (अब झारखंड) की यात्राओं का अध्याय क्यों छूटता जा रहा या नहीं आ पा रहा, जबकि चंपारण सत्याग्रह आंदोलन को एक आकार देने में दक्षिण बिहार, यानी अब का झारखंड एक अहम केंद्र की तरह था।

चंपारण सत्याग्रह के बारे में हम सब जानते हैं। 1917 में ही चंपारण सत्याग्रह के 100 वर्ष हुए। गांधीजी राजकुमार शुक्ल व उनके साथियों के आग्रह पर चंपारण आए। वह ट्रेन के तीसरे दर्जे से उतरे। मुजफ्फरपुर में उन्हें स्टेशन से लेने गए थे अपने विद्यार्थियों के साथ आचार्य कृपलानी। पहचान नहीं सके। वह एक अलग कथा है। अफ्रीका में ही दुनिया स्तर पर पहचान बना चुके गांधी रेल के तीसरे दर्जे से बिल्कुल किसान की तरह कपड़े पहने मोटरी-गठरी लेकर उतरे। कृपलानीजी व उनके छात्र उच्च दर्जों में, अच्छे पहनावे में उन्हें ढूँढ़ रहे थे। गांधी कैसे असाधारण, महान् थे, यह सब बताते हुए आचार्य कृपलानी ने यह प्रसंग लिखा है। चंपारण में गांधी ने किस तरह काम किया ? चंपारण सत्याग्रह के 100 साल पूरे होने पर दुनिया ने पुनः उसे नए सिरे से स्मरण किया। इसके पहले मानव इतिहास में बदलाव की एक ही धारा मान्य थी मैकियावली का दर्शन। मैकियावली इटली के राजनीतिक भाष्यकार या दार्शनिक हुए, जिन्होंने 'द प्रिंस' किताब लिखी। यह किताब राजनीतिक दर्शन है कि सत्ता कैसे हासिल की जाती है ? इसका मूल सारांश है कि अनीति से, षड्यंत्र से, हिंसा से, दुरभिसंधि से, झूठ, छल, छद्‍म किसी रास्ते सत्ता पर काबिज होना या सत्ता पाना व हथियाना जायज या सही है। फिर सत्ता पाकर समाज बदलाव की राजनीति शुरू होती है। इस राजनीतिक दर्शन के गर्भ से फ्रांस, रूस, चीन समेत न जाने कितने देशों में हिंसक क्रांतियाँ हुईं। इन सब के राजनीतिक दर्शन या क्रांति के सैद्धांतिक अवधारणा में यह माना गया कि साधन व साध्य में कोई रिश्ता नहीं है। यह इतिहास की सशक्त व एकमात्र धारा या धुरी रही, समाज बदलाव या क्रांतियों की। पर मानव इतिहास में बदलाव की दूसरी धारा गांधी के साथ शुरू हुई। गांधी ने कहा—नहीं, समाज बदलाव, सत्ता परिवर्तन या बदलाव के आंदोलनों में साधन व साध्य के बीच गहरा रिश्ता है। पवित्र मकसद, ऊँचे आदर्श, सात्त्विक साध्य या महान् लक्ष्य, श्रेष्ठ व ऊँच नैतिक साधनों या मूल्यों को अपनाकर ही पाए या हासिल किए जा सकते हैं। यह एक नई सोच थी, महान् लक्ष्य, षड्यंत्र, झूठ, फरेब, जालसाजी के सहारे नहीं पाए जा सकते। इस तरह पश्चिम के मैकियावली के समानांतर मानव इतिहास में बदलाव की एक दूसरी नींव गांधी से पड़ी। गांधी के इसी दर्शन से कि साधन और साध्य के बीच गहरा रिश्ता है। बदलाव के इसी मंत्र का पहला प्रयोगस्थल व गवाह बना बिहार का चंपारण। इस तरह मानव इतिहास में मैकियावली के समानांतर पहली बार एक नया दर्शन आया कि मनुष्य, समाज या समूह, महान्

लक्ष्य पाना चाहते हैं, तो उसके अनुरूप उनको पाने का साधन भी पवित्र, नैतिक, सात्त्विक और शुचिता संपन्न होना चाहिए। मानव समाज और संसार के लिए यह बिल्कुल नया प्रयोग था। चंपारण का यह प्रयोग जब शुरू हुआ, अंग्रेजों ने गांधी को बातचीत के लिए न्योता। उन दिनों बिहार की ग्रीष्मकालीन राजधानी राँची हुआ करती थी। गांधी को बार-बार बातचीत के लिए राँची आना-जाना पड़ा। अंग्रेजों से चंपारण भूमि सुधार आंदोलन से संबंधित महत्त्वपूर्ण बातचीत राँची में हुई। उन दिनों की गांधी की राँची यात्रा के बारे में लोगों को लगभग जानकारी नहीं है। तब से लेकर अपने जीवन के अंत तक गांधी तत्कालीन अविभाजित बिहार के दक्षिण भाग (अब झारखंड) के सुदूर आदिवासी इलाकों में गए। यह सब जानकारी नहीं मिलती थी। अनुज कुमार सिन्हा की यह पुस्तक इसी दिशा में एक महत्त्वपूर्ण काम है।

गांधी तो निरंतर यात्राओं में ही रहते थे। उनकी यात्राओं में दक्षिण बिहार (अब झारखंड) से, विशेषकर राँची से उनका गहरा रिश्ता रहा है। राजनीतिक-सामाजिक-सांस्कृतिक सरोकार के साथ। रामगढ़ का वह ऐतिहासिक कांग्रेस अधिवेशन गांधी के राजनीतिक जीवन का अहम पड़ाव या टर्निंग प्वॉइंट न भी हो, तो भी उसकी गणना देश की महत्त्वपूर्ण परिघटनाओं में की जाती है। सबसे ज्यादा टाना भगतों के आंदोलन से गांधी का प्रभावित होना और फिर बाद में टाना भगतों का गांधी के कहे अनुसार अपने झंडे को बदल लेना आदि इतिहास के महत्त्वपूर्ण बिंदु हैं। आज टाना भगतों पर सकारात्मक चर्चा जरूरी है। दुनिया में चंद दुर्लभ और चुनिंदा समुदायों में से है झारखंड का टाना भगत समुदाय। आज भी तमाम बनाव-बदलाव या बिगड़ाव के बावजूद रोजमर्रा के जीवन में गांधी के सत्य-अहिंसा-श्रम-ईमानदारी-कर्मठता के बुनियादी सिद्धांतों पर टाना भगत जीवन जीते हैं। अब के समय में अधिक से अधिक लोगों तक उनकी प्रार्थना पहुँचे, इसकी कोशिश होनी चाहिए। टाना भगतों की प्रार्थना का गांधी के विचारों-जीवन से गहरा रिश्ता रहा होगा। बदन पर सफेद कपड़े, माथे पर सादी टोपी, हाथ में घंटी, सामने चरखावाला तिरंगा, फिर वे सस्वर अपनी स्थानीय भाषा में अपने ईश्वर यानी धर्मेश का स्मरण कर जितनी निश्छलता से जो प्रार्थना करते या कहते हैं, वह दुर्लभ है। वे कहते हैं कि हे धर्मेश, इस दुनिया में शांति बनाए रखना, सृष्टि और प्रकृति को सुरक्षित रखना, बरखा-बुनी देना, ताकि सब खेती कर सकें। खेती से आय हो, तो सब खुशहाल रहें। अपने बाल-बच्चों का पालन-पोषण के

साथ कुटुंब से भी रिश्ता बनाए रखें। आगे वे जोड़ते हैं कि खेती के लिए जा रहे हैं, अनजाने में माटी में समाए कुछ जीवों की हत्या भी होगी, उसके लिए क्षमा करना। खेती किए बिना रह नहीं सकते और उसमें अनजाने में यह पाप हो जाता है। सोचकर देखिए तो दुनिया की कुछ निश्छल प्रार्थनाओं में इसकी गणना होगी। यह झारखंड से निकली प्रार्थना है। उस समुदाय की प्रार्थना है, जिससे गांधी गहरे स्तर तक प्रभावित हुए थे और बाद में यह समुदाय गांधी से प्रभावित होकर गांधी का ही हो गया।

टाना भगत समुदाय के लोग जिस इलाके में रहते हैं, उसकी पहचान कभी नक्सल प्रभावित इलाके के रूप में रही है। इनके बारे में मेरी टाइलर ने नक्सली आंदोलन पर सबसे चर्चित किताब लिखी 'माय इयर्स इन इंडियन प्रिजन'। 1969-70 में नक्सल आंदोलन सारे इलाके में होता या फैलता रहा, पर टाना भगतों के बीच नहीं गया। ये जहाँ भी रहे, कोई अपराध नहीं होता। होते भी होंगे, तो न्यूनतम घरों में ताले पहले नहीं होते थे। किसी ने बताया कि इनके बीच से एक गाँव से दो-तीन विधायक हुए, तो वे सब गाँव में ही रहते थे। इस तरह यहाँ गांधी के शांतिपूर्ण सह-अस्तित्व का आज भी असर है। आज देश और दुनिया में हैपीनेस इंडेक्स, यानी कौन सा देश या समाज खुश है, इसको मापने का दौर चल रहा है। अगर टाना भगतों के बीच खुशी-आनंद यानी हैपीनेस मापा जाए तो शायद यह दुनिया के सबसे सुखी लोगों में से होंगे। उसी तरह आज भी गांधी के साथ अपनी आस्था से जुड़े हुए।

यहाँ टाना भगतों की प्रार्थना की चर्चा इसलिए की, ताकि पता चल सके कि गांधी के जीवन में प्रार्थना का कितना महत्त्व था, यह हर कोई जानता है। आजीवन वे प्रार्थना के बिना नहीं रहे। वह प्रार्थना को बहुत अनिवार्य मानते थे, जहाँ सभी धर्मों या उपासना पद्धति की चीजें प्रार्थना के रूप में रखी जाएँ। उनकी प्रार्थना केवल रस्म अदायगी नहीं, जो आज मंदिरों या अन्य जगहों पर दिखाई देती है। प्रार्थना के बारे में वे ढेरों चीजें बताते हैं। उनमें से एक का उल्लेख—

गांधी कहते थे, "Prayer is not to be performed with the lips but with the heart. We have to offer our weaknesses, our passions, our narrowness into the purifying fire, so that we may be cleansed. Then and then only our prayers would be heard."

(प्रार्थना महज होंठ या शब्दों से नहीं, बल्कि दिल से की जानी चाहिए। हमें अपनी कमजोरियों, अपनी इच्छाओं, अपनी संकीर्णताओं को शुद्ध करने वाली

अग्नि पर चढ़ाना या होम करना है, ताकि हम शुद्ध हो सकें। तब हमारी प्रार्थना सुनी जाएगी।)

अनुज कुमार सिन्हा ने जब बताया कि वे झारखंड में गांधी की यात्रा, प्रवास और उस समय उनकी गतिविधियों का दस्तावेजीकरण करने जा रहे हैं, तब आंतरिक खुशी हुई कि इतिहास का एक छूटा हुआ जरूरी अध्याय पूरा होने जा रहा है। इस बात से भी आश्वस्त था कि गुणवत्ता की दृष्टि से यह बेहतर काम होगा। कारण, अनुज सिन्हा जिस काम को हाथ में लेते हैं, उसे जिद्द, जुनून, लगन और समर्पण के साथ पूरा करते हैं। इस किताब की पांडुलिपि से जब गुजर रहा था तो कई अनजाने अध्याय सामने खुल रहे थे। यों तो गांधी का व्यक्तित्व-कृतित्व खुद ही एक अथाह समंदर की तरह है, ज़िसमें जितनी डुबकी लगाई जाए, हर बार नए मोती मिलते हैं। अनुज की इस किताब को पढ़ते हुए वैसे ही कई मोती मिले। कई नई जानकारियाँ मिलीं। एक-एक छोटी घटनाओं को इस किताब में लिया गया है। इस किताब के आरंभ में ही 13 जनवरी, 1927 का एक प्रसंग है। गांधी कतरास गए थे। कोयला मजदूरों को संबोधित किया था। उन्होंने जो कहा, वह विस्तार से इस किताब में है। एक अंश है—"झरिया एक ऐसी जगह है, जो भारत के सभी हिस्सों से पूँजीपतियों और मजदूरों, दोनों को अपनी ओर खींच लेती है। यहाँ के निवासी मुख्य रूप से मजदूर हैं, इसलिए कुछ कहना चाहता हूँ। मैं अपने को भी एक मजदूर ही कहता रहा हूँ। जब मुझसे कोई मेरा धंधा पूछता है तो मैं अपने आपको एक बुनकर या किसान बताता हूँ। बल्कि मैं तो चाहूँगा कि लोग मुझे भंगी भी कहे। भंगी के पेशे को नीची निगाह से नहीं देखा जाना चाहिए। मेरी माँ या वस्तुत: सबकी माँ वही काम करती है जो एक भंगी करता है। क्या इसकी वजह से आप अपनी माँ से घृणा करते हैं? यदि मेरे बाल्यकाल में मेरी माँ ने मेरी खातिर भंगी का काम नहीं किया होता, तो मैं इतने दिनों तक जीवित नहीं रह सकता था और न आपके बीच भाषण देने आता। पेशे के कारण भंगी को नीची निगाह से नहीं देखा जाना चाहिए। जब तक किसी आदमी का दिल मैला न हो, तब तक कोई कारण नहीं कि उसे नीच समझा जाए, भले ही उसका पेशा कितना नीच क्यों न हो।" कतरास में गांधी का भाषण लंबा होता है। सारे बिंदु इस किताब में शामिल हैं। स्वच्छता पर, अस्पृश्यता पर, शराब व नशाखोरी पर, खादी पर, देश के लिए अपना सहयोग योगदान करने पर।

इस किताब में अगला अध्याय रामगढ़ के कांग्रेस अधिवेशन का है। रामगढ़

में कांग्रेस का ऐतिहासिक अधिवेशन हुआ वर्ष 1940 में। मार्च का महीना था। राँची और छोटानागपुर के इलाके में मौसम का अपना मिजाज रहता था। मार्च में जोरदार बारिश होने लगती है। डॉ. राजेंद्र प्रसाद इस अधिवेशन के स्वागताध्यक्ष होते हैं। रामगढ़ अधिवेशन में एक प्रदर्शनी भी है, जिसका उद्‍घाटन करने गांधीजी पहुँचते हैं। भारी बारिश के बीच प्रदर्शनी का भी उद्‍घाटन होता है और ऐतिहासिक कांग्रेस अधिवेशन में गांधी समेत तमाम नेताओं का भाषण भी। यह एक ऐसा अध्याय है, जिसे जानना जरूरी है। आज जब पार्टियों के सम्मेलन का रूप-स्वरूप-प्रारूप पूरी तरह बदल चुका है, तब इस ऐतिहासिक राजनीतिक सम्मेलन की तैयारी या होने को जानना प्रेरक है। इस अधिवेशन में गांधीजी का भाषण पढ़ने लायक है। सविनय अवज्ञा, संविधान सभा आदि पर तो वे बोलते ही हैं, भारतीय सभ्यता और श्रम-ज्ञान की परंपरा की चर्चा भी की। नई पीढ़ी को गांधी के इन प्रसंगों को बताया जाना चाहिए, ताकि आदमी में आदमीपना या इनसान में इनसानियत बचा-बना रहे। आज जो चुनौतियाँ हैं, उनमें सबसे बड़ी चुनौती इनसानियत, आदमीपना खत्म होना ही है। यह स्थिति क्यों आई, इसके लिए कौन जिम्मेवार है, इसका जवाब इतना आसान नहीं। सवाल है कि जब भारतीय परंपरा इतनी मजबूत थी, तो यह लड़खड़ाहट कहाँ से शुरू हुई? गांधी इसका जवाब बार-बार देते थे। 'गीता' गांधीजी की प्रिय पुस्तक थी। उन्होंने गीता पर एक टिप्पणी लिखी, 'अनाशक्ति योग' पुस्तक के रूप में। उसमें पेज 41 पर लिखते हैं—'उत्तम पुरुष जो-जो आचरण करते हैं, उसका अनुसरण सामान्य लोग करते हैं। जिस आदर्श को उत्तम पुरुष प्रमाण बनाते हैं, उसका सामान्य लोग अनुसरण करते हैं।' गांधी ऐसे ही थे। वे साहस के साथ अपनी बात कहते थे।

अनुज की इस किताब में राँची, झरिया, धनबाद, जमशेदपुर, चाईबासा, गिरिडीह, गोमिया, देवघर, हजारीबाग, कतरास समेत कई जगहों पर गांधी के जाने, उनकी सभा का विस्तार से वर्णन है। हर अध्याय में एक-एक छोटी चीजों को, एक-एक प्रसंग को जिस तरह से दर्ज किया गया है, उसमें नयापन का बोध है। चाहे वह देवघर में गांधी पर हमला का प्रसंग हो या हजारीबाग में छात्रों के बीच गांधी का उद्‍बोधन या फिर गिरिडीह में गौशाला के महत्त्व व उसके प्रबंधन पर उनका व्याख्यान। इस पुस्तक के हरेक अध्याय में गांधी का विवरण किस प्रकार से है, झारखंड में गांधी की गतिविधियाँ किस तरह की रहीं, गांधी ने कब-कब क्या कहा, उनके साथ क्या व्यवहार हुआ या उन्होंने दूसरों के साथ कैसा

व्यवहार किया, यह खुद ही सिलसिलेवार रूप से पूरी किताब पढ़कर जानेंगे तो एक अलग अनुभूति होगी।

लगातार गांधी को समझने की कोशिश के आधार पर जो समझ पाया हूँ, उस आधार पर यह सवाल मेरे मन में बार-बार आता है कि कोई एक व्यक्ति एक साथ इतने विषयों पर, देश के लगभग हर इलाके में जाकर, हर विषय पर इतनी दक्षता से कैसे काम कर सकता है? साधारण तरीके से रहनेवाला कोई इनसान इतना प्रभावी कैसे हो सकता है? झारखंड से ही गांधी से जुड़े जितने प्रसंग हैं, उनसे गुजरते हुए फिर से यही बात दिमाग में है कि साधारण तरीके से रहनेवाले गांधी कितने असाधारण थे? कैसे-कैसे सुदूरवर्ती इलाके में जाकर प्रभावित किया लोगों को? यह अहसास आंध्र प्रदेश में भी एक बार जाने पर हुआ। 1982-83 की बात है। उड़ीसा और आंध्र की सीमा पर गया श्रीकाकुलम इलाके में। यह नक्सल क्षेत्र था। नागभूषण पटनायकजी से मिलना था, जिनको फाँसी की सजा हो चुकी थी। बड़े नक्सली नेता थे। हम युवा थे, इच्छा हुई, मिलने पहुँचे। सुदूर पहाड़ी जंगली क्षेत्र। वहाँ कोई और भाषा नहीं समझता था, पर वहाँ जो आदिवासी थे, वे गांधी को याद करते थे। एक और प्रसंग है। 2019 के आरंभ में उडलीकांचन गया। यह महाराष्ट्र का एक गाँव है। पुणे से करीब 50 किलोमीटर दूर। वहाँ प्राकृतिक चिकित्सालय है। उस चिकित्सालय को देखकर चकित हो गया। गांधी की प्रेरणा से एक एकड़ जमीन में उसकी शुरुआत हुई थी। गाँव व आसपास के लोगों ने अपनी कमाई से सहयोग करके उसका विस्तार 20 एकड़ में करवा दिया। अब देश भर के लोग वहाँ इलाज करवाने जाते हैं। गांधी को खुद मैं अपने गाँव से याद करता हूँ। मैं जिस गाँव से आता हूँ, संयोग से जयप्रकाशजी का पैतृक गाँव है। जब गांधीजी नहीं रहे, तो उस गाँव में जे.पी. ने एक परंपरा शुरू की कि 12 फरवरी को प्रतिवर्ष गांधी की स्मृति में एक सभा होगी। बहुत पिछड़ा गाँव था। अब वह बहुत बदला है। लोग इकट्ठा होते थे, तब गांधी की चर्चा होती थी। उसका असर यह रहा कि बहुत दिनों तक यह परंपरा चलती रही कि वहाँ शराब और बाकी चीजें नहीं जाती थीं। एक नैतिक जीवन था। बहुत सारे लोगों ने स्वेच्छा से बड़ी-बड़ी संस्थाओं को सामाजिक काम के लिए आगे बढ़कर जमीन-संपत्ति दान की। ऐसे अनेकानेक प्रसंग हैं, जिनसे मालूम चलता है कि आज भी गांधी किस-किस रूप में, किस-किस तरह जिंदा हैं। 1991 के उदारीकरण के बाद खासतौर पर बेहतर जीवन, सुविधाओं की आकांक्षा बढ़ी है।

आज भोग की भूख है। गांधी ने बहुत स्पष्ट 'मेरे सपनों के भारत' में कहा, 'भारत अपने मूल स्वरूप में कर्मभूमि है। भोग भूमि नहीं। यह हमें स्पष्ट रूप से समझना होगा। हमें यह सवाल करना चाहिए कि आधुनिक जीवन पद्धति, विकास मॉडल, क्या शांतिपूर्ण सह-अस्तित्व के अनुकूल हैं?' गांधीजी के विचार रास्ता दिखाते हैं कि आदर्श जीवन, सुखी जीवन, समाज और देश बनाने का काम कैसे आज की तारीख में भी संभव है। गांधी के 150वें जन्मवर्ष पर यह बात हर मन व घर तक पहुँचे कि नया रास्ता हमें कैसे अपनाना है? कैसे हम मानवीय बनें, तो हमें एक रास्ता मिलेगा गांधी को अपनाकर।

छोटे-छोटे इलाके में गांधी की यात्राओं को, गांधी के कामों को आज इसलिए भी याद करना जरूरी है कि दुनिया स्तर पर जोड़नेवाली ताकतें कम हैं। इस संदर्भ में गांधी एकमात्र उस प्रखर रोशनी की तरह मौजूद हैं, जिससे भविष्य का रास्ता दिखता है। विल डूरंट ने कहा था कि 'इतिहास वह प्रकाश है, जो वर्तमान को स्पष्ट करता है, साफ करता है और भविष्य का रास्ता दिखाता है।' 'रीडर्स डाइजेस्ट' पत्रिका का जब 50वाँ विशेषांक निकला, लुइश फिशर ने उसमें गांधी से संबंधित एक लेख लिखा। उस लेख का प्रसंग है। एक बार मुंबई के एक सख्त धनकुबेर या संगदिल धनी ने कहा कि स्वर्ग के द्वार गांधी की प्रतीक्षा में खुले थे, लेकिन गांधी ने स्वर्ग द्वारों को प्रतीक्षारत रखा। अपने जीवन के आखिरी दिन, आखिरी क्षण तक वह धरती को ही स्वर्ग बनाने में लगे रहे। धरती को जीते जी इनसान आपस में मिलकर कैसे स्वर्ग बना सकें, यह रास्ता तो गांधी ही बताते हैं, इसलिए उनकी 150वीं वर्षगाँठ पर यह किताब महत्त्वपूर्ण है।

अनुज सिन्हा ने पहले भी 'झारखंड के पर्यावरण (बरगद बाबा का दर्द)', 'झारखंड आंदोलन (शोषण, संघर्ष और शहादत, अनसंग हीरोज ऑफ झारखंड मूवमेंट)' वगैरह पर महत्त्वपूर्ण काम किया है। उनकी इन किताबों की सराहना बड़े स्तर पर हुई है। इस किताब में अनुज सिन्हा ने एक अहम इतिहास का दस्तावेजीकरण किया है। इतिहास जानना इसलिए भी महत्त्वपूर्ण है कि भविष्य के सपनों या भविष्य की भव्य इमारत, इतिहास की पुख्ता नींव पर ही खड़ी हो सकती है। इस दृष्टि से यह उल्लेखनीय काम है। भविष्य के इतिहास निर्माण में या बदलाव की राजनीति में एक महत्त्वपूर्ण प्रयास। पत्रकारिता में भी अनुज सिन्हा अपनी निष्ठा, प्रतिबद्धता और काम के लिए जाने जाते हैं। अब पत्रकारिता में बड़ा बदलाव आया है। निष्ठापूर्वक पत्रकारिता करते हुए समाज के महत्त्वपूर्ण सवालों

पर या इतिहास के अनछुए प्रसंगों पर श्रमपूर्वक काम करना लगातार कम हो रहा है। खासतौर से हिंदी पत्रकारिता में। अनुज सिन्हा की पहले की पुस्तकें और यह पुस्तक 'महात्मा गांधी की झारखंड यात्रा' इस दिशा में नए पत्रकारों के लिए भी मार्गदर्शक या पाथेय है।

—हरिवंश
उपसभापति, राज्यसभा
नई दिल्ली

प्रस्तावना

महात्मा गांधी पर देश-दुनिया में हजारों किताबें प्रकाशित हो चुकी हैं। हर साल दर्जनों पुस्तकें छप भी रही हैं। लगभग हर भाषा में। भारत समेत पूरी दुनिया में गांधी पर शोध हो रहा है। कई देशों के विश्वविद्यालयों में गांधीजी को पाठ्यक्रम में शामिल किया गया है, ताकि लोग गांधीजी के महत्त्व और उनकी विचारधारा को समझ सकें। विदेशों से शोधार्थी गांधीजी पर अध्ययन करने के लिए भारत आते हैं। सच यह है कि गांधीजी के विचार आज से सौ साल पहले भी प्रासंगिक थे, आज भी हैं और आनेवाले दिनों में भी रहेंगे। ऐसी स्थिति में यह बात उठ सकती है कि 'महात्मा गांधी की झारखंड यात्रा' नामक इस पुस्तक की जरूरत क्यों पड़ी? इसका बहुत सीधा सा जवाब है—गांधीजी ने कई बार झारखंड (तब बिहार का हिस्सा था) क्षेत्र का दौरा किया था, लेकिन उन दौरों की जानकारी आसानी से उपलब्ध नहीं है। यह पुस्तक उसी कमी को पूरा करेगी। गांधीजी ने पूरे देश का दौरा किया, देश को समझा। हजारों सभाएँ कीं। अनेक अभियान और आंदोलन चलाए। इन सब पर लेखकों ने बहुत कुछ लिखा है। लेकिन झारखंड क्षेत्र में उनके दौरे पर काम नहीं के बराबर हुआ है। अखबारों में छिटपुट या कभी-कभार खबर छपती रही कि गांधीजी ने अमुक जगह का दौरा किया था। इन दौरों का उद्देश्य क्या था, कब आए थे, आने के बाद सभा या बैठकों में क्या भाषण दिया था, उनके साथ कौन-कौन थे, उनके आने का क्या असर हुआ था, इसकी जानकारी किसी एक किताब या पत्रिका में नहीं है। जो सामग्री है भी, वह बिखरी पड़ी है। उस दौरान के कुछ अखबारों ने, कुछ पत्रिकाओं ने जरूर इस बारे में कुछ लिखा था; लेकिन ऐसी सामग्री आसानी से उपलब्ध नहीं है। उस दौर के कुछ प्रमुख लोगों ने समय-समय पर अपने संस्मरण लिखे, जिनमें कुछ जानकारियाँ हैं। इन सभी को एक जगह पर जमा कर पाठकों को गांधीजी की झारखंड यात्रा के बारे में अधिक-से-अधिक जानकारी देना ही

इस पुस्तक का प्रमुख उद्‌देश्य है। इस पुस्तक से पता चलेगा कि कैसे गांधीजी झारखंड में दो बार बाल-बाल बचे थे, कैसे उन पर हमला हुआ था, कैसे उनकी कार दुर्घटनाग्रस्त हो गई थी। इसी पुस्तक से पता चलेगा कि गांधीजी ने संत कोलंबा कॉलेज, हजारीबाग में कैसे छात्रों के चरित्र निर्माण पर जोर दिया था। कैसे गांधीजी ने साफ रहने के लिए, शराब और सामाजिक बुराइयों से दूर रहने के लिए लोगों को सलाह दी थी। इस पुस्तक से पता चलेगा कि कैसे गांधीजी ने तब टाटा कंपनी में हड़ताल को खत्म कराने के लिए बड़ी भूमिका अदा की थी। गांधीजी के भाषणों के माध्यम से उस समय की झारखंड की स्थिति और यहाँ के लोगों के रहन-सहन, सोच की भी झलक इस पुस्तक में मिलेगी।

चंपारण आंदोलन के संबंध में बिहार-ओडिशा के लेफ्टिनेंट गवर्नर से बातचीत करने के लिए महात्मा गांधी पहली बार राँची 1917 में आए थे। उसके बाद भी उनका कई बार राँची आना हुआ। जमशेदपुर, धनबाद, झरिया, देवघर, हजारीबाग, डालटेनगंज, गिरिडीह, चाईबासा, चक्रधरपुर, गोमिया, बेरमो, मधुपुर आदि जगहों पर गए। भाषण दिया, सभाएँ कीं। गांधीजी जिन जगहों पर जाते थे, प्रयास करते थे कि वहाँ की प्रमुख संस्थाओं में भी जाएँ, लोगों से मिलें। ऐसा उन्होंने झारखंड क्षेत्र में भी किया। यहाँ भी कई संस्थाओं का दौरा किया। ताज्जुब की बात यह है कि उन संस्थाओं के लोग भी नहीं जानते कि गांधीजी ने उनके संस्थान का दौरा किया था। जब उन्हें बताया गया कि गांधीजी उनके यहाँ या उनके शहर भी गए थे तो उनकी उत्सुकता देखते बनती थी। उन्हें गर्व महसूस होता था। आज से सौ साल पहले और आज की पत्रकारिता में काफी फर्क है। तब हर जगह पत्रकार होते भी नहीं थे। तब अखबारों की संख्या भी कम होती थी। पटना या कोलकाता के अखबारों में जरूर कुछ जगह मिल जाती थी। ऐसे अखबारों में पटना से प्रकाशित 'सर्चलाइट' और कोलकाता का 'अमृत बाजार' पत्रिका अखबार प्रमुख भूमिका अदा करता था। गांधीजी बहुत ही सघन दौरा करते थे। इसलिए अखबारों में अगर खबर छपती भी थी तो उनके एक-दो कार्यक्रम की ही। ऐसी स्थिति में बाकी खबरों के बारे में जानकारी मिल नहीं पाती थी। वह जमाना अलग था। खास कर तसवीर के मामले में। गांधीजी के झारखंड दौरे की बहुत कम तसवीरें उपलब्ध हैं। हर जगह उन दिनों कैमरे की सुविधा नहीं थी। जो कुछ तसवीरें ली भी गई होंगी, उनका अता-पता नहीं है। हाँ, गांधीजी के जमशेदपुर और रामगढ़ दौरे का ब्योरा उपलब्ध है। रामगढ़ में तो कांग्रेस का अधिवेशन हुआ था। इसलिए पूरे मीडिया की नजर वहाँ

थी। जमशेदपुर में टाटा स्टील के आर्काइव्स के कारण वहाँ गांधीजी की यात्रा से संबंधित जानकारियाँ मिल जाती हैं।

सौ साल पहले बिहार-झारखंड क्षेत्र तो और भी उपेक्षित था, और भी पिछड़ा इलाका था, सुविधाएँ और भी कम थीं, उसके बावजूद इस क्षेत्र का गांधीजी ने कई बार दौरा किया, क्योंकि बिहार-झारखंड के लोग राष्ट्रीय आंदोलन में सक्रिय थे। जब भी देश को जरूरत पड़ी, इस क्षेत्र के लोग सहयोग करने में पीछे नहीं हटे। चाहे वह भूकंप राहत कोष में सहयोग करने का मामला हो, देशबंधु स्मारक कोष का मामला हो या अस्पृश्यता के खिलाफ गांधीजी का दौरा, इस क्षेत्र के लोग गांधीजी की एक अपील पर हमेशा साथ रहे। दिल खोलकर साथ दिया। इसलिए आज की पीढ़ी को यह बात जाननी चाहिए कि उनके राज्य-क्षेत्र का अतीत कितना गौरवपूर्ण रहा है। इसलिए दस्तावेजों को एक जगह करना एक बड़ी चुनौती थी। गांधीजी की यात्रा की पूरी जानकारी देश-दुनिया को मिल नहीं पाती, अगर महादेव देसाई नहीं होते या गांधीजी ने 'हरिजन', 'यंग इंडिया' जैसी पत्रिकाओं में लगातार लिखकर घटनाओं का उल्लेख नहीं किया होता। महादेव देसाई गांधीजी के सचिव थे। बड़े विद्वान्, लेखन के धनी, गांधीजी उन्हें पुत्र मानते थे। जबसे वे गांधीजी से जुड़े, गांधीजी की हर यात्रा के बारे में कुछ-न-कुछ लिखा। सिर्फ कुछ जगह अपरिहार्य कारणों से वे जा नहीं सके थे। इसलिए महादेव देसाई की डायरी गांधीजी को समझने के लिए, उनके बारे में जानकारी हासिल करने के लिए बहुत ही प्रमाणिक दस्तावेज हैं। मेरे इस कार्य में महादेव देसाई की डायरी, गांधीजी द्वारा लिखे गए पत्र और 'हरिजन', 'यंग इंडिया' में छपे गांधीजी के लेख-विचार से काफी सहयोग मिला है। संपूर्ण गांधी वाङ्मय तो गांधीजी पर महाग्रंथ है। गांधीजी द्वारा दिए गए भाषणों और उनके अनुभव को जानने में इस महाग्रंथ से काफी सहायता मिली। इन सभी के प्रति आभार।

2019 में देश गांधीजी के जन्म की 150वीं वर्षगाँठ मना रहा है। इसलिए कम समय में इस पुस्तक को लिखने की चुनौती थी। इसलिए तेजी से काम करने में संभव हो कि कुछ जानकारियाँ छूट गई हों या उस दौरे की विस्तार से जानकारी नहीं दी जा सकी है। कुछ काम तो असंभव है। जिन घरों में गांधीजी गए थे या ठहरे थे, उनमें से अधिकांश या तो ढह गए या उनकी जगह नई इमारत बना दी गई। ये सब होते तो ऐतिहासिक धरोहर होते। इसलिए उनकी तसवीरें मिल नहीं पाईं। सबसे ज्यादा दुःख इस बात का हुआ कि गांधी-एडवर्ड गेट वार्त्ता की कोई

तसवीर मिल नहीं पाई। पहली बार गांधीजी झारखंड सर एडवर्ड गेट के बुलावे पर ही आए थे। इस पुस्तक को तैयार करने में मेरे परिजनों और मित्रों ने भी काफी सहायता की। सबसे बड़ी भूमिका मेरे पिता श्री सुरेंद्र प्रसाद सिन्हा की है। सरकारी सेवा से रिटायर हुए उनके 25 साल से ज्यादा हो गए। उसी समय से वे विभिन्न अखबारों में छपे लेखों का संग्रह करते रहे हैं। गांधीजी पर तो सौ से ज्यादा लेख उनके पास हैं। उन्होंने सहेज कर रखा है। गांधीजी की झारखंड यात्रा के बारे में कई रोचक जानकारी उन्होंने दी। मेरे पिता का बचपन राँची में ही बीता है। इसलिए उनके अपने संपर्क भी बहुत हैं। गांधीजी के झारखंड के कुछ सहयोगियों के साथ उन्हें मिलने और बात करने का मौका मिला था। ये सभी जानकारियाँ उन्होंने मुझे देते हुए प्रोत्साहित किया। कोलकाता में मेरे सहयोगी पत्रकार हैं—अजय कुमार और नम्रता पांडेय। इन दोनों ने नेशनल लाइब्रेरी और अन्य स्थानों से सामग्री जुटाने में सहयोग किया। मैं आभारी हूँ प्रभात खबर के पूर्व प्रधान संपादक और राज्यसभा के उप-सभापति श्री हरिवंशजी का, जिन्होंने अति व्यस्त होने के बावजूद मेरे एक आग्रह पर न सिर्फ इस पुस्तक की भूमिका लिखने के लिए समय निकाला, बल्कि समय-समय पर मेरा मनोबल बढ़ाया और किताब लिखने के लिए प्रेरित किया। पटना में मेरे साथी वरिष्ठ पत्रकार मिथिलेश का हमेशा की भाँति इस बार भी पुराने दस्तावेज खोजने में बहुत ही सहयोग मिला। कुछ पत्रिकाओं के पुराने अंक मुझे सत्येंद्र मल्लिक से मिले। राँची में पुरानी चीजों को व्यवस्थित करने में मेरे सहयोगी अजय ने साथ दिया। इन सभी का बहुत-बहुत आभार।

—अनुज कुमार सिन्हा

राँची

अनुक्रम

भूमिका : प्रेरक दस्तावेज *7*

प्रस्तावना *17*

1. सर एडवर्ड से बात करने राँची आए थे गांधीजी 23
2. रामगढ़ अधिवेशन : गांधीजी का जोरदार भाषण 53
3. जमशेदपुर : गांधीजी ने कराया था समझौता 77
4. हजारीबाग : संत कोलंबा में छात्रों के बीच भाषण 95
5. गिरिडीह : गौशाला की अर्थव्यवस्था समझाई थी 104
6. देवघर : गांधीजी की कार पर हमला 110
7. खूँटी में मुंडाओं से बात की थी गांधीजी ने 120
8. चक्रधरपुर में राष्ट्रीय विद्यालय में गए थे गांधीजी 122
9. चाईबासा मंडी में सभा की थी गांधीजी ने 124
10. कतरास : कोई पेशा छोटा नहीं होता 127
11. मधुपुर : छात्र कम हैं, शिक्षक निराश न हों 132
12. पलामू : चारों कोना में जाकर दिया था भाषण 135
13. गोमिया : संतालों की सभा में दिया था भाषण 140
14. झरिया में हिंदी में मानपत्र देखकर खुश हो गए थे 145
15. धनबाद : खद्दर पहनें, रोजगार बढ़ेगा 153

संदर्भ सूची *158*

सर एडवर्ड से बात करने राँची आए थे गांधीजी

महात्मा गांधी के पहली बार राँची आने और चंपारण आंदोलन में गहरा संबंध रहा है। गांधीजी पहली बार जून 1917 में राँची आए थे। सच तो यह है कि न

राँची का ऑड्रे हाउस, जहाँ 4 जून, 1917 को महात्मा गांधी और लेफ्टिनेंट गवर्नर सर एडवर्ड गेट की वार्त्ता हुई थी। (साभार : अमित दास)

महात्मा गांधी चंपारण आते, न उस आंदोलन का नेतृत्व करते, न ही उन्हें तत्कालीन लेफ्टिनेंट गवर्नर सर एडवर्ड गेट बातचीत के लिए राँची बुलाते। ऐसी स्थिति में गांधीजी उस समय राँची आते ही क्यों? यह सब संयोग बना। 4 जून, 1917 को

राँची में महात्मा गांधी और तत्कालीन लेफ्टिनेंट गवर्नर सर एडवर्ड गेट के बीच पहली बार वार्त्ता हुई थी। चार से छह जून तक गांधीजी राँची में ठहरे थे। चंपारण कमेटी का सदस्य होने और बैठकों में लगातार भाग लेने के कारण उसी साल अक्तूबर तक उन्हें कई बार राँची आना पड़ा। बाद में भी गांधीजी ने अलग-अलग कारणों से राँची का दौरा किया था। 1925, 1934 और 1940 में भी गांधीजी राँची आए थे। पहली बार तो उनकी पत्नी कस्तूरबा गांधी भी राँची आई थीं। बाद के दौरे में राँची में उनके हाथों से कई संस्थाओं का उद्घाटन किया गया था। उनकी यादें आज भी जिंदा हैं। इसमें कोई दो राय नहीं कि 1917 में गांधीजी के राँची आगमन के बाद से इस क्षेत्र में स्वतंत्रता संग्राम को मजबूती मिली। दक्षिण अफ्रीका से भारत लौटने के बाद गांधीजी का पहला प्रमुख आंदोलन 'चंपारण आंदोलन' ही था। इसी आंदोलन के बाद अंग्रेज सरकार को गांधीजी की असली ताकत का पता चला था। तो सबसे पहले समझना होगा कि गांधीजी को कैसे और कहाँ चंपारण के पीड़ित रैयतों और अंग्रेज जमींदारों के उन पर अत्याचार के बारे में जानकारी मिली, कैसे वे पहली बार बिहार पहुँचे और कैसे आंदोलन में भाग लेने का फैसला किया।

दरअसल महात्मा गांधी दक्षिण अफ्रीका से भारत लौटने पर 9 जनवरी, 1915 को बंबई (अब मुंबई) बंदरगाह पर उतरे थे। दक्षिण अफ्रीका में सफलता हासिल करने के बाद उन्होंने तय किया था कि अब अपने देश को आजाद कराने के लिए उन्हें भारत लौटना है। गोपाल कृष्ण गोखले की सलाह पर ही वे भारत लौटे थे। गोखले ने एक और सलाह दी थी कि एक साल तक वे पूरे देश का भ्रमण करें, जानकारी हासिल करें, लोगों से मिलें; लेकिन चुपचाप रहे। तब कांग्रेस कमजोर हो गई थी। आपस में बँटी थी। 1907 में ही कांग्रेस नरम और गरम दल में बँट गई थी। उसके बाद के अधिवेशन में कम भीड़ जुटती थी। कई बार प्रयास किए गए कि दोनों दल एक हो जाएँ, ताकि कांग्रेस मजबूत हो सके। गांधीजी के आगमन का पहला असर दिखा 1916 के कांग्रेस में। दोनों दलों के लोग इसमें आए थे। लखनऊ में इसका आयोजन किया गया था। इसमें बिहार से भी अनेक लोगों ने भाग लिया था, जिसमें कुछ किसान भी शामिल थे। इन्हीं में एक थे राजकुमार शुक्ल। बिल्कुल देहात के क्षेत्र से वे आते थे। हिंदी ही उन्हें आती थी। उसी में वे अपनी बात कहते थे। उन दिनों बाबू ब्रजकिशोर प्रसाद बिहार प्रांतीय कॉन्फ्रेंस के सभापति थे। प्रसिद्ध वकील भी थे और चंपारण के किसानों की लड़ाई भी लड़ते थे। जब राँची में लेफ्टिनेंट गवर्नर एडवर्ड गेट ने महात्मा गांधी को बातचीत के लिए बुलाया तो पटना

से गांधीजी बाबू ब्रजकिशोर प्रसाद के साथ ही राँची आए थे।

लखनऊ कांग्रेस में राजकुमार शुक्ल और ब्रजकिशोर प्रसाद गए थे। दोनों चाहते थे कि कांग्रेस चंपारण के नीलवर पर प्रस्ताव लाए। सभी जानते थे कि गांधीजी दक्षिण अफ्रीका से सफलता हासिल कर लौटे हैं और वे ही कुछ समाधान निकाल सकते हैं। इसलिए राजकुमार शुक्ल और उनके सहयोगी गांधीजी से वहीं पर मिले और प्रस्ताव लाने में सहयोग की माँग की। गांधीजी को चंपारण के किसानों के बारे में बहुत जानकारी नहीं थी। गांधीजी ने सत्य के मेरे प्रयोग में लिखा है कि चंपारण जाने के पहले उन्होंने चंपारण का नाम तक नहीं सुना था। लखनऊ कांग्रेस में राजकुमार शुक्ल ने उनसे चंपारण आने का आग्रह किया था। उन्होंने साफ-साफ कह दिया कि जब तक वे जाकर खुद मामले को देख नहीं लेते, संतुष्ट नहीं हो जाते, इस पर कुछ नहीं बोलेंगे। गांधीजी ने दोनों को कहा कि वे कांग्रेस में इस मामले को उठाएँ। ब्रजकिशोर प्रसाद ने प्रस्ताव लाया, अपनी बात रखी। उस बड़े मंच से एक साधारण किसान राजकुमार शुक्ल ने भी अपनी बात रखी। ब्रजकिशोर बाबू का प्रस्ताव पारित हो गया।

इस बीच राजकुमार शुक्ल ने गांधीजी को इस बात पर सहमत कर लिया था कि वे एक बार चंपारण की यात्रा करें। इस बीच एक घटना घटी। अचानक गांधीजी को कलकत्ता आना पड़ा। वहाँ आने के दौरान गांधीजी ने राजकुमार शुक्ल को पत्र लिखा कि वे कलकत्ता आकर उनसे मिले, ताकि चंपारण यात्रा की योजना बन सके। लेकिन वह पत्र शुक्लजी को मिलने के पहले ही गांधीजी कलकत्ता से चले गए। इसके बावजूद शुक्लजी निराश नहीं हुए। उन्होंने गांधीजी को फिर पत्र लिखा। उत्तर में गांधीजी ने 3 अप्रैल, 1917 को राजकुमार शुक्ल को टेलीग्राम कर कहा कि वे कांग्रेस की कलकत्ता में होनेवाली बैठक में भाग लेने जा रहे हैं। वहीं पर भूपेंद्र नाथ बसु के घर पर आइए। मुलाकात होगी। राजकुमार शुक्ल कलकत्ता पहुँच गए। वहाँ राजेंद्र प्रसाद भी बैठक में भाग लेने गए थे। गांधीजी भी वहाँ थे, लेकिन वे तब राजेंद्र बाबू को पहचानते नहीं थे। बैठक के खत्म होने के बाद 9 अप्रैल, 1917 को राजकुमार शुक्ल गांधीजी को लेकर पटना के लिए ट्रेन से निकल गए। दोनों देखने में किसान लग भी रहे थे। 10 अप्रैल को सवेरे वे पटना में थे। राजेंद्र बाबू को पता नहीं था कि वे दोनों पटना जा रहे हैं और वहाँ से चंपारण जाने का कार्यक्रम है। इस दौरान सबसे मजेदार बात यह हो गई कि गांधीजी को राजकुमार शुक्ल पटना में राजेंद्र बाबू के घर पर ले गए। राजेंद्र बाबू तो वहाँ थे नहीं। घर पर नौकर था। उसने

सोचा कि राजकुमार शुक्ल किसी देहाती मुवक्किल को लेकर आए हैं। इसलिए उन्हें बाहर के किसी कमरे में ठहरा दिया। वह गांधीजी को जानता नहीं था, उसे पता भी नहीं था, इसलिए उसने उन्हें कोई महत्त्व भी नहीं दिया। कुछ देर तक गांधीजी वहाँ ठहरे थे। इस बीच मजहरूल हक को गांधीजी ने जानकारी दी कि वे पटना आए हुए हैं। दोनों पूर्व परिचित थे। हक तुरंत मोटर लेकर आए और गांधीजी को अपने घर ले गए। काम पड़ जाने के कारण ब्रजकिशोर प्रसाद भी कलकत्ता में ही ठहर गए थे और गांधीजी के साथ पटना नहीं जा सके थे। हालाँकि उन्होंने अपने दो सहयोगी वकील को गांधीजी के साथ पटना भेज दिया था।

गांधीजी पटना से मुजफ्फरपुर गए। वहाँ से मोतिहारी पहुँचे। वहाँ वे गौरख प्रसाद के घर पर ठहरे थे। कुछ दिन गांधीजी वहाँ ठहर कर जानकारी हासिल कर रहे थे। आसपास के क्षेत्रों से लोग आने लगे थे। गांधीजी पास के एक गाँव जा रहे थे, जहाँ अंग्रेज नीलवरों ने रैयतों का घर लूट लिया था। रास्ते में ही कलेक्टर का फोन आया कि गांधीजी को जिला छोड़ देना है। गांधीजी ने आदेश मानने से इनकार कर दिया। तब तक राजेंद्र बाबू वहाँ पहुँच चुके थे। ब्रजकिशोर प्रसाद को भी उन्होंने बुला लिया था। यह पहला मौका था, जब गांधीजी और राजेंद्र बाबू में मुलाकात हुई थी। अब आर-पार की लड़ाई आरंभ होनेवाली थी। गांधीजी ने अपने सहयोगियों के साथ किसानों के साथ मुलाकात करने का सिलसिला जारी रखा था। रैयतों के बयान नोट किए जाने लगे। गांधीजी खुद सच्चाई की जाँच कर रहे थे। दस्तावेज तैयार किए जा रहे थे। इस बीच आशंका थी कि गांधीजी को कहीं गिरफ्तार न कर लिया जाए। गांधीजी ने तय कर लिया था कि चंपारण में रैयतों का मामला निबटाने के बाद ही अब वहाँ से हटेंगे,चाहे इसके लिए कुछ भी करना क्यों न पड़े। इस बीच अंग्रेज अफसरों के साथ पत्रों का दौर चल रहा था। सरकार चाहती थी कि गांधीजी चंपारण छोड़ दें। उन्हें नोटिस दिया गया। उनके खिलाफ मुकदमा किया गया, गलत आरोप भी लगाए गए, जिसकी आलोचना भी हुई। अंग्रेज नीलवर आंदोलन को बदनाम करने में कोई कसर बाकी नहीं छोड़ रहे थे। जब मौका मिलता, अंग्रेज अफसरों के पास शिकायत लेकर पहुँच जाते थे। इस बीच कुछ कोठियों में आग लगने की घटना घटी। इसका दोष भी गांधीजी और आंदोलन से जुड़े लोगों पर मढ़ दिया गया। गांधीजी को समन मिला कि वे 18 अप्रैल, 1914 को साढ़े बारह बजे दिन में अदालत में उपस्थित हों। निर्धारित तिथि को गांधीजी अपने सहयोगी बाबू धरणीधर, रामनवमी प्रसाद के साथ गाड़ी से अदालत जा रहे थे। इस बात की

पूरी आशंका थी कि उन्हें गिरफ्तार कर लिया जाएगा। गांधीजी ने तब पूछा भी था कि उनकी गिरफ्तारी के बाद क्या होगा? जवाब में धरणीधर ने गांधीजी से कहा, "आपके पीछे-पीछे हम सब जेल जाएँगे।" यानी तय हो गया था कि आगे क्या करना है। अदालत में गांधीजी ने खुद अपना पक्ष रखा और उन्होंने सौ रुपए जमानत भरने से इनकार कर दिया था। इसके बाद अदालत ने उन्हें जमानत दे दी थी। उन दिनों कुछ ऐसी घटनाएँ घटीं, जिससे लगा कि सरकार का गांधीजी के प्रति जो रवैया था, उसमें बदलाव आया है। सरकार ने गांधीजी पर लादे गए मुकदमे को वापस लेने की घोषणा की थी। इसके बाद 21 अप्रैल, 1917 को गांधीजी ने बिहार-ओडिशा के लेफ्टिनेंट गवर्नर के निजी सचिव के नाम एक पत्र लिखकर मामला वापस लेने और उन्हें सहूलियत देने के लिए धन्यवाद दिया था।

राँची आने का बुलावा

चंपारण की घटना राष्ट्रीय स्तर पर चर्चित होने लगी थी। गांधीजी को जिस तरीके से परेशान किया जा रहा था, उसकी भी चर्चा हो रही थी। सरकार चाहती थी कि इस मामले का जल्द-से-जल्द कोई समाधान निकले। तब बिहार-ओडिशा के लेफ्टिनेंट गवर्नर थे सर एडवर्ड गेट। गरमी के मौसम में बिहार-ओडिशा क्षेत्र की राजधानी राँची होती थी। इस दौरान लेफ्टिनेंट गवर्नर राँची में ही बैठते थे। चंपारण भी इसी क्षेत्र में आता था। सरकार की ओर से मुख्य सचिव ने 29 मई, 1917 को महात्मा गांधी को बातचीत के लिए चार जून को राँची आमंत्रित किया। पत्र में इस बात का उल्लेख था कि लेफ्टिनेंट गवर्नर सर एडवर्ड गेट महात्मा गांधी से बातचीत करना चाहते हैं। गांधीजी ने बेतिया से ही 30 मई को मुख्य सचिव को एक पत्र लिखकर जवाब दिया था। पत्र इस प्रकार है—

बेतिया, 30 मई, 1917

चंपारण में भू-संपत्ति संबंधी स्थिति के बारे में आपका 27 तारीख का पत्र मुझे मिल गया है। अगले सोमवार चार जून को दोपहर में राँची में लेफ्टिनेंट गवर्नर महोदय से मिलने में मुझे बड़ी खुशी होगी। जिस उद्‌देश्य के लिए मैं चंपारण आया हूँ, यदि उसके लिए ईमानदारी से काम करूँ तो आपके पत्र में उठाए गए कतिपय प्रश्नों को मैं अनदेखा नहीं कर सकता। रैयतों का कहना है कि बागान मालिक अपने स्वार्थ की पूर्ति के लिए कुछ भी करने से नहीं हिचकेंगे। मैं यहाँ जब से आया हूँ, तभी से देख रहा हूँ कि हर बात में, हर एक पर मालिक का अनुचित और बहुत

अधिक दबदबा है। उन्होंने चंपारण से मुझे निकलवाने का भी भरसक प्रयास किया है। वे उन सम्माननीय सज्जनों पर कीचड़ उछालने में तनिक भी नहीं हिचके जिन्होंने व्यक्तिगत रूप से काफी आत्मत्याग करके मुझे बहुमूल्य सहायता दी है। उन्होंने रैयतों को मेरे पास आने से रोकने के लिए कम-से-कम नैतिक प्रबोध का सहारा तो लिया ही है। ढोकरहा में मुझे एक अफसोसजनक नजारा देखने को मिला। मैनेजर और सब-डिवीजनल अफसर की मौजूदगी में दो-तीन व्यक्ति लगभग पाँच सौ लोगों की भीड़ के सामने कोठी का गुणगान करने लगे। बाकी सभी लोगों ने कोठी की शिकायत की कि जिरात-जमीन उन पर थोप दी गई है और हुक्म न मानने पर उनसे जुरमाने वसूल किए गए हैं। मैनेजर इन गवाहों को लोहरिया से यह कहने के लिए लाया था कि लोहरिया में किसी को कोई शिकायत नहीं और ढोकरहा में शिकायत होने की वजह है केवल शोर मचानेवाले एक-दो लोगों की शरारत। उसके बाद से लोहरिया के कई रैयत आकर ठीक उसी तरह शिकायत कर गए हैं, जैसा कि ढोकरहा के लोगों ने की थी। ध्यान देने की बात यह है कि यदि रैयतों के साथ पूरा न्याय नहीं किया जाए तो मालिकों की वार्षिक आमदनी में भारी कमी आ जाएगी और कई ऐसे विशेषाधिकार भी छिन जाएँगे, जो अभी तक उनको मिले हुए हैं। मैं ऐसी परिस्थिति में रैयतों के इस बयान को बिल्कुल निराधार तो नहीं मानता कि कोठियों ने मेरे काम को बदनाम करने और मुझे रैयतों के बीच से हटाने के लिए जानबूझकर अग्निकांड कराए हैं। रैयत यह भी कहते हैं कि इतना तो मानना भी चाहिए कि वे कम-से-कम अपना स्वार्थ तो पहचानते हैं और इसलिए वह आगजनी जैसी हरकतें करके खुद अपना नुकसान नहीं करेंगे। मैंने ढोकरहा अग्निकांड की अपनी पड़ताल का निष्कर्ष जिलाधीश के पास भेज दिया है। मैं अपने पत्र की एक प्रति श्री हेकॉक के लिए नत्थी कर रहा हूँ, फिर भी मैं रैयतों के कथन पर अविश्वास करने और यह मानने के लिए तैयार हूँ कि आग अपने आप किसी दुर्घटना के फलस्वरूप लगी होगी। पर मैं यह भी बतला दूँ कि ढोकरहा के अग्निकांड में केवल छानी और छप्पर ही जला था। साथ में मैं यह भी कहता हूँ कि यदि यह भी मान लिया जाए कि मेरी उपस्थिति के कारण तैश में आकर रैयत के किसी सिरफिरे आदमी ने ही जानबूझकर आग लगाई थी तो भी मुझे यहाँ से हटाने का तब तक कोई औचित्य नहीं, जब तक सरकार को निश्चित तौर पर यह मालूम न हो जाए कि प्रत्यक्ष या अप्रत्यक्ष रूप से अग्निकांड में मेरा हाथ था। और अंत में मैं कहूँगा कि मेरे आने से पहले भी कोठियों में कई बार आग लगती रही है और जैसा आयुक्त ने

स्वीकार किया है, मेरे बिहार में प्रवेश करने के बहुत पहले से चंपारण में उत्तेजना फैली हुई थी। मैं बड़े आदर के साथ सरकार को चेतावनी देना चाहता हूँ कि यदि वह मुझे रैयत के बीच से हटाएगी तो बुरी तरह गलतफहमी का शिकार बनेगी। मैं सिवाय इसके कुछ और नहीं चाहता कि मालिकों और रैयतों के बीच परस्पर शांति स्थापित करूँ, जिससे कि रैयतों को भी उतनी स्वतंत्रता और प्रतिष्ठा मिल जाए, जितनी कि मनुष्य मात्र को मिलनी ही चाहिए।

मैं चाहता हूँ कि सरकार मालिकों द्वारा फैलाई हुई इस भ्रांति को अपने दिमाग से निकाल दे कि कुछ शरारती लोगों की स्वार्थवश की गई हरकतों के कारण वर्तमान उत्तेजना फैली है। मालिक इतने शक्तिशाली हैं कि उनको कोई नकुसान नहीं पहुँचा सकता, चाहे वह कितना ही बड़ा शरारती क्यों न हो। रैयतों का कहना है कि उसने कोई ऐसा काम नहीं किया कि उन गाँवों में पुलिस तैनात की जाती। पुलिस तो मालिकों की दमनकारी नीति के तहत तैनात की गई थी। स्वीकार किया गया है कि साठी में रैयतों की अपेक्षा मैनेजर का ही दोष अधिक था। फिर भी रैयतों को उसकी कीमत धन और जन से चुकानी पड़ी। अब वहाँ पूर्णतः शांति है, इसलिए कि मौजूदा मैनेजर अपना काम जानता है। मेरे पास चंपारण भर के रैयत के सात हजार से ज्यादा लोगों के बयान मौजूद हैं। हालाँकि खुद अकेले जाकर उनके बयान दर्ज करना मेरे लिए असंभव था, फिर भी मैंने वे सब देख लिये हैं। अब वह विश्वास करना बड़ा मुश्किल है कि उन सभी लोगों ने कुछ शरारतियों के बहकावे में आकर झूठ-मूठ बयान दिए हैं।

मोतिहारी प्रतिष्ठान (कोठी) के मैनेजर को लिखे गए अपने पत्रों की प्रतियाँ मैं संलग्न कर रहा हूँ। अपने पहले पत्र का मुझे कोई उत्तर नहीं मिला था। पूरे प्रसंग का शायद कोई दूसरा पहलू भी हो, परंतु जिन घटनाओं का वर्णन किया गया है, वे बतलाती हैं कि रैयत के लोग कितना जोखिम उठाकर मुझसे मिलने आए थे। मैं जो उद्धरण दे रहा हूँ, उससे आपको पता चलेगा कि रैयत को अपनी मर्जी के मुताबिक झुकाने के लिए मालिकों द्वारा अपनाये गए तरीकों के बारे में बेतिया सबडिवीजन के उस समय के सब डिवीजनल ऑफिसर, श्री जांस्टन ने 1914 में क्या कहा था। अवज्ञा करनेवाले किसानों की अदायतगी करने पर विवश करने के लिए इस सब डिवीजन में चार तरीके अपनाए जाते हैं। आम तरीका तो यह है कि उसके पीछे चपरासी लगा दिए जाते हैं। इस तरीके को अपनाने की बात प्रार्थना-पत्र में नहीं कही गई है। दूसरा तरीका है कि खलिहानों में जमा फसल जब्त कर ली जाती है।

इसको अपनाने की बात भी उसमें नहीं कही गई है। कभी-कभी नाइयों और धोबियों को काम करने से मना कर दिया जाता है। प्रार्थना-पत्र में इसकी आशंका प्रकट की गई है। अभी तक यह तरीका उन पर इस्तेमाल नहीं किया गया है। और सबसे ज्यादा कारगर तरीका है रैयत के मवेशियों को या तो गैर-सरकारी कांजी हाउस में या यदि कांजी हाउस भू-स्वामी के पट्टे पर दे दिया गया हो तो उसमें बंद करा दिया जाता है।

वैसे प्रतिवेदन अपने आप में रैयतों के खिलाफ ही है। मेरी राय है कि प्रतिवेदन में रैयतों के साथ न्याय नहीं किया गया है। मैं अपनी यह राय परिस्थिति का भली प्रकार अध्ययन करने के बाद पूरी विनम्रता के साथ लिख रहा हूँ। लोग प्रायः इस बात को भुला देते हैं कि मालिकों को हर मामले में ताकत का इस्तेमाल करने की जरूरत नहीं पड़ती। उनके पास ताकत है और कहीं थोड़ी सी भी आजाद खयाली दिखाई पड़ने पर वे उसका इस्तेमाल कर सकते हैं। यह तथ्य अपने आप में ही लोगों को अवज्ञा करने से रोकने के लिए पर्याप्त है। मेरा सादर निवेदन है कि मालिक इतने लंबे अरसे से मनमानी करते आ रहे है कि रैयतों में अब कुछ भी कर सकने जोश नहीं रह गया है। सरकार को रैयतों की पूरी-पूरी देखभाल करनी चाहिए और उसकी बातों पर ध्यान देना चाहिए। लेकिन सरकार तब तक ऐसा नहीं करेगी, जब तक कि वह मालिकों के मुकाबले रैयतों की बातों पर (इसमें संदेह नहीं कि उनमें अतिशयोक्ति होगी ही) अधिक विश्वास करने के लिए तैयार हो।

पत्र काफी लंबा हो गया है। इसके लिए मैं क्षमा प्रार्थी हूँ। यदि इसमें आवश्यकता से अधिक स्पष्टवादिता हो, तो उसका कारण मेरा यह बड़ा कार्य ही है, जिसे लेकर मैं चल रहा हूँ। वह इतना बड़ा है कि उसमें फूहड़पन से कोई-कोई कतर-व्यौंत नहीं की जा सकती। आशा है कि ऐसे समय में जब सरकार और भारत की जनता के सामने एक इतना बड़ा संकट है, सरकार मुझसे यह अपेक्षा नहीं करेगी कि मैं अपनी भावनाओं को व्यक्त करने में दुराव-छिपाव करूँ। मैं लेफ्टिनेंट गवर्नर महोदय का बड़ा कृतज्ञ हूँ कि उन्होंने मुझसे स्वयं ही बात करने का निश्चय किया है। मैं तो रैयतों की ओर से यही मनाऊँगा कि मैं ऐसा कुछ भी न करूँ, जिससे उनके इस जबरदस्त कार्य पर कोई बुरा प्रभाव पड़े और लेफ्टिनेंट गवर्नर महोदय की उपस्थिति में मुझे अपनी बात कहने के लिए ऐसे उपयुक्त शब्द सूझे कि मैं उनको रैयतों की दयनीय दशा उसी रूप में समझा सकूँ, जिस रूप में मैं उसे समझता हूँ।

—मोहनदास करमचंद गांधी

पहली बार राँची आगमन

चंपारण में गांधीजी के आंदोलन से सरकार खुश नहीं थी। वह चाहती थी कि हर हाल में गांधीजी चंपारण छोड़कर चले जाएँ। गांधीजी ने जाँच कर एक रिपोर्ट जिला के अधिकारियों को दे दी थी। उस पर कोई निर्णय नहीं लिया गया था। इस बीच अचानक बिहार–ओडिशा के लेफ्टिनेंट गवर्नर सर एडवर्ड गेट द्वारा महात्मा गांधी को राँची बुलाने के लिए जो पत्र आया था, उसने तरह–तरह की आशंका को जन्म दे दिया था। हालाँकि गांधीजी ने पत्र का जवाब दे दिया था और बिहार सरकार को खबर भेज दी थी कि वे चार जून को राँची में बातचीत करने आ रहे हैं। लेकिन राजेंद्र प्रसाद और उनके सहयोगियों को लग रहा था कि दाल में कुछ काला है। हो सकता है कि गांधीजी को राँची बुलाकर सरकार उन्हें गिरफ्तार कर ले।

इसलिए यह तैयारी कर ली गई कि अगर गांधी को राँची में गिरफ्तार कर लिया गया तो आगे का आंदोलन कैसे चलेगा, कौन नेतृत्व करेगा। समय कम था। गिरफ्तारी की आशंका के कारण भी थे। इसके पहले भी सरकार गांधीजी को गिरफ्तार करने के लिए प्रयास कर रही थी। लेकिन जिस चंपारण में जिस प्रकार आंदोलन को समर्थन मिल रहा था, रैयतों की जितनी भीड़ उमड़ती थी, वैसे में वहाँ गांधीजी को गिरफ्तार करने का उलटा असर पड़ सकता था। इसलिए गांधीजी के समर्थकों को लग रहा था कि सरकार राँची में उनके खिलाफ कारवाई कर सकती है। इसलिए सतर्क रहना होगा। जल्दीबाजी में पंडित मदन मोहन मालवीय को तार देकर पटना बुला लिया गया। महात्मा गांधी ने अपनी पत्नी कस्तूरबा गांधी और छोटे बेटे देवदास गांधी को राँची आने के लिए कह दिया। देवदास उस समय साबरमती आश्रम सत्याग्रह में थे, जबकि कस्तूरबा गांधी कलकत्ता (अब कोलकाता) में थीं। राजेंद्र बाबू को पटना भेजकर शीर्ष नेताओं से संपर्क करने की जिम्मेवारी दी गई। एक जून की शाम में पंडित मदन मोहन मालवीय पटना पहुँच चुके थे। गांधीजी भी दो जून को दोपहर में ब्रजकिशोर प्रसाद के साथ पटना पहुँच गए। आपात बैठक हुई, जिसमें मजहरूल हक, कृष्ण वल्लभ सहाय, मदन मोहन मालवीय, परमेश्वर लाल, बाबू बैजनाथ नारायण सिंह मौजूद थे। यह तय हुआ कि यदि महात्माजी के खिलाफ राँची में कोई कारवाई हुई, गिरफ्तारी हुई या उन्हें नजरबंद किया गया तो मजहरूल हक या पंडित मालवीय चंपारण आंदोलन का नेतृत्व करेंगे। इस बैठक के बाद मालवीय प्रयाग चले गए। रात में गांधीजी और ब्रजकिशोर प्रसाद राँची के लिए रवाना हो गए। दूसरे दिन सवेरे वे लोग राँची पहुँच गए। कस्तूरबा गांधी और

देवदास गांधी दोनों ने ऐसी योजना बनाई थी कि आसनसोल स्टेशन पर दोनों पहुँच जाएँ। वहाँ से दोनों साथ-साथ राँची पहुँचे। तिथि थी 4 जून। गांधीजी पहले ही पहुँच चुके थे। उन्होंने पत्नी और बेटे से पूरी स्थिति की चर्चा की और भविष्य की योजना भी बताई। गांधीजी राँची में श्यामकृष्ण सहाय के घर पर ठहरे थे। श्री सहाय प्रसिद्ध वकील थे। राजेंद्र बाबू के सहपाठी थे और गांधीजी के पूर्व परिचित। उन्होंने ही गांधीजी से आग्रह किया था कि राँची में वे उनके ही आवास पर ठहरे। पूरे देश की निगाहें चार जून को होनेवाली गांधी-गेट वार्त्ता पर टिकी थी। समय से गांधीजी वार्त्तास्थल पर पहुँच चुके थे। यह वार्त्ता गवर्नमेंट हाउस (जिसे आड्रे हाउस के नाम से जाता था, अब इसका नामकरण महात्मा गांधी भवन हो गया है) में शुरू हुई। लगभग छह घंटे तक वार्त्ता हुई।

राँची में गांधी-गेट वार्त्ता

बिहार-ओडिशा के लेफ्टिनेंट गवर्नर सर एडवर्ड गेट के आमंत्रण पर महात्मा गांधी राँची आए थे। 4 जून, 1917 को दोनों की पहली बार मुलाकात हुई थी। उसी समय दोनों के बीच चंपारण के रैयतों के संबंध में बातचीत आरंभ हो गई थी। सरकार की ओर से वार्त्ता में लेफ्टिनेंट गवर्नर सर एडवर्ड गेट के अलावा बिहार के मुख्य सचिव भी शामिल थे। दरअसल सरकार ने पहले से ही मन बना लिया था कि चंपारण की घटनाओं की जाँच के लिए कमेटी बनाई जाएगी, लेकिन इसकी घोषणा नहीं की गई थी। पहले दिन की वार्त्ता में सिर्फ वहाँ के हालात और इनके समाधान के रास्ते पर ही बातचीत हो पाई थी। उस दिन कोई सहमति नहीं बन पाई थी। गांधीजी रैयतों के पक्ष में अपनी बातों पर अडिग थे और बड़ी ही विनम्रता से अपनी बातों को रख रहे थे। राजेंद्र प्रसाद समेत आंदोलन के लगभग सभी प्रमुख नेता पटना या मोतिहारी में थे। ब्रजकिशोर प्रसाद के अलावा कोई और बड़े नेता गांधीजी के साथ राँची नहीं आए थे। इसलिए पटना-मोतिहारी में बैठे नेताओं को कुछ पता नहीं चल रहा था कि राँची में हो क्या रहा है। वे राँची से आनेवाले तार की प्रतीक्षा कर रहे थे। इन लोगों को गांधीजी की गिरफ्तारी का डर तो था ही। इसलिए वे बेचैन थे कि राँची में क्या हुआ। चार जून को रात तक ये लोग किसी खबर का इंतजार करते रहे, लेकिन कोई तार नहीं आया। तब टेलीफोन तो था नहीं। तार सबसे तेज पहुँचनेवाला साधन था। इसी का उपयोग किया जाता था। पहले दिन गांधीजी की कोई सूचना किसी को नहीं मिल पाई। किसी तरह इन लोगों ने रात काटी। पाँच

जून को सवेरे राजेंद्र प्रसाद को एक तार मिला। इस तार से कुछ खास जानकारी नहीं मिल सकी, लेकिन इतना स्पष्ट हो गया था कि सरकार ने गांधीजी को गिरफ्तार करने के लिए नहीं, बल्कि बातचीत के लिए बुलाया है। गांधीजी ने तार से इतनी जानकारी भेज दी थी कि पहले दिन की मुलाकात संतोषप्रद रही। जहाँ गांधीजी की कोई खबर नहीं मिल रही थी, वहाँ इतनी जानकारी मिल जाना भी संतोषप्रद था। सहयोगियों को अगले तार का इंतजार था। सात जून को फिर गांधीजी ने इतनी ही खबर भेजी कि आठ जून को वे लोग पटना लौट रहे हैं। गांधीजी तार या पत्र के जरिए बातचीत का ब्योरा सार्वजनिक करना नहीं चाहते थे। इससे नई परेशानियाँ आ सकती थीं, क्योंकि वार्त्ता चल रही थी। गांधीजी के इस तार से उनके सहयोगी इतना समझ चुके थे कि गांधीजी को राँची में गिरफ्तार नहीं किया गया है। बातचीत हुई है और ठीक-ठाक माहौल में ही हुई है।

राँची में क्या हुई थी बातचीत

बातचीत के पहले ही दिन लेफ्टिनेंट गवर्नर एडवर्ड गेट ने गांधीजी से कहा था कि आपको चंपारण में जो कुछ भी जानकारी हासिल करनी थी, उसे पाने के लिए आपको पर्याप्त समय मिल चुका है। रैयत भी अब उत्तेजित हो रहे हैं। स्थिति खतरनाक रूप धारण करते जा रही है, इसलिए स्थिति को बेहतर करने के लिए जो कुछ भी करना चाहिए, जल्दी करना चाहिए। बातचीत में गेट ने गांधीजी से कहा कि गोरे जमींदार आपकी सत्ता कभी स्वीकार नहीं करेंगे। यदि आप इसके लिए प्रयास भी करना चाहते हैं तो इसे सरकार के काम को अपने हाथ में लेना माना जाएगा। बातचीत के दौरान गेट ने कहा कि जब तक बंदोबस्त विभाग की रिपोर्ट नहीं आ जाती, तब तक विवादास्पद सवालों पर विचार नहीं करना चाहिए। दोनों के बीच जब इतनी बातचीत हुई थी, गांधीजी को लगा था कि एक तरीके से उन्हें चेतावनी दी जा रही है और समझाया जा रहा है कि मामला खराब मत होने दें। लेकिन जब गेट ने गांधीजी को बताया कि वर्तमान हालात को देखते हुए सरकार ने एक समिति नियुक्त करने का निर्णय लिया है, तो गांधीजी को ऐसा महसूस हुआ कि सरकार वास्तव में गंभीरता से इस मामले को सुलझाने का प्रयास कर रही है। गेट ने समिति के बारे में विस्तार से बताया भी था कि इस समिति के अध्यक्ष एक अन्य प्रांत के वरिष्ठ राजस्व पदाधिकारी श्री स्लाई होंगे। इसमें कुछ सदस्य भी होंगे। भारत सरकार के राजस्व विभाग से उप-सचिव श्री रेनी, कानूनी सलाहकार एडेमी और

विधान परिषद् में गोरे जमींदारों के प्रतिनिधि डी रीड और जमींदारों के प्रतिनिधि के रूप में राजा हरिहर प्रसाद नारायण सिंह होंगे। गेट ने प्रस्ताव रखा कि रैयतों की ओर से उनके प्रतिनिधि के तौर पर खुद महात्मा गांधी इस समिति के सदस्य होंगे। अंतिम तीन सदस्यों के जो नाम तय किए गए हैं, वे तभी समिति में रहेंगे, जब उनकी सहमति होगी। बाकी दो तो सरकार की ओर से थे, इसलिए उसमें कोई दिक्कत नहीं थी। सामने गांधीजी थे। इसलिए सबसे पहला सवाल तो यही था कि क्या गांधीजी इस समिति में रैयतों का प्रतिनिधि बनकर रहना चाहेंगे या नहीं। यही सवाल गेट ने गांधीजी से पूछा। पहले तो गांधीजी ने समिति का सदस्य बनने से इनकार कर दिया और कहा कि वे समिति के बाहर रहना पसंद करेंगे, ताकि वे स्वयं गवाही दे सकें। गांधीजी के इनकार करने के बाद स्थिति थोड़ी बदल गई थी। कुछ देर विचार करने के बाद गांधीजी ने जवाब दिया कि वे समिति में रहने को तैयार हैं, लेकिन इसके लिए सरकार को मानना होगा कि उनके (गांधीजी के) कुछ विचार हैं, जिन्हें सदस्य बदल नहीं सकते। गांधीजी ने कुछ और शर्त रखी। इसमें एक शर्त यह भी थी कि सदस्य होने के बावजूद गांधीजी खुद समिति के सामने अपनी लिखित गवाही पेश करना चाहते हैं। गांधीजी ने इच्छा व्यक्त की कि उन्हें पूछताछ के लिए गवाहों को पेश करने की स्वतंत्रता दी जाए तो बेहतर होगा। गेट एक सुलझे हुए और अनुभवी प्रशासक थे। वे इस मामले को सुलझाना चाहते थे, इसलिए उनका रुख सकारात्मक था। गांधीजी को एडवर्ड गेट ने कहा कि उन्हें इन मामलों में समिति में रहते हुए भी उतनी ही स्वतंत्रता रहेगी, जितनी कि बाहर रहने पर होती। लेफ्टिनेंट गवर्नर के ऐसा कहने से गांधीजी को संतोष हुआ और उन्होंने यह कहते हुए सदस्य बनने के लिए थोड़ा समय माँगा कि वे मदन मोहन मालवीय से इस विषय पर बात करना चाहते हैं। जब वे पटना लौटेंगे तो श्री मालवीय से बात कर जो भी निर्णय लेंगे, उससे सरकार को तुरंत अवगत करा देंगे।

समिति का गठन और सदस्यों की नियुक्ति के अलावा गांधीजी और सर गेट के बीच इस विषय पर भी बातचीत हुई कि समिति आखिर किन-किन बिंदुओं की जाँच करेगी, समिति कब तक रिपोर्ट देगी आदि। इसमें चंपारण जिले के जमींदारों और रैयतों के संबंधों, नील की खेती और उसके निर्माण से उत्पन्न झगड़ों की जाँच करना, पहले से ही उपलब्ध सामग्री की जाँच करना तथा जरूरत पड़ने पर आगे भी जाँच करना शामिल है। बैठक में यह तय हुआ कि संभव हो तो 15 अक्तूबर, 1917 तक समिति सारे मामलों की जाँच कर रिपोर्ट सरकार को सौंप दें। जाँच के क्रम में जो भी

कमियाँ मिले, उसे दूर करने के उपाय की भी समिति अनुशंसा करे। गांधीजी के मन में कई और सवाल थे। इसके पहले भी उन्होंने सरकार को पत्र लिखा था और कई बिंदुओं को उठाया था। गांधीजी ने गेट से यह जानना चाहा कि क्या उन सारे मामलों को भी जाँच के दायरे में रखा जाएगा, जिन मामलों को उन्होंने पहले उठाया था। गेट ने गांधीजी को आश्वासन दिया कि ये सारे मामले उसमें आ जाएँगे। बैठक में सरकार की ओर से कहा गया कि अब आगे की जाँच और गवाही लेने का जो काम गांधीजी पहले से कर रहे थे, उसे बंद कर देंगे; क्योंकि समिति तो बन चुकी है और वही यह काम करेगी। गांधीजी ने उसी समय कह दिया कि वे बिल्कुल अलग नहीं हो सकते। इससे गलत संदेश जाएगा। वे किसानों को नहीं छोड़ सकते, लेकिन इतना जरूर करेंगे कि जाँच होने तक वे मोतिहारी से बाहर, यानी गाँवों में नहीं जाएँगे। गांधीजी ने लेफ्टिनेंट गवर्नर से यह अनुरोध किया कि गोरे जमींदारों को यह चेतावनी भेज दी जाए कि समिति की रिपोर्ट मिलने की अवधि तक के लिए वे बैलगाड़ियाँ और कुली आदि बेगार में न लें और न अबवाब की वसूली करें। गेट ने गांधीजी के इस अनुरोध को शालीनता से यह कहते हुए उसे मानने से इनकार कर दिया कि सरकार द्वारा चेतावनी देने से गोरे जमींदार नाराज हो जाएँगे, क्योंकि इसका अर्थ यह होगा कि जाँच होने के पहले ही उन्हें दोषी मान लिया गया है। बातचीत से गांधीजी भी संतुष्ट दिखे।

गांधी-गेट वार्त्ता चार जून से छह जून तक कई चक्रों में चली थी। अच्छे माहौल में बात हुई और उसका रास्ता भी निकलता गया। बैठक में क्या बात हुई, इसकी जानकारी देने के लिए गांधीजी को पटना लौटना था। वह भी तुरंत। राँची में बात करने के बाद गांधीजी अपनी पत्नी कस्तूरबा गांधी, बेटा देवदास गांधी और सहयोगी बाबू ब्रजकिशोर प्रसाद के साथ सात जून को पटना सकुशल पहुँच गए। यह बहुत बड़ी जीत थी, क्योंकि एक तरीके से अभियुक्त बनाकर ही महात्मा गांधी को राँची बुलाया गया था। तीन दिनों की वार्त्ता के दौरान लेफ्टिनेंट गवर्नर सर एडवर्ड गेट पर गांधीजी का ऐसा गहरा प्रभाव पड़ा कि वहाँ से वे चंपारण समिति का सदस्य बनकर निकले। ऐसा इसलिए संभव हो सका, क्योंकि गांधीजी का आंदोलन सत्य और अहिंसा पर आधारित था। उन पर जो भी आरोप लगाए गए थे, वे अंग्रेज जमींदारों ने जानबूझकर लगाए थे। उसका सत्य से दूर-दूर का नाता नहीं था। वार्त्ता सफल होने और समिति के गठन से चंपारण आंदोलन के नेताओं में उत्साह आ गया था। इसके विपरीत गोरे जमींदार ने सरकार के इस फैसले का विरोध किया था। गांधीजी सात जून को ही पटना पहुँचे थे। गाड़ी विलंब से पहुँचने के कारण मदन मोहन मालवीयजी को पटना

आने में विलंब हुआ था। गांधीजी से उनकी मुलाकात हुई, गांधीजी ने उन्हें राँची वार्त्ता की पूरी जानकारी दी और समिति का सदस्य बनने के लिए उनकी राय माँगी। मालवीयजी भी इस बात से सहमत थे कि गांधीजी को सरकार द्वारा गठित समिति का सदस्य बनने से रैयतों का भला ही होगा। इसके बाद गांधीजी ने उसी समय तार कर बिहार-ओडिशा के तत्कालीन लेफ्टिनेंट गवर्नर सर एडवर्ड गेट को अपना निर्णय सुनाते हुए लिखा कि वे समिति में रैयतों के प्रतिनिधि के तौर पर रहने के लिए तैयार हैं। गांधीजी ने बाकी जो भी वादा सरकार से बातचीत के दौरान किया था, उसे पूरा करने के लिए तुरंत कदम उठाया। रैयतों का बयान लेने का काम 9 जून से ही बंद कर दिया गया और इसकी सूचना गांधीजी ने मुख्य सचिव मैक्फर्सन को 10 जून को भेज दी थी। इसके बाद तो गांधीजी का राँची आना-जाना लगा रहा। यह तय हुआ था कि समिति 15 जुलाई से अपना काम आरंभ कर देगी।

समिति की बैठक में फिर राँची आए गांधीजी

चंपारण पर ज़ो समिति बनी थी, उसकी बैठक आरंभ होने के पहले गांधीजी को फिर राँची आना पड़ा। गांधीजी चाहते थे कि समिति की बैठक के पहले एक और बैठक कर ली जाए। इस बैठक में भाग लेने के लिए गांधीजी और ब्रजकिशोर प्रसाद 5 जुलाई, 1917 को रात में मोतिहारी से राँची के लिए रवाना हुए और सात जुलाई को राँची पहुँच गए। जाँच कमेटी की बैठक 11 जुलाई को राँची में हुई। बैठक में भाग लेने के बाद महात्मा गांधी राँची से रवाना होकर 13 जुलाई को मोतिहारी पहुँच गए। 15 जुलाई से रैयतों की भारी भीड़ बेतिया और इसके आसपास जमा हो गई थी। सभी रैयतों ने अपना बयान दर्ज कराया। वहाँ का काम कई दिनों तक चला। इसके बाद गांधीजी कुछ दिनों के लिए अहमदाबाद चले गए और यह तय हुआ कि कमेटी की अगली बैठक राँची में सितंबर में होगी। 22 सितंबर, 1917 को महात्मा गांधी अहमदाबाद से राँची पहुँच चुके थे। ब्रजकिशोर प्रसाद को गांधीजी ने राँची बुला लिया था। समिति की बैठक लगातार कई दिनों तक चली थी। यह बैठक रिपोर्ट तैयार करने के लिए बुलाई गई थी। कुछ सवालों का जवाब देने के लिए इर्विन और कुछ नीलवरों को राँची बुलाया गया था। कई दिनों तक मेहनत कर यह रिपोर्ट तैयार कर ली गई और उस पर 3 अक्तूबर, 1917 को सभी सदस्यों ने हस्ताक्षर कर दिए। चार अक्तूबर को रिपोर्ट सरकार को सौंप दी गई। 18 अक्तूबर को सरकार ने कमेटी की रिपोर्ट पर विचार-विमर्श के बाद अपना मंतव्य प्रकाशित

करने की अनुमति दे दी। रैयतों की जीत हुई थी। रिपोर्ट जमा करने के बाद गांधीजी राँची से चंपारण रवाना हो गए, जहाँ रैयतों ने उनका अभूतपूर्व स्वागत किया। गांधीजी अपना अभियान पूरा कर चुके थे।

गेट को दिया धन्यवाद

राँची, 4 अक्तूबर, 1917

प्रिय सर एडवर्ड गेट

आपके इसी माह की पहली तारीख के पत्र के लिए मेरा धन्यवाद स्वीकार कीजिए। रिपोर्ट पर आज सब सदस्यों के दस्तखत हो गए। उसे सबने स्वीकार किया है। मेरी विनम्र सूचना है कि यह रिपोर्ट और सरकारी प्रस्ताव शीघ्रातिशीघ्र प्रकाशित कर दिए जाएँ। आपको यह जानकर प्रसन्नता होगी कि कुछ (गोरे) जमींदार इस बात के लिए व्यग्र हैं कि मैं शीघ्र ही चंपारण पहुँचूँ और किसानों को शांत करने का काम हाथ में लूँ। क्या मैं उन्हें जाँच समिति ने अपनी रिपोर्ट में जो कुछ कहा है, सो बतला सकता हूँ? अपने प्रति आपके अतिशय सौजन्य से प्रेरित होकर मैं आपसे एक और अनुरोध करना चाहता हूँ। क्या मैं यह आशा करूँ कि प्रस्ताव अवसर के महत्त्व के अनुरूप होगा और उसकी भाषा बिल्कुल स्पष्ट होगी? किसानों के नाम देसी भाषा में जो संदेश प्रकाशित किया जाए, वह उनके हृदय को छूनेवाला होना चाहिए और उसमें सारी बातें पूरी तरह समझाकर कही जानी चाहिए। अगर इसमें अविनय न मानी जाए तो मैं कहना चाहूँगा कि यदि सरकार इस संबंध में मेरी सेवाओं को उपयोगी समझे तो मैं उन्हें प्रदान करने के लिए सहर्ष उपलब्ध हूँ।

मैं मोतिहारी 8 तारीख को पहुँच जाऊँगा और इस माह की 12 तारीख तक रहूँगा। 15 तारीख को मुझे भागलपुर में एक काम निबटाना है और उसके बाद सात नवंबर तक मुझे छुट्टी नहीं मिलेगी। सात नवंबर को मैं वापस मोतिहारी जाने की उम्मीद करता हूँ। मैं आज राँची से रवाना हो रहा हूँ।

आपका विश्वस्त

मो.क.गांधी

राँची में बीमार पड़ गए थे गांधीजी

महात्मा गांधी 11 सितंबर, 1917 को ही अहमदाबाद से बंबई, मद्रास और पुणे होते हुए 22 सितंबर को राँची पहुँच गए थे। इस बीच उन्हें यात्रा में काफी

परेशानी हुई थी। राँची आने के बाद वे चंपारण समिति की बैठक में भाग ले रहे थे; लेकिन इसी बीच समय निकालकर उन्होंने 25 सितंबर को लीडर के संपादक को राँची से पत्र भेजकर दुःखद ट्रेन यात्रा का पूरा जिक्र किया था। गांधीजी के पत्र से मालूम होता है कि उन दिनों भी ट्रेन यात्रियों को कितनी परेशानी झेलनी पड़ती थी। उस समय भी डिब्बों का बुरा हाल होता था। गांधीजी ने 12 सितंबर के लिए बंबई से मद्रास तक का तीसरे दर्जा का टिकट लिया था। तब भाड़ा था 13 रुपए नौ आना। डिब्बे में लिखा था कि यह डिब्बा 22 यात्रियों के लिए है। लेकिन इसमें ठूँस-ठूँस कर यात्री भर दिए गए थे। दो रात की यात्रा थी; लेकिन सोने की सुविधा नहीं थी। बेंच भी नहीं थी। लोग फर्श पर लेटे हुए थे। रास्ते में जो चाय मिल रही थी, वह गंदी थी। एक भी दिन डिब्बे की सफाई नहीं हुई थी। यहाँ तक कि ट्रेन का शौचालय भी बहुत ही गंदा था। उसकी भी सफाई नहीं हुई थी। रास्ते में जो खाने का सामान मिल रहा था, वह इतना गंदा था कि बीमारी की आशंका थी। ट्रेन में मारपीट भी हो रही थी। गांधीजी ने इन सब कमियों का जिक्र पत्र में किया था। राँची आने पर गांधीजी खुद बीमार पड़ गए। जमनालाल बजाज को जब गांधीजी ने राँची से पत्र लिखा तो उसमें अपनी बीमारी का उल्लेख करते हुए ट्रेन की गंदगी की भी जानकारी दी। गांधीजी ने लिखा था कि उन्होंने तो गंदगी के कारण बीमारी की आशंका जताई थी, लेकिन उन्हें क्या पता था कि वे खुद बीमार हो जाएँगे। बीमार होने के बावजूद उन्होंने दवा नहीं ली थी और राँची में आयोजित बैठकों में भाग लिया था।

1925 का गांधीजी का राँची दौरा

ऐसे तो महात्मा गांधी पहली बार 1917 में ही राँची आ चुके थे, लेकिन तब उनके दौरे का अधिकांश समय राँची में ही गुजरता था। उस दौरान चंपारण आंदोलन के सिलसिले में बनाई गई समिति की बैठक और उसकी रिपोर्ट पर ही गांधीजी का ध्यान ज्यादा होता था। लेकिन 1925 में गांधीजी ने दक्षिण बिहार के कई जिलों का दौरा किया था। इस दौरान वे जमशेदपुर, चाईबासा, चक्रधरपुर होते हुए राँची आए थे। 16 सितंबर को शाम में छह बजे गांधीजी राँची आए थे। चक्रधरपुर से खूँटी होते हुए राँची आने के रास्ते के प्राकृतिक सौंदर्य से गांधीजी काफी प्रभावित हुए थे। उन्होंने इसकी तारीफ भी की थी। राँची आने के पहले ही उनके हाथ में दर्द था और लिखने में उन्हें परेशानी हो रही थी। इस दौरे में उनके सचिव महादेव देसाई उनके साथ नहीं थे। वे आना चाह रहे थे, लेकिन गांधीजी ने उन्हें मना कर दिया था। उन्हें

सलाह दी गई थी कि दाएँ हाथ से वे कुछ-न-कुछ लिखते रहे। गांधीजी लेखन का काम बहुत करते थे। हाथ में दर्द होने के बावजूद उन्होंने तय किया था कि गुजराती में वे दाएँ हाथ से 'नवजीवन' के लिए कुछ लिखेंगे और अंग्रेजी में लिखवाने में क्रिस्टो दास और प्यारेलाल की सहायता लेंगे। इन्हीं परेशानियों के बीच गांधीजी राँची आए। पहले से ही महिलाओं के लिए एक सभा का आयोजन किया गया था। वहाँ मौजूद महिलाओं को यह जानकारी नहीं थी कि गांधीजी देशबंधु सहायता कोष के लिए राशि की माँग कर सकते हैं, इसलिए वे पैसे लेकर नहीं आई थीं। गांधीजी ने हर जगह की तरह यहाँ भी महिलाओं से कोष के लिए पैसे देने की अपील की थी। कार्यक्रम में बंगाली महिलाओं की संख्या ज्यादा थी। गांधीजी ने जब सहायता राशि देने की अपील की, महिलाओं के पास पैसे तो थे नहीं, लेकिन इच्छा थी। अंतत: महिलाओं ने अपने सोने-चाँदी के जेवर ही दे दिए। इनमें से कुछ जेवर तो वजनी थे। गांधीजी देश के प्रति इन महिलाओं के समर्पण और प्रेम को देखते हुए काफी खुश थे। उन्होंने अपने भाषण में इसका उल्लेख किया और कहा कि आपने कोष के लिए जो भी दिया है, उसका उपयोग चरखा और खादी के प्रचार-प्रसार के लिए किया जाएगा।

बंगाली नाटक-बिहारी नाटक और खादी

गांधीजी के राँची आगमन पर शौकिया नाटक मंडलियों द्वारा नाटक का कार्यक्रम आयोजित किया गया था, ताकि देशबंधु स्मारक कोष के लिए राशि जमा हो जाए। इस नाटक के बारे में गांधीजी ने बाद में रोचक अनुभव लिखा। उस दिन नाटक का दो आयोजन था। एक बंगाली टीम और दूसरा बिहार टीम द्वारा। गांधीजी पहले बंगालियों द्वारा आयोजित नाटक में गए। वहाँ गांधीजी ने देखा कि यह नाटक पूरे तौर पर व्यवसायी नाटक मंडलियों की नकल है। पोशाकें विदेशी थीं, जबकि गांधीजी यह उम्मीद कर रहे थे कि नाटक में जिन पोशाकों का उपयोग किया जाएगा, वे खादी से बनी होंगी। कलाकारों के चेहरे पर रंग-रोगन भी लगे थे। गांधीजी ये सब देखकर निराश हो गए। इसलिए जब दूसरे नाटक के लिए, जो बिहारियों द्वारा आयोजित किया जानेवाला थे, गांधीजी को बुलाया गया, तो उन्होंने शर्त रख दी। गांधीजी ने साफ-साफ कह दिया कि वे तभी नाटक देखने जाएँगे, जब पोशाक खादी की होगी। आयोजकों ने गांधीजी की शर्त को मान लिया। गांधीजी जब नाटक देखने गए तो खादी की पोशाक देखकर खुश हो गए। गांधीजी ने नाटक

देखने के बाद कहा कि इसमें जो थोड़ी कमियाँ रह गई थीं, वह सभी छिप गईं, क्योंकि अंतिम समय में फेरबदल के लिए कहा गया था, आयोजकों को समय भी नहीं मिल पाया था। गांधीजी ने बाद में कहा, "मैं सभी शौकिया नाटक मंडलियों से इन परिवर्तनों को अपनाने का अनुरोध करता हूँ। दरअसल तो ये पेशेवर नाटक मंडलियाँ भी, जिनमें देशभक्ति की भावना हो, इन परिवर्तनों को आसानी से अपना सकती हैं और इस प्रकार भारत के करोड़ों मानवों के आर्थिक उत्थान में योगदान कर सकती हैं, चाहे यह योगदान जितना हो।"

संत पॉल स्कूल में सार्वजनिक सभा

17 सितंबर, 1925 को राँची के संत पॉल स्कूल के मैदान में महात्मा गांधी ने एक सभा को संबोधित किया था। यह सार्वजनिक सभा थी। दरअसल गांधीजी उन दिनों देशबंधु स्मारक कोष के लिए राशि जमा करने के उद्देश्य से देश के विभिन्न हिस्सों का दौरा कर रहे थे। राँची में भी उन्होंने यही अपील की थी। गांधीजी को संत पॉल मैदान की सभा में अभिनंदन-पत्र सौंपा गया था। साथ में देशबंधु स्मारक कोष के लिए एक हजार एक रुपए की थैली। उन दिनों ऐसी परंपरा बन गई थी कि अभिनंदन-पत्र के माध्यम से ही लोग अपनी बात कह देते थे और उसके बाद गांधीजी का भाषण होता था। उसी भाषण में गांधीजी उन सवालों का भी जवाब देते थे।

संत पॉल स्कूल के मैदान में आयोजित इस सभा में गांधीजी ने चरखा के उपयोग का लाभ बताया था। उन्होंने कहा था, "मेरा यह विश्वास दिनोदिन दृढ होता जा रहा है कि सिर्फ चरखा ही भारत के करोड़ों लोगों की भूख मिटा सकता है। बेशक खाली समय में करने को और भी धंधे हैं, परंतु जिसे लाखों लोग अपना सकें, ऐसा उपयुक्त धंधा चरखे पर सूत काटने के अलावा और कोई नहीं है। मैं पूरे देश में घूमता रहा हूँ, लेकिन अभी तक किसी ने कोई ऐसा धंधा नहीं सुझाया, जो चरखे का स्थान ले सके। बिहार के पास एक लाख रुपए की खादी पड़ी है। यदि वह बिक जाए तो प्राप्त धन से दूनी खादी बन सकेगी। अकेला राँची ही आसानी से इतनी खादी खरीद सकता है। लोग मिल के कपड़े को स्वदेशी मान लेते हैं, लेकिन दिल्ली और बंबई के बने बिस्कुट क्या घर की रोटी का स्थान ले सकते हैं? तब फिर आपको भी बंबई की मिलों में बने वस्त्रों के बजाय बिहार में बनी खादी क्यों नहीं पहननी चाहिए? यदि आपको अपनी निर्वसना माँ-बहनों का तन ढकना हो तो आपको खादी ही खरीदनी चाहिए। खादी अपेक्षाकृत महँगी है तो क्या हुआ, उसके लिए दी गई हर पाई गाँवों

की गरीब स्त्रियों को मिलती है। बंबई के अंत्यजों की रक्षा इसी चरखे ने की है।"

गांधीजी ने सभा में न सिर्फ चरखे और खादी की चर्चा की, बल्कि लोगों के साथ अस्पृश्यता पर भी चर्चा की। उन्होंने कहा, "हिंदू धर्म में अस्पृश्यता जैसी कोई चीज नहीं है। इसी अस्पृश्यता ने भारतीयों को सारे संसार में अस्पृश्य बना दिया है। आपको इन अस्पृश्य भारतीयों की दशा देखनी हो तो दक्षिण अफ्रीका जाइए। आपको मालूम होगा कि अस्पृश्यता क्या चीज है। स्वर्गीय गोखले इसे अच्छी तरह जानते थे और अब भारत भी जान गया है। तुलसीदास ने तो आपको दया-धर्म की शिक्षा दी है, लेकिन आज आप उसके विपरीत आचरण कर रहे हैं। आपको अस्पृश्यता की यह समस्या दूर करनी ही है, अन्यथा स्वराज कभी नहीं मिल सकता।"

योगदा सत्संग ब्रह्मचर्य विद्यालय में गांधीजी का जाना

राँची स्थित योगदा सत्संग ब्रह्मचर्य विद्यालय, जहाँ 1925 में गांधीजी गए थे।

महात्मा गांधी का योगदा सत्संग सोसाइटी से करीबी का संबंध रहा है। यही कारण है कि अपने राँची दौरे के समय दो-दो बार गांधीजी योगदा सत्संग के ब्रह्मचर्य विद्यालय में गए थे। पहली बार 1925 में और दूसरी बार 1934 में। इतना ही नहीं, गांधीजी से मिलने खुद परमहंस योगानंदजी वर्धा गए थे। परमहंस योगानंद की पुस्तक योगी कथामृत में गांधीजी के राँची स्थित योगदा सत्संग ब्रह्मचर्य विद्यालय में जाने का उल्लेख किया गया है। राँची के कासिम बाजार

पैलेस को ही ब्रह्मचर्य विद्यालय का मुख्य भवन बनाया गया था। कासिम बाजार के महाराजा सर मणींद्र चंद्र नंदी के सहयोग से यह संभव हो सका था। इस विद्यालय में प्राथमिक और उच्च विद्यालय की शिक्षा की व्यवस्था की गई थी। ऋषियों की शिक्षा पद्धति का अनुसरण करते हुए खुले आकाश के नीचे पढ़ाई होती थी। बहुत कम ही समय में इस विद्यालय ने प्रतिष्ठा हासिल कर ली थी। इस विद्यालय में नामांकन आसान नहीं था। एक साल के भीतर दो हजार छात्रों ने आवेदन कर दिया था। दरअसल इस विद्यालय में छात्रों को यौगिक ध्यान और स्वास्थ्य एवं शारीरिक विकास की अपूर्व योगदा पद्धति की शिक्षा दी जाती थी। इस पद्धति के सिद्धांतों का आविष्कार खुद परमहंस योगानंदजी ने ही किया था। स्वामी प्रणवानंदजी 1918 में कुछ दिनों के लिए राँची आए थे। खुले मैदान में पेड़ों के नीचे चल रही कक्षा और सुंदर दृश्य को देखकर काफी प्रभावित हुए थे। गांधीजी ने 1917 से ही राँची आना शुरू कर दिया था। उन्हें इस विद्यालय की जानकारी मिल चुकी थी। इसलिए गांधीजी ने तय किया था कि वे विद्यालय को देखने खुद जाएँगे। 17 सितंबर, 1925 को गांधीजी राँची में थे। संत पॉल स्कूल में उनकी सार्वजनिक सभा भी हुई थी। गांधीजी उसी दिन योगदा सत्संग ब्रह्मचर्य गए थे और वहाँ कुछ समय बिताया था। विद्यालय से वे काफी प्रभावित हुए थे। अतिथि पुस्तिका में उन्होंने अपने हाथ से अपना अनुभव भी लिखा था। गांधीजी ने लिखा था, "इस संस्था की मैं सर्व प्रकार की उन्नति चाहता हूँ। इस संस्था का मेरे मन पर अच्छा असर पड़ा है। चरखे की प्रवृत्ति में मैं ज्यादा ज्ञान और अभ्यास की आशा रखता हूँ।" इसके नौ साल बाद यानी 1934 में महात्मा गांधी दूसरी बार योगदा सत्संग ब्रह्मचर्य विद्यालय गए थे। गांधीजी की पत्रिका हरिजन के 11 मई, 1934 के अंक में इस बात का उल्लेख है कि गांधीजी 1 मई, 1934 को ब्रह्मचर्य विद्यालय गए थे और वहाँ छात्रों को संबोधित किया था।

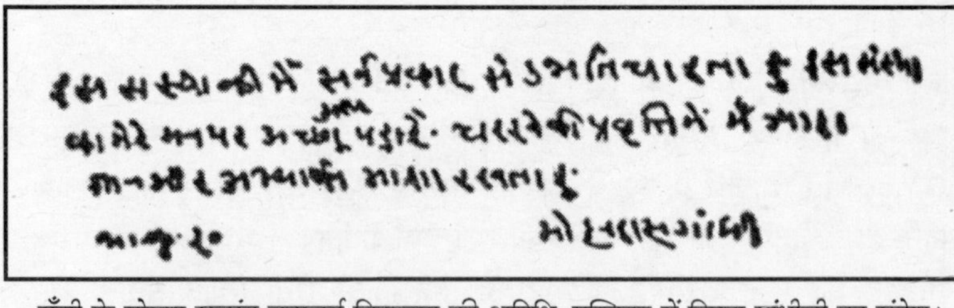
इस संस्थाकी मैं सर्व प्रकार से उन्नति चाहता हुं। इस संस्था का मेरे मनपर अच्छा असर पड़ा है। चरखेकी प्रवृत्तिमें मैं ज्यादा ज्ञान और अभ्यासकी आशा रखता हुं।
मोहनदास गांधी

राँची के योगदा सत्संग ब्रह्मचर्य विद्यालय की अतिथि-पुस्तिका में लिखा गांधीजी का संदेश। (साभार : योगानंदजी की पुस्तक)

ऐसी बात नहीं है कि गांधीजी और योगदा सत्संग ब्रह्मचर्य विद्यालय का संबंध राँची तक सीमित था। यह संबंध और गहराता गया। 22 अगस्त, 1935 को परमहंस योगानंदजी विदेश से बंबई लौट गए थे। उसके तीन माह के भीतर ही उन्होंने वर्धा जाकर गांधीजी से मुलाकात की थी। यह दो संतों की पहली मुलाकात थी। इसका पूरा विवरण योगानंदजी ने अपनी पुस्तक में किया है। योगानंदजी जब वर्धा गए थे, उस दिन सोमवार था, गांधीजी का मौन दिवस था। महादेव देसाई योगानंदजी को लेकर गांधीजी के पास गए थे। गांधीजी ने हिंदी में एक कागज पर लिखकर संदेश दिया—स्वागत है। लिखकर इसलिए कहा, क्योंकि उस दिन गांधीजी मौनव्रत पर थे। जब महादेव देसाई योगानंदजी को अतिथि कक्ष की ओर ले जा रहे थे, गांधीजी ने जल्दी में एक कागज पर लिखा—यहाँ के सब आश्रमवासी आपकी सेवा में उपस्थित हैं। आपको कोई भी काम पड़े, तो कृपया इन्हें बुला लीजिए। इसके बाद कागज़ का वह टुकड़ा गांधीजी ने योगानंदजी को जल्दी में थमा दिया। दूसरे दिन गांधीजी ने कागज के इसी टुकड़े पर अपना हस्ताक्षर किया और तिथि 27 अगस्त, 1935 लिख दी। गांधीजी और योगानंदजी ने साथ-साथ भोजन किया था।

अगस्त 1935 में योगानंद परमहंस वर्धा में गांधीजी के साथ भोजन करते हुए।

जब गांधीजी का मौनव्रत खत्म हो गया तो उन्होंने योगानंदजी को देखकर कहा, "स्वागत स्वामीजी।" (पहली बार बोलकर स्वागत किया)। इसके बाद दोनों ने कई विषयों पर चर्चा की थी। इसके बाद वहाँ महादेव देसाई आ गए थे। देसाई को गांधीजी ने कहा था, "महादेव, कल रात टाउन हॉल में योग शास्त्र पर स्वामीजी के व्याख्यान की व्यवस्था करो।" स्वामीजी का व्याख्यान हुआ। चार सौ लोगों ने व्याख्यान सुना। पूरा हॉल खचाखच भरा हुआ था। हिंदी और अंग्रेजी दोनों भाषाओं में व्याख्यान हुआ। दूसरे दिन गांधीजी और योगानंदजी फिर मिले। इस बार गांधीजी ने उन्हें गाय के बारे में विस्तार से चर्चा की। योगानंदजी ने अपनी पुस्तक में पूरे विस्तार से इस मुलाकात का जिक्र किया है। लंबी मुलाकात के बाद योगानंदजी गांधीजी के पास गए और कहा, "महात्माजी, अब हम चलते हैं।" चरण स्पर्श कर विदा लेने के पहले योगानंदजी ने कहा, "आपके हाथों में भारत सुरक्षित है।"

1934 में गांधीजी का राँची दौरा

महात्मा गांधी ने 1934 में छोटानागपुर का बड़ा और लंबा दौरा किया था। कई मायनों में यह दौरा बड़ा ही महत्त्वपूर्ण था। देवघर, चतरा, हजारीबाग, विष्णुगढ़, गोमिया, बेरमो, डुमरी, कतरास, झरिया, पुरुलिया, झालदा होते हुए गांधीजी 29 अप्रैल को राँची पहुँचे थे। यह यात्रा उन्होंने कार से ही की थी। 30 अप्रैल को उनके उपवास का दिन था। दरअसल हरिजन उत्थान के काम में गांधीजी लगे हुए थे और हरिजन कोष की सहायता के लिए वे दौरा भी कर रहे थे। अपने राँची दौरे में गांधीजी कई जगहों पर गए थे, कई सभाओं और बैठकों में भाग लिया था। एक महत्त्वपूर्ण बैठक एक मई को राँची में गांधीजी और स्वराज्य पार्टी के नेताओं के बीच हुई थी। एक मई को ही गांधीजी राँची में ब्रह्मचर्य विद्यालय गए थे और वहाँ छात्रों को संबोधित किया था। दो मई को गांधीजी राँची में हरिजन बस्ती में गए, कई हरिजनों के घरों में जाकर उनसे मुलाकात की, वे हरिजन स्कूल में गए, हरिजन शिल्प विद्यालय का उद्घाटन किया। उसी दिन उन्होंने निवारण आश्रम का शिलान्यास किया। गांधीजी ने एक जन सभा भी की। नगरपालिका की ओर से भी गांधीजी के लिए कार्यक्रम का आयोजन किया गया था। इन बैठकों या सभा में गांधीजी ने 'हरिजन कल्याण कोष' के लिए सहायता राशि माँगी थी और राँची के लोगों ने उसमें योगदान किया था। अस्पृश्यता के खिलाफ गांधीजी ने अभियान चला रखा था और यही संदेश देने हरिजन बस्ती, हरिजनों के घरों में भी जा रहे थे। जो

भी सहयोग राशि मिल रही थी, गांधीजी ने एक-एक पैसे का हिसाब रखा था। इसके लिए उनके पास ठक्कर बापा की अगुवाई में एक टीम थी। राँची में उस समय उन्हें हरिजन कल्याण कोष के लिए 2406 रुपए, 14 आना और साढ़े छह पाई की राशि मिली थी। राँची की मारवाड़ी महिलाओं का योगदान 502 रुपए, नौ आने और छह पाई की थी। राँची में ही महिलाओं की एक अन्य बैठक में भी दो सौ रुपए से ज्यादा कोष के लिए जमा किए गए थे।

हरिजन छात्र सम्मेलन

1934 के अपने इस दौरे में तीन मई को महात्मा गांधी ने हरिजन छात्र सम्मेलन को संबोधित किया था। हरिजन बस्ती के दौरे के वक्त वे हरिजनों के कई घरों में गए। सम्मेलन के दौरान दो सौ से ज्यादा हरिजन छात्रों से मुलाकात की। गांधीजी जानना चाहते थे कि हरिजन स्कूल में छात्र, छात्राएँ और शिक्षक कैसे रहते हैं, कैसे पढ़ते हैं। इसलिए उन्होंने स्कूल का निरीक्षण भी किया था। वहाँ उन्होंने देखा था कि छात्र-छात्राएँ कक्षा में बेतरतीब तरीके से बैठे हैं। बैठने के उनके तरीके में कोई समानता नहीं थी। जिसको जहाँ मन किया था, वहाँ बैठा था, जैसे मन किया, वैसे बैठा था। गांधीजी ने उन छात्र-छात्राओं के दाँत, कान, आँख और नाखून की खुद जाँच की थी। उन्होंने देखा था कि अधिकांश हिस्से साफ नहीं हैं। उसी समय गांधीजी ने वहाँ के शिक्षकों से कहा कि इन बच्चों की पढ़ाई सफाई से ही आरंभ करनी चाहिए। इन्हें हाथ धोने और साफ रहने का महत्त्व भी शिक्षक बताएँ। गांधीजी ने कहा कि यह अंधविश्वास है कि साफ रहने के लिए साबुन जरूरी है। साबुन न रहे तो लोग साफ नहीं रह पाएँगे। उन्होंने कहा कि साबुन के आविष्कार के पहले भी लोग नहाते तो थे ही और साफ भी रहते थे। बिहार की मिट्टी में इतना दम है कि नहाने के लिए यह साबुन से ज्यादा काम आ सकता है। इसलिए अगर साबुन न हो तो मिट्टी से नहाया जा सकता है। इसमें कोई पैसा भी खर्च नहीं होगा। गांधीजी ने कहा कि शिक्षकों को चाहिए कि वे बच्चों को नीम या बबुल के दातुन से दाँत साफ करने के लिए प्रेरित करें। इसी से जीभ भी साफ करें। आँख और कान की भी सफाई करते रहें। इस बात का ध्यान रहे कि नाखून ज्यादा बड़े न हो जाएँ। इसलिए उसे समय-समय पर काटने के लिए बच्चों को कहते रहें। गांधीजी ने शिक्षकों को सलाह दी कि वे बच्चों से व्यायाम भी कराएँ और उन्हें बैठने के तरीके बताएँ। उन्होंने कहा कि जब तक इन बच्चों को सफाई, व्यायाम आदि का

प्रैक्टिकल प्रशिक्षण नहीं मिलेगा, ये क्या पढ़ाई कर पाएँगे। इसके बाद गांधीजी ने हरिजन सेवक संघ के प्रतिनिधियों से कहा कि वे देखें कि शिक्षक इन बच्चों को प्रशिक्षण दे रहे हैं या नहीं। इस प्रकार गांधीजी ने राँची में हरिजन बस्ती, उनके घरों और स्कूलों में जाकर छोटी-छोटी बातों का भी खयाल रखा, ताकि उनके जीवन में बदलाव आ सके।

गांधीजी, आदिवासी और टाना भगत

महात्मा गांधी को आदिवासियों से लगाव था। चंपारण सत्याग्रह के बाद जब गांधीजी ने राष्ट्रव्यापी आंदोलन छेड़ा, तब वे देश के कोने-कोने में गए। सबसे पहले गुजरात के आदिवासियों के संपर्क में आए। इसके बाद 1925 में उन्होंने छोटानागपुर का दौरा किया और आदिवासियों से सीधा संपर्क किया। चाईबासा में हो समुदाय और खूँटी में मुंडा समुदाय के लोगों से मुलाकात कर गांधीजी ने अपना संदेश दे दिया था। बड़ी संख्या में छोटानागपुर के आदिवासी गांधीजी को मानने लगे थे। सबसे ज्यादा प्रभाव टाना भगतों पर पड़ा था। जिस दिन राँची में महात्मा गांधी हरिजन छात्रों से मिले थे, उसी दिन उन्होंने टाना भगतों से भी मुलाकात की थी। टाना भगत दूरदराज के गाँवों से पैदल चलकर गांधीजी का दर्शन करने आए थे। इन लोगों ने अपने समुदाय के संत समान एक प्रभावी व्यक्ति के संपर्क में आकर शराब, हड़िया, मांस-मछली आदि का सेवन करना सब छोड़ दिया था और वे सामान्य सात्त्विक जीवन जी रहे थे। ये टाना भगत खुद चरखा चलाते थे, सूत काटते थे और अपने लिए कपड़ा भी बुन लेते थे। ये लोग भजन गाते थे और रामनाम जपते थे।

गांधी के अनन्य भक्त टाना भगत।

गांधीजी ने इन लोगों के साथ काफी समय बिताया था, क्योंकि इन्हें जो समझाया जाता था, उस पर अमल करते थे। सामाजिक बुराइयों को बहुत पहले वे त्याग चुके थे और खुद में बदलाव ला चुके थे। गांधीजी को यह सब देखकर काफी अच्छा लगा था। गांधीजी के आह्वान पर ये टाना भगत आजादी के आंदोलन में कूद पड़े थे। वे जेल भी गए थे। टाना भगतों ने तय कर लिया था कि वे अंग्रेजों को जमीन की लगान नहीं देंगे। इसके बाद टाना भगतों की जमीन नीलाम कर दी गई थी। इन टाना भगतों ने अहिंसा का व्रत ले लिया था। गांधी टोपी पहनते थे। हाथ में घंटा होता था और वे आजादी का बिगुल फूँकते थे। जहाँ भी कांग्रेस का अधिवेशन होता था, ये टाना भगत कई सप्ताह पहले पैदल ही अधिवेशन स्थल के लिए रवाना हो जाते थे। अधिवेशन में भाग लेते थे। ये सात्त्विक थे और अपना खाना खुद बनाते थे। गया और रामगढ़ अधिवेशन में भी इन्होंने सहयोग किया था। टाना भगत भी अन्य लोगों की तरह गांधीजी के आह्वान पर कोष में समुचित सहयोग किया करते थे। राँची-लोहरदगा के आसपास हजारों टाना भगत गांधीजी के कार्य को आगे बढ़ा रहे थे। इनमें मांडर थाना क्षेत्र के करकरी गाँव के गोवा भगत, लापुंग थाना के नगर के अंतु भगत, बुड़मू थाना के पीरागुट्टु के भुआल भगत, कुड़ू थाना के चेटर गाँव के विश्वामित्र टाना सरदार, मोरोबगिया टाली के बड़का मंगरा भगत और छोटका मंगरा भगत, गाँव उचरी के लोथे भगत, चोरेया गाँव के चमरा भगत, विशुनपुर के रतिया भगत, करकरी के हरिवंश भगत प्रमुख थे, जिन्होंने गांधीजी के विचार को तेजी से फैलाया। अंग्रेजों का विरोध करने पर जब इनकी जमीन चली गई, उसके बाद भी हिम्मत नहीं हारी, जुलूस निकाला और संघर्ष किया। नमक आंदोलन के दौरान ये टाना भगत जब नमक नहीं बना सके तो इन्होंने नमक खाना ही छोड़ दिया।

गांधीजी के इन अनन्य भक्तों में से एक हरिवंश टाना भगत ने 1969 में (जब गांधीजी जन्म शताब्दी मनाई जा रही थी) आदिवासी पत्रिका में गांधीजी के साथ का अनुभव एक लेख के जरिए बाँटा था। 1925 में गांधीजी राँची आए थे। दरभंगा कोठी (हाउस) में गांधीजी का शिविर लगा था। जैसे ही टाना भगतों को मालूम हुआ कि गांधीजी राँची आए हुए हैं, राँची, हजारीबाग, पलामू जिले से टाना भगत गांधीजी का दर्शन करने के लिए पहुँच गए। उसी समय हरिवंश टाना भगत ने भी दरभंगा हाउस जाकर गांधीजी का दर्शन किया था, तब उनकी उम्र कम थी। उस समय भूखा भगत की अध्यक्षता में टाना भगतों ने गांधीजी का अपने तौर-तरीके (पद्धति) से वहाँ पर स्वागत किया था। ये टाना भगत काफी खुश थे। वे तो गांधीजी के ऐसे भक्त

थे, जो सिर्फ उनका नाम सुनकर गद्‌गद हो जाते थे। उस दिन तो गांधीजी साक्षात् उनके सामने थे। टाना भगत अपने साथ चरखा भी ले गए थे। वे खादी पहने हुए थे। टाना भगतों ने सूत कातकर गांधीजी को भेंट की थी। ये टाना भगत अपने साथ गांधीजी के लिए फुटकल साग, कोयनार साग और मड़ुआ की रोटी भी साथ लाए थे। उन्होंने गांधीजी के सामने ये सामग्री रख दी थी और उन्हें ग्रहण करने का आग्रह किया था। गांधीजी ने उसे प्रणाम कर स्वीकार कर लिया था। इसके बाद गांधीजी को टाना भगतों ने एक थैली भी भेंट की थी। गांधीजी खुश थे। हरिवंश टाना भगत ने गांधीजी का पाँव छूकर काम माँगा था। गांधीजी ने संगठन बनाकर काम करने का आदेश दिया था।

एक सप्ताह में पैदल कोलकाता पहुँचे थे टाना भगत

1928 में कांग्रेस का अधिवेशन कोलकाता में हुआ था। मोतीलाल नेहरू इसके अध्यक्ष थे। इस अधिवेशन से पहले महात्मा गांधी कई बार झारखंड आ चुके थे और टाना भगत उनके शिष्य बन चुके थे। टाना भगतों ने तय किया कि वे भी कांग्रेस अधिवेशन में भाग लेंगे। परंतु उन पर अंग्रेज सरकार ने पाबंदी लगा दी थी। चौकीदारों और पुलिस का पहरा लगा दिया गया था, ताकि टाना भगत गांधीजी से नहीं मिल सके। अंग्रेजों को इस बात की आशंका थी कि टाना भगतों के गांधीजी के मिलने से टाना आंदोलन और बढ़ेगा। कड़ा पहरा होने के बावजूद मांडर थाना क्षेत्र से सैकड़ों टाना भगत पैदल ही वेश बदलकर कोलकाता के लिए निकल पड़े। एक सप्ताह में वे कोलकाता पहुँच गए। जो टाना भगत चलने में असमर्थ थे, वे ही ट्रेन से कोलकाता गए थे। अधिवशेन स्थल पर जाकर टाना भगत निराश हो गए, क्योंकि पंडाल में प्रवेश के लिए डेलिगेट टिकट की जरूरत थी। टाना भगतों के पास टिकट के पैसे नहीं थे। गांधीजी का दर्शन करने के लिए टाना भगत परेशान थे। कोई रास्ता नहीं सूझ रहा था। उन्होंने एक उपाय खोज निकाला। पंडाल के बाहर ही टाना भगतों ने 'गांधीजी की जय', 'भारतमाता की जय', 'वंदे मातरम्' का जोर-जोर से नारा लगाने लगे। वे गांधी टोपी लगा चुके थे। हाथ में चरखा भी लिये हुए थे। उन्हें भरोसा था कि गांधीजी जब यह सुनेंगे तो जरूर आएँगे। हुआ भी यही। गांधीजी को सूचना दी गई कि कुछ लोग गेट से नहीं हट रहे हैं और आपकी जय का नारा लगा रहे हैं। गांधीजी गेट पर आए और टाना भगतों का अभिवादन किया, शांत रहने की अपील की। वे मान गए। गांधीजी ने आश्वासन दिया कि वे धैर्य रखें और अगर वे किसी

कारणवश अंदर नहीं जा सकें तो उनके लिए खुले मैदान में ही भाषण करेंगे। थोड़ी देर बात करने के बाद गांधीजी पंडाल के अंदर चले गए और वहाँ उनकी संख्या जानने के बाद टाना भगतों के लिए फ्री पास भिजवाए। इस प्रकार टाना भगत पंडाल के अंदर गए और वहाँ गांधीजी का भाषण सुना, दर्शन किया। फिर खुशी-खुशी अपने क्षेत्र लौट आए।

औद्योगिक गृह और निवारण आश्रम

राँची के ब्रह्मचर्य आश्रम के प्रभारी थे क्षितिज बाबू। उन्होंने हरिजनों के लिए एक औद्योगिक स्कूल का निर्माण कराया था। इसके लिए बंशीधर मोदी ने एक बीघा जमीन दान दी थी। जुगल किशोर बिड़ला ने स्कूल भवन के लिए 1500 रुपए की सहायता दी थी। पास में ही बंशीधर बाबू ने कुछ और जमीन दी थी, जिस पर एक और भवन बनना था। इसे गांधी सेवक संघ को दे दिया गया था, ताकि उसमें श्रमिक रह सकें। प्रसिद्ध समाजसेवी निवारण बाबू के नाम पर इसका नामकरण 'निवारण आश्रम' किया गया था। निवारण बाबू पुरुलिया के रहनेवाले थे, जिन्होंने अपना पूरा जीवन देश को समर्पित कर दिया था। स्वास्थ्य लाभ के लिए वे राँची आए थे। गांधीजी ने उन्हीं निवारण बाबू के नाम पर निवारण आश्रम की आधारशिला रखी थी।

स्वराजवादी नेताओं के साथ बैठक

महात्मा गांधी हालाँकि अस्पृश्यता के खिलाफ जागरूकता फैलाने, हरिजन कल्याण कोष के लिए राशि जमा करने के लिए राँची आए थे, लेकिन इसी दौरे में उन्हें एक महत्त्वपूर्ण बैठक करनी पड़ी। यह बैठक स्वराजवादी नेताओं के साथ 1 मई, 1934 को हुई थी। इसमें सविनय अवज्ञा आंदोलन पर गांधीजी द्वारा दिए गए बयान के बाद उत्पन्न स्थिति पर गहन विचार-विमर्श हुआ था। दरअसल उन दिनों कांग्रेस के वरीय नेताओं के बीच इस बात लेकर मतभेद थे कि कौंसिल के चुनाव में भाग लेना चाहिए या नहीं। इसे लेकर खेमाबंदी हो चुकी थी। राँची बैठक के कुछ दिनों पहले यह मामला फिर गरम हो गया था। 31 मार्च, 1934 को नई दिल्ली में एक बैठक हुई थी, जिसमें मदन मोहन मालवीय, डॉ. वी.सी. राय, खली कुज्जमा, गोविंद बल्लभ पंत और अन्य कांग्रेसी नेताओं ने भाग लिया था। इसमें तय किया गया था कि स्वराज पार्टी फिर से बनाई जाए और केंद्रीय विधानसभा चुनाव

में भाग लिया जाए। जिस समय दिल्ली में यह बैठक हुई थी, गांधीजी पटना में थे (बिहार में उन दिनों भयंकर भूकंप आया था, गांधीजी उसके राहत कार्य के साथ-साथ हरिजन कल्याण के अभियान पर थे)। गांधीजी की राय जानने के लिए डॉ. अंसारी, भूलाभाई, डॉ. वीसी राय पटना आए और उन्होंने चार अप्रैल को गांधीजी से मुलाकात की। अस्वस्थ होने के बावजूद गांधीजी ने समय दिया, तीन घंटे तक बात की। गांधीजी ने उन नेताओं को साफ-साफ कह दिया कि मुझे आपके निर्णय का स्वागत है। आप चुनाव में भाग लें। गांधीजी ने छह अप्रैल को वल्लभभाई पटेल को पत्र लिखकर बैठक की पूरी जानकारी दे दी। पत्र में गांधीजी ने लिखा था, "मैंने लिखित तौर पर अंसारी, विधान चंद्र राय और भूलाभाई को कह दिया है कि जिनको कौंसिल में विश्वास है, उनका वहाँ जाना धर्म है। वे वहाँ व्यक्तिगत तौर पर जाएँ, कांग्रेस के नाम पर नहीं। मुझे उम्मीद है, तुम्हें यह पसंद आएगा।" गांधीजी का यह पत्र बताता है कि खुद गांधीजी ने भारी मन से कौंसिल चुनाव में भाग लेने के लिए नेताओं को कहा था। इसके बाद राँची में बैठक होनी थी। गांधीजी को राँची आना था और आने से पहले उन्होंने सरदार पटेल को 18 अप्रैल को एक और पत्र भेजा था। यह पत्र उन्होंने तब लिखा था, जब वे असम के दौरे पर थे। 18 अप्रैल, 1934 को लिखे पत्र में गांधीजी ने कहा, "सब राँची में जमा होंगे। वहाँ जैसा सूझेगा, वैसा रास्ता बताऊँगा। मेरा खयाल है कि कौंसिल प्रवेश का समर्थन करनेवालों को पूरी छूट देना हमारा धर्म है। जो लोग मन से रोज विधानसभा में बैठते हैं, वे शरीर से भी वहीं पर बैठें। इसी में भलाई है। तभी उस नीति के गुण-दोष की बात हो सकती है। रोज मन से जलेबी खानेवाला उसे खाकर देख ले। यही अच्छा है न?"

भले ही दिल्ली में स्वराजवादी नेताओं ने बैठक कर ली थी, पटना में गांधीजी से मुलाकात कर उनकी राय ले ली थी, फिर भी उनके मन में सवाल उठ रहे थे। गांधीजी का राँची का कार्यक्रम पहले से बना हुआ था, इसलिए स्वराजवादी नेताओं ने राँची आकर गांधीजी से मुलाकात करने की योजना बनाई। बैठक एक मई को हुई थी। इसमें कौंसिल प्रवेश के समर्थक और विरोधी दोनों मौजूद थे। बैठक में अरुणा आसफ अली, सी. राजगोपालाचारी, डॉ. अंसारी, राजेंद्र प्रसाद, सरोजिनी नायडू, डॉ. विधान चंद्र राय, भूलाभाई देसाई, जमनालाल बजाज, दीपनारायण सिंह, मथुरादास, नरीमन आदि ने भाग लिया था। मुख्य विषय था कि सविनय अवज्ञा आंदोलन चलाया जाए या नहीं, क्या कांग्रेस इससे अलग हो रही है? बैठक आरंभ होते ही गांधीजी ने कहा, "यह बात हो रही है कि मैंने कांग्रेस की ओर से सविनय

अवज्ञा आंदोलन बिल्कुल ही स्थगित करने की सलाह दी है। यह बात मुझे सरोजिनी नायडू ने कही है।" गांधीजी ने स्थिति को स्पष्ट करते हुए कहा कि मेरे बयान का गलत अर्थ लगाया गया है। ऐसी कोई बात नहीं है। इसी विषय पर भूलाभाई देसाई, राजगोपालाचारी, दीपनारायण सिंह, आसफ अली, डॉ. अंसारी, विधान चंद्र राय आदि ने या तो सवाल पूछे या अपना विचार दिया। खुले माहौल में यह बातचीत हुई थी। स्वराज पार्टी के नेता यही संदेश देना चाह रहे थे कि कांग्रेस सविनय अवज्ञा आंदोलन से पल्ला नहीं झाड़ रही है, बल्कि खुद गांधीजी अपनी ओर से कांग्रेस को स्वतंत्र कर रहे हैं। बैठक में आसफ अली ने कहा कि कांग्रेस को सविनय अवज्ञा में आस्था है, लेकिन उसके संशोधित रूप के बारे में हम ऐसा नहीं कह सकते। इसी के उत्तर में गांधीजी का स्पष्ट जवाब था, "ऐसी परिस्थिति में कांग्रेस को इससे अपना नाता बिल्कुल ही तोड़ लेना चाहिए।" दीपनारायण सिंह का मानना था कि कांग्रेस चाहेगी कि उसे बिल्कुल ही न त्यागे पर उसे स्थगित कर दे। सविनय अवज्ञा पर जो भी वाद-विवाद हो रहा था, जो असमंजस की स्थिति थी, उसे गांधीजी ने अपने सहयोगियों के साथ स्पष्ट किया था। जब नरीमन ने गांधीजी से पूछा कि हमें वह सूत्र आप बताएँगे, जो आप अखिल भारतीय कांग्रेस कमेटी के सामने पेश करने जा रहे हैं? गांधीजी ने इसका जवाब दिया था। गांधीजी ने कहा कि मेरा सूत्र यह होगा—अखिल भारतीय कांग्रेस कमेटी गांधीजी का वक्तव्य सावधानी के साथ पढ़ने और उनका स्पष्टीकरण सुन लेने के बाद सविनय अवज्ञा को उन तक ही सीमित करने की उनकी सलाह की ताईद करती है। लेकिन इस व्यवस्था के साथ कि यदि वे सविनय अवज्ञा के कार्यक्रम को विस्तृत बनाने का कोई प्रस्ताव कभी रखेंगे तो अखिल भारतीय कांग्रेस कमेटी को उसे स्वीकृत अथवा अस्वीकृत करने का पूरा अधिकार रहेगा। अखिल भारतीय कांग्रेस कमेटी अन्य सभी कांग्रेसियों को निर्देश देती है कि वे उनकी सलाह पर चलें और सविनय अवज्ञा को स्थगित कर दें। इस तरह मुझे चाहे, जो करने की छूट नहीं दी जाएगी। मेरे पास जब भी कोई प्रस्ताव होगा, मैं उसे कांग्रेस के सामने रखूँगा। कुछ और महत्त्वपूर्ण बिंदुओं पर बात करने के बाद राँची में आयोजित यह बैठक समाप्त हो गई थी। इसके बाद गांधीजी ने राँची में कुछ स्थानीय कार्यक्रमों में भाग लिया था। उसके बाद 4 मई, 1934 को राँची से चक्रधरपुर होते हुए कार से जमशेदपुर के लिए रवाना हो गए थे।

1934 के इस दौरे में गांधीजी दो बार बचे थे। अप्रैल में देवघर में उनकी कार पर हमला हुआ था। एक सप्ताह भी नहीं बीता था कि जमशेदपुर जाते वक्त

गांधीजी की कार दुर्घटनाग्रस्त हो गई थी और गांधीजी बाल-बाल बच गए थे। इसका उल्लेख गांधीजी ने 10 मई को वल्लभभाई पटेल को लिखे पत्र में भी किया था। गांधीजी ने पटेल को लिखा था—राँची से रवाना होते समय गंभीर मोटर दुर्घटना हो गई। यह तो तुम्हें पता चल ही गया होगा। जेने राम राखे, तेने कुण चाखे? यह धीरा भगत का पद है। इस घटना से गांधीजी विचलित नहीं हुए थे और जमशेदपुर का अपना दौरा पूरा किया था।

रामगढ़ अधिवेशन के बीच में राँची आए थे गांधीजी

मार्च 1940 में भारतीय राष्ट्रीय कांग्रेस का अधिवेशन रामगढ़ में हुआ था। इस अधिवेशन में भाग लेने के लिए महात्मा गांधी रामगढ़ आए हुए थे। अधिवेशन के बीच में ही 19 मार्च को वे कार से राँची भी आए थे। उन्होंने ठक्कर भवन और हरिजनों-आदिवासियों के लिए औद्योगिक गृह का उद्‍घाटन किया था। उसी दिन राँची के शहीद चौक स्थित साहूजी के भंडार के लए शुभकामना संदेश भी लिखा था। साहूजी स्वतंत्रता संग्राम में सक्रिय थे। इसके बाद उसी दिन शाम में वे रामगढ़ लौट गए थे। अधिवेशन की समाप्ति पर वे राँची होते हुए जमशेदपुर गए थे। यह राँची की उनकी अंतिम यात्रा थी।

□

रामगढ़ अधिवेशन : गांधीजी का जोरदार भाषण

कांग्रेस का 53वाँ अधिवेशन रामगढ़ में मार्च 1940 में हुआ था और इसमें भाग लेने के लिए महात्मा गांधी रामगढ़ आए थे। रामगढ़ का अधिवेशन गांधीजी के लिए भी बड़ा महत्त्वपूर्ण था। तब के हालात बिल्कुल अलग थे। कांग्रेस के भीतर कई ऐसे लोग थे, जो गांधीजी के निर्णयों पर सवाल उठाने लगे थे। गांधीजी के लिए यह अच्छा अवसर था, जब वे सभी को जवाब दे सके। उन्होंने दिया भी। हालाँकि गांधीजी ने अपने को बंबई अधिवेशन के बाद से ही कांग्रेस से अलग कर लिया था, लेकिन हर महत्त्वपूर्ण बैठक में उनकी मौजूदगी रहती थी और कांग्रेस उनकी ही विचारधारा के साथ आगे बढ़ रही थी, अपना कार्यक्रम तय कर रही थी। रामगढ़ आने के पहले और उसके बाद कुछ ऐसी घटनाएँ घट गई थीं, जिसका गांधीजी पर असर पड़ा था। उन दिनों दूसरा विश्वयुद्ध शुरू हो चुका था और भारत की सहमति के बगैर ब्रिटिश सरकार ने भारत को युद्ध में झोंक दिया था। देश में इसी विषय पर बहस हो रही थी कि युद्ध में ब्रिटिश सरकार का साथ दिया जाए या नहीं। कांग्रेस ने माँग रखी थी कि ब्रिटेन को अपने युद्ध उद्देश्य की घोषणा करनी चाहिए। इसी बीच 10 जनवरी, 1940 को वायसराय लिनलियगो ने बंबई में भाषण में घोषणा कर दी कि ब्रिटिश सरकार का उद्देश्य भारत को पूर्ण औपनिवेशिक दर्जा प्रदान करने का है। इस घोषणा के बाद गांधीजी ने 5 फरवरी को वायसराय से मुलाकात कर ली। इसी मुलाकात में कांग्रेस की माँग और वायसराय के प्रस्ताव में अंतर दिख गया। इससे यह साफ हो गया कि सरकार सिर्फ अपना काम निकालना चाहती है। हालाँकि बाद में रामगढ़ अधिवेशन में 20 मार्च को कांग्रेस ने युद्ध में भाग लेने के विरोध में यह प्रस्ताव पारित कर दिया—ब्रिटेन युद्ध मूल रूप से अपने साम्राज्यवादी उद्देश्यों की पूर्ति के लिए, अपने साम्राज्य को कायम रखने और मजबूत करने के

लिए कर रहा है। इसलिए कांग्रेस प्रत्यक्ष या परोक्ष रूप में किसी भी तरह इस युद्ध में हिस्सा नहीं ले सकती।

1940 में रामगढ़ अधिवेशन में बोलते हुए गांधीजी।

रामगढ़ अधिवेशन के पहले गांधीजी की पत्नी कस्तूरबा गांधी बीमार पड़ गई थीं और वे गांधीजी के साथ रामगढ़ नहीं आ सकी थी। उन्हें उसी हालत में छोड़कर गांधीजी आए थे। अधिवेशन के पहले ही गांधीजी ने 3 मार्च, 1940 को प्रभावती देवी को पत्र लिखकर जानकारी दे दी थी कि बा (कस्तूरबा गांधी) रामगढ़ नहीं जा पाएँगी। जिस समय रामगढ़ में कांग्रेस का अधिवेशन हुआ था, लगभग उसी समय सुभाषचंद्र बोस ने समानांतर अधिवेशन कर दिया था और वह भी रामगढ़ में ही। नेताजी ने इसका नाम दिया था समझौता विरोधी सभा। इस सभा की पूरी तैयारी करनेवालों में स्वामी सहजानंद सरस्वती और धनराज शर्मा प्रमुख थे। गांधीजी से सुभाषचंद्र बोस के मतभेद होने के बाद इस सभा का आयोजन किया गया था। इस सभा में इसी बात पर जोर दिया गया था कि कांग्रेस कार्यसमिति ब्रिटिश सरकार के साथ समझौता करने पर तुली हुई है और देश का अहित करके भी वह समझौता कर लेगी। यहाँ यह ध्यान देने की बात है कि कांग्रेस के त्रिपुरी अधिवेशन में

गांधीजी के न चाहते हुए भी सुभाषचंद्र बोस ने सभापति पद का चुनाव लड़ा और उन्होंने पट्टाभि सीतारमैया को बड़े अंतर से हरा दिया। सीतारमैया को गांधीजी का समर्थन था। इससे थोड़ी स्थिति विकट हो गई थी। बाद में सुभाष बाबू की तबीयत भी खराब रहने लगी थी। इधर कांग्रेस कार्यसमिति से गांधीजी के विचारधारा वाले लोगों ने इस्तीफा दे दिया। इसमें राजेंद्र बाबू भी थे। कांग्रेस के अंदर खेमेबाजी हो चुकी थी। हालाँकि बाद में सुभाषचंद्र बोस ने इस्तीफा दे दिया और नई पार्टी का गठन कर लिया। उनकी जगह राजेंद्र प्रसाद को अंतरिम सभापति चुनकर कांग्रेस का काम आगे बढ़ाया गया। यह सबकुछ रामगढ़ अधिवेशन के पहले हुआ था, इसलिए इन घटनाओं का असर पड़ना ही था। गांधीजी 12 मार्च, 1940 को ही सेवाग्राम से रामगढ़ के लिए रवाना हो गए थे। इस बीच 13 मार्च को एक और घटना घट गई। लंदन में सर माइकल ओडायर की गोली मारकर हत्या कर दी गई। इस घटना में लॉर्ड जेटलैंड, लॉर्ड लैमिंग्टन और सर लुईस डेन घायल हो गए थे। इस हत्या ने गांधीजी को दु:खित कर दिया, क्योंकि हत्या भारत के क्रांतिकारी युवक ने की थी। गांधीजी 14 मार्च को जब रामगढ़ पहुँचे तो सबसे पहले उन्होंने इस घटना की निंदा की और कहा कि किसी भी हाल में ऐसी हिंसक घटनाओं का समर्थन नहीं किया जा सकता। अधिवेशन के दौरान जब गांधीजी को बोलने का मौका मिला, उन्होंने हत्या की घटना की आलोचना की।

रामगढ़ का चयन

इसे संयोग ही कहा जाएगा कि कांग्रेस के अधिवेशन के लिए रामगढ़ का चयन किया गया था। चयन आसान नहीं था। तब झारखंड बिहार का हिस्सा था और बिहार में इस अधिवेशन (1940) के पहले दो बार कांग्रेस का अधिवेशन हो चुका था। एक बार पटना में और दूसरी बार गया में। इसलिए जब त्रिपुरी कांग्रेस में यह तय हुआ कि अगला अधिवेशन बिहार में होगा, तो स्थान को लेकर माथापच्ची होने लगी। उत्तर बिहार के लोग अपने क्षेत्र में अधिवेशन कराना चाहते थे, जबकि बाबू रामनारायण सिंह छोटानागपुर के किसी स्थान में कराने पर लगभग अड़ गए थे। उनका कहना था कि दक्षिण बिहार यानी छोटानागपुर की उपेक्षा होती रही है। राजेंद्र प्रसाद को इसमें बड़ी भूमिका अदा करनी थी। उनकी इच्छा थी कि ग्रामीण क्षेत्र में यह अधिवेशन हो। जिस भी स्थान का चयन किया जाए, उसमें इस बात का खयाल रखा जाए कि वह स्थान स्वास्थ्य के लिए बेहतर हो। इसके लिए पहले सोनपुर (जहाँ मेला लगता है) का नाम आया। इस कारण से कि वहाँ सारी सुविधाएँ

पहले से रहती ही हैं और इससे आयोजन में सुविधा होगी। लेकिन कोई सहमति नहीं बन पाई। यह जिम्मेवारी सौंपी गई रामदास गुलारी को। राजेंद्र बाबू ने उन्हें जगह के चयन में सहायता करने और नगर बसाने के लिए आमंत्रित किया था। त्रिपुरी कांग्रेस में नगर निर्माण रामदास गुलारी की देख-रेख में ही हुआ था। वे एक अनुभवी इंजीनियर थे। रामदासजी को लेकर राजेंद्र बाबू और उनके सहयोगी पहले राजगृह गए। फिर फुलवारीशरीफ का नाम आया। अंत में ये लोग रामगढ़ आए और यह जगह रामदासजी को जँच गई। दामोदर नदी के किनारे का यह स्थान बड़ा मनोरम था। जंगल भी थे। अधिवेशन के लिए पेड़ों को कटवाना था। इसके लिए राजेंद्र बाबू ने अंबिका कांत सिंह को रामगढ़ भेजा था। खुद भी राजेंद्र बाबू कुछ दिनों तक राँची में आकर ठहरे थे और राँची से ही रामगढ़ जाया करते थे। उनके साथ मथुरा बाबू भी थे। इसी तैयारी के दौरान रामदास गुलारीजी बीमार पड़ गए और उनकी जगह रामजी प्रसाद वर्मा (जो उसी समय इंग्लैंड से पढ़ाई कर लौटे थे) को यह जिम्मेवारी सौंपी गई। एक लाख से ज्यादा लोगों के आने का अनुमान था, इसलिए उतने लोगों के रहने की व्यवस्था करनी थी। नदी में कुआँ खोदकर उसमें से टंकी में पानी लाया गया था। गया कॉटन मिल्स के मालिकों ने अपना नया जेनरेटर सेट भेज दिया था, ताकि बिजली का संकट दूर हो जाए।

रामगढ़ में 1940 के अधिवेशन के दौरान महात्मा गांधी।

रामगढ़ में गांधीजी का महिलाओं द्वारा तिलक लगाकर स्वागत।

रामगढ़ अधिवेशन के स्वागताध्यक्ष राजेंद्र प्रसाद ही थे। उन्होंने पूरी तैयारी भी अच्छी तरह से की थी। महात्मा गांधी रामगढ़ स्टेशन पर उतरे थे, जहाँ उनका जोरदार स्वागत हुआ था। स्टेशन से उन्हें जुलूस के साथ अधिवेशन स्थल पर लाया गया था। अधिवेशन के लिए जो नगर बसाया गया था, उसका नाम मजहरूल नगर रखा गया था। कई फाटक भी बने थे। एक का नाम भगवान् बिरसा मुंडा द्वार था तो दूसरे का नाम दीपनारायण सिंह द्वार। जिस दिन गांधीजी रामगढ़ आए, मार्च का महीना होने के बावजूद उसके एक दिन पहले वहाँ बारिश हो गई थी। गांधीजी पहले आए थे, क्योंकि उन्हें अधिवेशन स्थल पर प्रदर्शनी का उद्‌घाटन करना था। प्रदर्शनी के लिए पूरी तैयारी की गई थी। इसकी जिम्मेवारी चरखा संघ के मंत्री लक्ष्मी नारायण ने उठाई थी। अखिल भारतीय चरखा संघ और ग्रामोद्योग संघ ने इसमें उनकी सहायता की थी। प्रदर्शनी में बिहार के इतिहास को चित्रों के माध्यम से दिखाया गया। बाबू ईश्वरी प्रसाद वर्मा के नेतृत्व में प्रदर्शनी का यह काम किया गया। गांधीजी ने इस प्रदर्शनी का उद्‌घाटन किया। इस अधिवेशन में बारिश ने परेशान कर रखा था। अधिवेशन स्थल पर विशाल पंडाल बनाया गया था। जिस दिन अधिवेशन आरंभ हुआ, भारी बारिश हो गई। इसके पहले लोग पंडाल में जमा हो गए थे, ताकि भाषण सुन सकें। लेकिन बारिश थमने का नाम ही नहीं ले रही थी। जब बहुत देर तक बारिश नहीं रुकी तो सभापति मौलाना अबुल कलाम आजाद को

किसी तरह वहाँ लाया गया। साथ में राजेंद्र बाबू भी थे। मंच के आसपास पानी भर चुका था और वहाँ खड़ा रहना मुश्किल हो गया था। ऐसे हालात में ही राजेंद्र बाबू ने दो-चार लाइन में किसी तरह सदस्यों का स्वागत किया। सभापति भी भाषण नहीं दे पाए। उनके भाषण को पढ़ा मान लिया गया। दूसरे दिन भारी बारिश तो नहीं हुई, लेकिन छिटपुट बारिश होती रही। पंडाल में सभा कराना संभव नहीं था, इसलिए खुले मैदान में ही प्रतिनिधि जमा हुए और वहीं पर महात्मा गांधी को भाषण करना पड़ा। बारिश ने ऐसी स्थिति पैदा कर दी थी, जिससे प्रतिनिधि भी परेशान हो गए थे। नदी में पीने के पानी के लिए जो कुआँ बनाया गया था, वह गंदा पानी से भर गया था। पीने का पानी सिर्फ 24 घंटे का था। यह सभी के हित में था कि जल्द-से-जल्द अधिवेशन को खत्म कर दिया जाए, ताकि प्रतिनिधि अपने-अपने घर जा सकें। आनन-फानन में यह अधिवेशन खत्म कराया गया। बाद में गांधीजी ने लिखा कि कार्यक्रम के लिए स्थल चयन करने के समय मौसम आदि का भी ध्यान रखना चाहिए। आयोजकों को दुःख नहीं हो, इसलिए अपनी बात में गांधीजी ने इस बात को भी जोड़ा कि रामगढ़ में आयोजकों ने अपने स्तर से हरसंभव प्रयास किया।

प्रदर्शनी का उद्घाटन

14 मार्च, 1940 को रामगढ़ में महात्मा गांधी ने प्रदर्शनी का उद्घाटन करते हुए कहा था, "मुझे विश्वास है कि हम खादी द्वारा भारत के ग्रामीणों को सजग और आत्मनिर्भर बना सकते हैं और ऐसी शक्ति प्रदान कर सकते हैं कि वे अपने उद्धार के लिए कदम उठाने योग्य हो जाएँ। आप गाँववालों को दिखा सकते हैं कि उनके पास अनेक दस्तकारियाँ हैं, जिनका विमानों से गिराए जानेवाले बमों से भी कुछ नहीं बिगड़ सकता। लेकिन वे नहीं जानते कि उनके पास कैसे खजाने हैं। अधिकांश तो लूटे जा चुके हैं और आज वे विनाश के कगार पर हैं। अपने इन खजानों को पहचानने के लिए हमें उनको जगाना है। उनके अज्ञान और अंधकार को दूर करना है। इन प्रदर्शनियों का यही उद्देश्य है।" गांधीजी ने अखिल भारतीय चरखा संघ के शंकर लाल बैंकर की तारीफ करते हुए कहा, "उन्होंने खादी और ग्रामोद्योग के उत्कर्ष के लिए लगन से काम किया है। प्रदर्शनी में जितनी वस्तुएँ दिखाई गई हैं, वे बताती हैं कि भारत ने कुटीर उद्योग के क्षेत्र में निश्चय ही प्रगति की है। अनेक बाधाओं के होते हुए भी प्रगति अच्छी हुई है। वास्तव में ग्रामोद्योग महान् आर्थिक संभावनाओं से आपूरित है। ग्रामीण लोगों को बाहरी दुनिया की स्थिति की जानकारी कराई जानी चाहिए और यह बताया

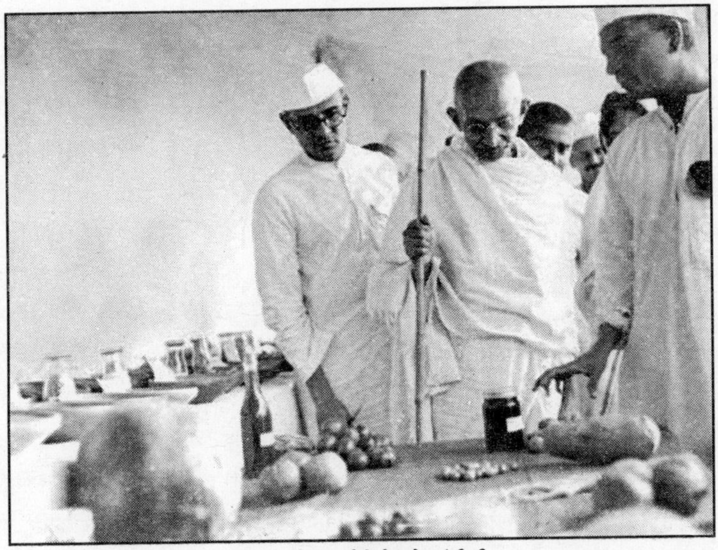

रामगढ़ में प्रदर्शनी देखते गांधीजी।

जाना चाहिए कि किस प्रकार उनका शोषण किया जा रहा है। धनी लोगों पर एक बड़ी जिम्मेवारी है, क्योंकि ग्रामोद्योग को सहायता देकर वे ग्राम जीवन का उत्थान कर सकते हैं और उसको समृद्ध बना सकते हैं। कांग्रेस पिछले 50 वर्षों से इस प्रकार की सहायता जुटाने में व्यस्त रही है।"

गांधीजी ने कहा, "स्वराज्य प्राप्ति के लिए कोई संघर्ष करने की जरूरत नहीं है। इसे बड़ी आसानी से और शांतिपूर्वक प्राप्त किया जा सकता है और इसी प्रकार सांप्रदायिक एकता भी स्थापित की जा सकती है। ग्रामीण लोगों को ऐसा ज्ञान दिया जाना चाहिए, जिससे उन्हें अपनी क्षमताओं का भान हो सके। यदि वे बेकार हो गए हैं या उनका शोषण हो रहा है तो इसका मुख्य कारण उनका अज्ञान ही है। इस अज्ञान को हर हाल में दूर किया जाना चाहिए और लोगों को समझाना चाहिए कि उन्हें उस प्रकार जीने की कोई आवश्यकता नहीं है, जिस प्रकार वे अब तक जीते रहे हैं और निराशा के दलदल से बाहर निकलने में असमर्थ रहे हैं। उन्हें बाहरी दुनिया की भी कुछ जानकारी होनी चाहिए और यह मालूम होना चाहिए कि उनके देश का किस प्रकार शोषण होता रहा है। इस प्रकार के शोषण को रोकने का सबसे प्रभावकारी तरीका यह है कि ग्रामोद्योग का, विशेष रूप से चरखे का, पुनरुद्धार किया जाए। कांग्रेस पिछले 50 वर्षों से ग्रामों के उद्धार के लिए प्रयत्नशील है। इन्हीं प्रयत्न के क्रम में खादी संघ

और तालीमी संघ का जन्म हुआ। खादी संघ चरखे का प्रचार-प्रसार कर रहा है और तालीमी संघ लोगों को यह शिक्षा दे रहा है कि किस प्रकार सांप्रदायिक एकता स्थापित की जा सकती है।

"सच्ची भारतीय सभ्यता भारतीय गाँवों में ही है। आधुनिक शहरी सभ्यता हमें यूरोप और अमेरिका में तथा अपने यहाँ के उन चंद नगरों में देखने को मिलती है, जो पाश्चात्य नगरों की नकल है और जिनका निर्माण विदेशियों द्वारा और विदेशियों के लिए किया गया था। लेकिन वे टिक नहीं सकते। काल के थपेड़ों को झेलकर खड़ी रहनेवाली और उसकी कसौटी पर खरी उतरनेवाली सभ्यता तो दस्तकारियों पर आधारित सभ्यता ही है। लेकिन यह सभ्यता तो तभी टिक सकती है, काल की कसौटी पर तभी खरी उतर सकती है, जब हम शारीरिक श्रम के साथ बौद्धिकता का समिश्रण करें। स्वर्गीय मधुसूदन दास कहा कहते थे कि हमारे किसान और मजदूर बैलों के साथ काम करते-करते और बैल बन गए हैं। वे ठीक ही कहते थे। हमें उन्हें जानवर की स्थिति से उठाकर मनुष्य की स्थिति में लाना है और यह हम केवल बौद्धिकता का शारीरिक श्रम के साथ सम्मिश्रण करके ही कर सकते हैं। जब तक वे बुद्धिपूर्वक काम करना और प्रतिदिन कुछ नया बनाना नहीं सीख लेते, जब तक उन्हें काम करने से होनेवाली प्रसन्नता का अनुभव करना नहीं सिखाया जाता, तब तक हम उन्हें उसकी निम्न स्थिति से नहीं उबार सकते।

गांधीजी ने कहा, "सच्चे भारत का प्रतिनिधित्व बंबई या कलकत्ता नहीं करता। वास्तविक भारत तो समूचे देश में फैले हुए सात लाख गाँव ही हैं। ग्रामीण जनों को, उनके अंदर जो क्षमता और योग्यता सहज ही विद्यमान है, उसका बोध कराना है और उन्हें अपनी मूलभूत आवश्यकताओं के लिए स्वयं अपने पर आश्रित रहना सिखाना है। उन्हें इस लायक बनाना चाहिए कि वे अपनी जरूरत की खाद्य सामग्री और वस्त्रों का उत्पादन स्वयं कर सकें। यह खादी तथा ग्रामोद्योगों के कार्यक्रम को सफलतापूर्वक कार्यान्वित करके ही किया जा सकता है।" महात्मा गांधी ने तालीमी संघ पर विशेष बल देते हुए कहा, "यह सांप्रदायिक समस्या का समाधान कर सकता है। सच तो यह है कि अब तक इस योजना पर जितना काम किया गया है, उससे प्रकट होता है कि इसके बल पर यह ध्येय प्राप्त किया जा सकता है। बुनियादी शिक्षा की योजना पक्षपात की भावना से तनिक भी प्रेरित नहीं है। यह बिल्कुल असांप्रदायिक है। बहुत से लोगों ने अलग-अलग दृष्टिकोणों से अकसर इस योजना की आलोचना की है, परंतु मुझे पूरा विश्वास है कि यह योजना हिंदुओं और मुसलमानों के बीच पूर्ण एकता स्थापित कर सकती है।"

गांधीजी ने अपने भाषण में गाँवों को प्रमुखता देते हुए और उनकी महत्ता को बताते हुए कहा, "भारत के किसी भी सुधार को गाँवों से ही शुरू किया जाना चाहिए। गाँव की दस्तकारियों से बनी चीजों को निर्यात नहीं किया जा सकता। मगर मैं चाहता भी नहीं कि उनका निर्यात किया जाए। मैं तो यह चाहता हूँ कि गरीब ग्रामवासी अपनी रोटी और कपड़ा कमा सके। खादी का संदेश देश के सामने 1919 से ही रखा जा चुका है। चरखा संघ, ग्रामोद्धार योजना और तालीमी संघ भी उसी के परिणाम हैं। लोगों को प्रदर्शनी पर और अधिक समय देना चाहिए।"

कार्यसमिति की बैठक

15 मार्च को रामगढ़ में कांग्रेस अधिवेशन के दौरान कार्यसमिति की बैठक हुई थी। सविनय अवज्ञा आंदोलन के लिए देश तैयार है या नहीं, इसे आरंभ करना चाहिए या नहीं, कार्यसमिति की बैठक में इसी बात पर अधिक चर्चा हुई थी। बैठक की अध्यक्षता राजेंद्र प्रसाद ने की थी। बैठक में अबुल कलाम आजाद, सरोजिनी नायडू, जवाहरलाल नेहरू, वल्लभभाई पटेल, जमनालाल बजाज, पट्टाभि सीतारमैया, भूलाभाई देसाई, शंकर राव देव, प्रफुल्ल चंद्र घोष, हरेकृष्ण मेहताब, जे.बी. कृपलानी उपस्थित हुए थे।

रामगढ़ कांग्रेस में राजेंद्र प्रसाद के साथ गांधीजी।

गांधीजी ने पहले ही यह बात कह दी थी कि इस समय देश सविनय अवज्ञा आंदोलन के लिए तैयार नहीं है। गांधीजी खुद भी मानते थे कि इसके लिए कांग्रेस के कार्यकर्ताओं की भी पूरी तैयारी नहीं है। इसलिए सविनय अवज्ञा आरंभ करना जल्दबाजी होगी। कार्यसमिति की बैठक में गांधीजी ने कहा, "आप लोग मेरे तीन सवाल का जवाब दे दीजिए। पहला कि यदि कांग्रेस के सामने हिंदू भारत और मुसलिम भारत के रूप में भारत का विभाजन किए जाने की माँग हो तो उस पर कांग्रेस की क्या स्थिति होनी चाहिए? दूसरा कि क्या देश सविनय अवज्ञा आंदोलन के लिए तैयार है? और तीसरा कि संविधान सभा के संबंध में आप लोगों की सही-सही कल्पना क्या है?" गांधीजी ने कहा, "संविधान सभा का जो मैं अर्थ समझता हूँ, उसका चित्र मैं आपके सामने पेश करना चाहता हूँ। हम संक्रमण काल में ब्रिटिश सरकार के लिए कोई शर्त नहीं रखेंगे। उनकी सेना देश में रहेगी और उनका प्रशासनिक तंत्र भी रहेगा। संविधान सभा बनने से पहले और उसके बाद ब्रिटिश सरकार से एक समझौता होगा। यदि सभा में हमारी अल्पसंख्या हो तो संविधान सभा के निर्णयों को, वे चाहे जो भी हों, हम और किसी खातिर नहीं तो अनुशासन की ही खातिर मान लेंगे। यदि सभा सेना को कायम रखना चाहे, तो हम विरोध भी नहीं करेंगे। यदि कोई अल्पसंख्यक लोग सेना को रखना चाहें, तो मैं उसके हटाए जाने की भी जिद नहीं करूँगा। यदि असंभव माँग पेश की जाए, तो भी हमें उनके सामने सिर झुकाना होगा। यदि भ्रष्टाचारी लोग आ जाएँ और सारा मामला चौपट कर दें तो हम लाचार हैं। संविधान सभा के लिए मताधिकार जितना व्यापक होगा, उतना ही अच्छा है। संविधान सभा के बनने और सुचारु रूप से काम करने के लिए आपसी सौहार्द आवश्यक है। इसके अभाव में ब्रिटिश सरकार अवश्य ही हमारा पलड़ा हलका करने के लिए राजाओं और मुसलमानों का प्रयोग कर सकती है। आपसे मैंने जो कुछ सुना है, उससे मेरा विश्वास और भी पुष्ट हो गया है कि हमारा देश सविनय अवज्ञा आंदोलन के लिए तैयार नहीं है। अपनी तैयारियाँ बढ़ाने की मुझे कोई विशेष संभावना दिखाई नहीं पड़ती। संयुक्त प्रांत में जो कुछ संपन्न हुआ है, वह अच्छा है। परंतु वहाँ जवाहरलालजी ने जो जागृति उत्पन्न की है, उससे मैं अहिंसा का विकास नहीं कर सकता। खादी जनता में अहिंसा की शक्ति पैदा करेगी। मुझे इस बात में जरा भी संदेह नहीं है कि हम अहिंसा से पूर्ण स्वराज हासिल कर सकते हैं। छोटी सी अनुशासनपूर्ण कांग्रेस को लेकर मैं पूरे विश्वास के साथ लड़ सकता हूँ। किंतु हमारे पास जो बड़ी कांग्रेस है, वह दुर्वह और लचर है। यदि सविनय अवज्ञा आरंभ कर दी

जाए तो अवज्ञा ही रह जाएगी और सविनय लुप्त हो जाएगा। जैसी हालत है, उसमें मैं सविनय अवज्ञा आरंभ नहीं कर सकता। यदि कांग्रेस से मेरा वर्तमान संबंध टूट जाए तो शायद मैं कोई राह ढूँढ़ निकालूँ। मैं अपना कार्यक्रम नहीं छोड़ सकता। मैं हठी नहीं हूँ। मुझे विकल्प के रूप में कोई दूसरा कार्यक्रम नहीं दिया गया है। प्रचार द्वारा पैदा किए गए उद्वेलन में से मैं कोई अहिंसक सेना तैयार करने में असमर्थ हूँ। लोगों को काम में लगाकर उन्हें अनुशासित बनाना है। ऐसी सेना लक्ष्य से भटक नहीं सकती। जन सामान्य में सुगमता से अहिंसा पैदा की जा सकती है।"

उन दिनों यह बात भी हो रही थी कि गांधीजी जो ठान लेते हैं, उस पर अडिग रहते हैं और किसी की सुनते नहीं हैं। रामगढ़ अधिवेशन में गांधीजी ने ऐसे-ऐसे मामलों को भी उठाया और एक-एक का जवाब दिया। ऐसा ही एक मामला था सर मॉरिस ग्वायर का। भूलाभाई के साथ मुलाकात में सर मॉरिस ने कहा था कि गांधीजी ध्येय के संबंध में और कड़े हो गए हैं। गांधीजी ने इसका जवाब देते हुए कहा, "बात सच है। मुझे दूसरे पक्ष से कोई सच्चा प्रत्युत्तर नहीं मिलता। देश के अंदर मेरे सामने कठिनाइयाँ हैं। मुझे संघर्ष के लिए उपयुक्त उपकरण दिखाई नहीं पड़ता। जब तक मेरी शर्तें पूरी नहीं हो जाती, तब तक मैं संघर्ष आरंभ नहीं करूँगा। मैं नहीं चाहता कि जनता कुचल दी जाए। बगैर पूरी तैयारी किए संघर्ष आरंभ कर दिया जाए तो इसका दुष्परिणाम जनता को भुगतना पड़ जाएगा। उन्हें कष्ट भोगना पड़ेगा। मुझे राजकोट से हट जाना पड़ा था, क्योंकि वहाँ आंतरिक शक्ति का अभाव था। वहाँ जो कुछ शक्ति थी, उसमें नाटकीयता थी। मेरे हट जाने में ही राजकोट की जनता की भलाई थी। अगर मैं नहीं हटता तो वहाँ जो प्रतिक्रिया होती, उससे जनता को कष्ट होता। मैं ऐसा कुछ करना नहीं चाहता, जिससे पस्तहिम्मती आएँ।" गांधीजी ने चेताते हुए कहा कि अगर संघर्ष आरंभ हो जाए, अनुशासन नहीं हो, हर समुदाय अपनी मनमानी करने लगे तो सत्यानाश ही होगा। सभी लोग मानते हैं कि कांग्रेस में अनुशासन का अभाव है, फिर भी भाग लेते हैं। एक और दूसरा उपाय आपको बताता हूँ, मेरे पास है। आपके साथ मेरा जो संबंध है, उसके भार से मुझे मुक्त कर दिया जाए और आप लोग आगे बढ़ जाएँ। मैं अपने आपको आगे के लिए तैयार रखूँगा। यदि जरूरत पड़ी तो बाद में आपके साथ शामिल हो जाऊँगा। शायद मैं भरोसा रखने लायक नहीं हूँ और हो सकता है मैं आपको अप्रत्याशित मुसीबत में डाल दूँ। शायद मैं अनिश्चितकाल तक आंदोलन आरंभ कर ही न पाऊँ और एकाएक समाप्त कर दूँ। आप मुझसे चाहे जितना एकमत हों, लेकिन आपकी

अहिंसा मेरी अहिंसा की सीमा तक नहीं पहुँचती। 20 साल तक अहिंसा का प्रयोग करने के बाद भी यदि मैं मुसलमानों का प्रेम और विश्वास हासिल करने में असमर्थ रहा हूँ, तो मेरी अहिंसा वास्तव में निकृष्ट कोटि की हो सकती है। तो फिर मुझे और आत्मनिरीक्षण करने दीजिए, ताकि मैं अहिंसा में और शोध कर सकूँ।

जिस समय गांधीजी ये बातें कह रहे थे, वहाँ मौलाना अबुल कलाम आजाद भी थे। गांधीजी ने उनकी ओर मुड़कर कहा, "मेरे मन में जरा भी संदेह नहीं है कि मेरे इस कदम से कांग्रेस या देश को कोई हानि नहीं पहुँचेगी। यहाँ ऐसी कोई बात नहीं कि आप पर, कार्यसमिति पर या फिर राष्ट्र पर मैं विश्वास नहीं करता। यहाँ तो सवाल यह है कि मुझे स्वयं पर विश्वास नहीं है। मुझे भरोसा है कि यदि आप मुझे छुटकारा दे दें तो मैं संभवत: सविनय अवज्ञा आंदोलन को एक शुद्धतर और अधिक उदात्त स्वरूप दे सकूँगा।" गांधीजी के इस भावपूर्ण भाषण के बाद मौलाना आजाद ने कहा कि आपका (गांधीजी से अलग होने का) प्रस्ताव कोई नहीं मानेगा। आपको भूलना नहीं चाहिए कि आपके आदेश पर ही मैंने इस साल पदग्रहण करना स्वीकार किया था और अब आप मुझे छोड़ नहीं सकते। आपके बिना सविनय अवज्ञा आंदोलन की बात कोई सोच ही नहीं सकता। इसके बाद बैठक में कई लोगों ने सवाल पूछे और गांधीजी ने एक-एक कर उन सबका उत्तर दिया था।

विषय समिति की बैठक

रामगढ़ में 18 मार्च, 1940 को महात्मा गांधी ने विषय समिति की बैठक में हिंदी में भाषण दिया था। सभी लोगों में गांधीजी के भाषण के लिए उत्सुकता थी। गांधीजी पहले ही बंबई अधिवेशन में कांग्रेस से अलग हो चुके थे। उसके बाद बैठकों में जाते कम थे, जब जाते भी थे तो बोलते नहीं थे। इसलिए इस बार जब यह तय हुआ कि गांधीजी विषय समिति की बैठक में बोलेंगे तो सदस्यों में उन्हें सुनने के लिए उत्साह आ गया। बैठक में महात्मा गांधी ने खुलकर अपना विचार विस्तार से व्यक्त किया था। अपने भाषण में गांधीजी ने कहा था, "बंबई कांग्रेस (1934) में मैं कांग्रेस से अलग हुआ था और तभी से मुझमें और कार्यसमिति में यह समझौता रहा है कि मुझे अखिल भारतीय कांग्रेस कमेटी, विषय समिति या खुले अधिवेशन में बोलने के लिए नहीं कहा जाएगा और मुझमें जो शक्ति बची है, उसे संचित करने दिया जाएगा। मैं आमतौर पर कार्यसमिति की बैठकों में हाजिर रहता हूँ। इस बार मैंने खुद सुझाव दिया कि मैं विषय समिति और

रामगढ़ में 1940 में कार्यसमिति की बैठक में जाते हुए महात्मा गांधी।

प्रतिनिधियों से भी कुछ कहना चाहूँगा। कार्यसमिति ने यह प्रस्ताव मंजूर कर लिया। मैं तो यह चाहता था कि प्रस्ताव पास होने से पहले ही आप लोगों के सामने बोलूँ, मगर समिति ने राय दी कि प्रस्ताव के निपटने के बाद ही बोलूँ। मेरी इच्छा थी कि आप सबके मुँह देख सकूँ और आपको मेरा मुँह देखने का और बंबई में कांग्रेस से हट जाने के बाद मुझमें कोई परिवर्तन हुआ हो तो उसका पता लगाने का भी मौका दूँ। पचास साल के सार्वजनिक जीवन से मुझमें आपके चेहरों से दिल की बात जान लेने की शक्ति आ गई है। मैंने इन वर्षों में बहुत सी संस्थाएँ खड़ी कीं। हजारों और लाखों लोगों से मैं मिला हूँ। कार्यसमिति के संपर्क में भी रहा हूँ। आप में से कई लोग पत्राचार भी करते रहे हैं। इस कारण आपके मन की तह तक पहुँचना मेरे लिए मुश्किल तो नहीं होना चाहिए।" गांधीजी ने कहा कि मैं देखता हूँ कि आप लोगों ने वाद-विवाद की कला में खासी प्रगति की है। मैं आपको बधाई देता हूँ, क्योंकि लोकतांत्रिक संस्था के लिए समझाने-बुझाने की शक्ति और ऊँचे दर्जे की बहस जरूरी गुण हैं। मैंने यह भी देख लिया कि जो संशोधन आप लोग पेश करते हैं, उनकी संख्या भी बढ़ गई है। यह अच्छी बात है कि आप सब नए-नए दृष्टिकोणों पर जोर देने को उत्सुक हों। हाँ, कुछ संशोधनों के लिए मैं आपको बधाई नहीं दे सकता; क्योंकि वे या तो ओछे थे या अनर्गल। आपने प्रस्ताव प्राय: एकमत से पास किया है, क्योंकि विरोध में सिर्फ सात या आठ आदमी ही थे। इससे मेरी जिम्मेदारी बढ़ गई है। क्योंकि मैंने इस

वाद-विवाद को खुद देखा है। मैं चाहता तो राय लिये जाने से पहले आपको चेतावनी दे देता, लेकिन मैंने कार्यसमिति का यह सुझाव स्वीकार कर लिया कि प्रस्ताव पास होने से पहले मैं न बोलूँ। बहस के दौरान आप में से कुछ लोगों ने जो बातें कही हैं, उनका मैं उत्तर देना नहीं चाहता; लेकिन मैं यह जरूर कहना चाहता हूँ कि भले ही मेरे जीवन में ऐसा समय रहा है, जब मैंने अपनी कुछ शर्तें पूरी न होने पर भी आंदोलन छेड़ दिया है, पर अब मैं सख्ती से काम लूँगा। यह इसलिए नहीं कि सख्ती मुझे पसंद है, बल्कि इसलिए कि एक सेनापति को, जिसे अपनी फौज की रहनुमाई करनी है, पहले से ही सेना को अपनी शर्तें बता देनी चाहिए। तो मैं आपसे कह देता हूँ कि तुरंत आंदोलन छेड़ने का यह वक्त नहीं है। पहले की अपेक्षा आज हम ज्यादा कठिनाइयों से घिरे हुए हैं। हमने और सरकार दोनों ने अपने-अपने इरादों का ऐलान कर दिया है। यह बात भी है कि ब्रिटिश सरकार विश्वव्यापी युद्ध में फँसी हुई है और यदि हम भी उससे लड़ाई ठान लें तो स्वाभाविक है कि हम काफी कष्ट मोल लेंगे। हमारी भीतरी कठिनाइयाँ भी भयभीत कर रही हैं। मैंने अकसर कहा है कि बाहरी मुश्किलों से सत्याग्रही को कभी डरने की जरूरत नहीं है। उससे तो यह फलता-फूलता है और दोगुने जोश-जोर के साथ उनका सामना करता है। आज हालत उलटी है। अपनी बाहरी कठिनाइयों के कारण हममें अधिक बल और एकता नहीं आई है। हमारी भीतरी मुश्किलें बढ़ रही हैं। हमारे कांग्रेस के रजिस्टर झूठे सदस्यों से या ऐसे सदस्यों से भरे पड़े हैं, जो यह जानकर बड़ी संख्या में भरती हो गए हैं कि कांग्रेस में घुसने का अर्थ सत्ता हासिल करना है। इस कारण जो पहले कांग्रेस में शामिल होने का कभी विचार भी नहीं करते थे, वे भी इसमें आ गए हैं और इसे भ्रष्ट कर रहे हैं। जो लोग स्वार्थ की भावना से ही आएँ, उन्हें भी लोकवादी संस्था में आने से हम कैसे रोक सकते हैं? हममें न वह अनुशासन है और न लोकमत के समर्थन से प्राप्त होनेवाली वैसी शुद्धता और बल, जो ऐसे लोगों को अलग रहने पर मजबूर कर सके। जब तक हम प्रारंभिक सदस्यों के पास वोट की खातिर साल में सिर्फ एक बार ही जाते रहेंगे, तब तक वह शुद्धता और बल आ ही नहीं सकता। हमारे सदस्यों में कोई अनुशासन नहीं है। वे गुटों में बँटे हुए हैं। ये गुट आधिकारिक सत्ता हासिल करने के लिए आपस में लड़ते हैं। आपसी व्यवहार में अहिंसा से काम लेने की आवश्यकता हमें महसूस नहीं होती। मैं जहाँ भी जाता हूँ, मुझे एक ही शिकायत सुनने को मिलती है। मेरी कल्पना के लोकतंत्र में ऐसे गुटों के लिए

स्थान नहीं है, जो आपस में इतना अधिक झगड़ें कि संस्था को ही नष्ट कर दें। गुट भले ही हों, लेकिन वे संस्था को बल पहुँचाने के लिए होने चाहिए, उसे कमजोर या नष्ट करने के लिए नहीं।

गांधीजी प्रतिनिधियों और नेताओं को एक तरह से आगाह कर रहे थे। उन कमियों को भी बता रहे थे, जो संगठन में थीं और जिनसे भारी नुकसान हो रहा था। उन्होंने कहा कि हमारी संस्था जब इसे 1920 में फिर से संगठित किया गया, तभी से लोकतांत्रिक और जंगजू दोनों रही है। अहिंसक अर्थ ही सही, हमने तो फौजी भाषा तक इस्तेमाल की है। मैं जो बात असंख्य बार कह चुका हूँ, वही दोहराना चाहता हूँ कि यदि आप मेरी सेना के सिपाही बनना चाहते हैं तो समझ लीजिए कि इस संस्था में लोकतंत्र की गुंजाइश नहीं है। सेना भले ही लोकतांत्रिक संस्था का हिस्सा हो, लेकिन सेना में कोई लोकतंत्र नहीं हो सकता। सैनिकों में लोकतंत्र नहीं होता, जैसा कि हमारे चरखा संघ और ग्रामोद्योग संघ आदि संस्थाओं में लोकतंत्र नहीं है। सेना में तो सेनापति की जुबान ही कानून होती है और उसकी शर्तें ढीली नहीं की जा सकतीं। गांधीजी ने आगे कहा कि मैं आपका सेनापति जाना जाता हूँ। लेकिन इतिहास में इतने कमजोर सेनापति की मिसाल नहीं मिलती। मेरे पास कोई सत्ता नहीं है। मेरा एकमात्र बल आपका प्रेम और स्नेह है। लेकिन इसमें जैसे बल है, वैसी कमजोरी भी है। मैं जानता हूँ कि आपको मुझसे प्रेम है। लेकिन क्या यह प्रेम कार्य में परिणत होता है? अगर नहीं होता और इसके कारण अगर आपमें दिनोदिन अधिकाधिक अनुशासन नहीं आता और मेरी बातों पर अमल करने की ज्यादा-से-ज्यादा वृत्ति नहीं जगती तो मैं घोषणा कर देता हूँ कि मैं सविनय अवज्ञा नहीं छेड़ सकता और आपको दूसरा सेनापति चुनना होगा। आप अपनी शर्तों पर मुझे अपना सेनापति नहीं बना सकते। स्वतंत्रता के प्रतिज्ञा पत्र में बताई गई शर्त आपको पूरी करनी ही है। आपको मुझे यह कहने की इजाजत देनी चाहिए कि अगर आप ये शर्तें पूरी नहीं करते तो संघर्ष करना मेरे लिए असंभव होगा। आप मुझे अपनी इच्छा के विरुद्ध आपका नेतृत्व करने को मजबूर नहीं कर सकते। एक बार मुझे अपना सेनापति बना लेने के बाद आपको मेरे आदेशों का पालन करना ही होगा। इस संबंध में बहस की कोई गुंजाइश नहीं है। इसलिए जान लीजिए कि मैं अपनी शर्तों का आग्रह रखूँगा। वे अनिवार्य हैं और यदि आप उनका पालन नहीं करेंगे, तो मैं अपने आप हट जाऊँगा।

गांधीजी ने विषय समिति की बैठक में कहा कि सशस्त्र सेना का सेनापति

कड़े अनुशासन का आग्रह रखता है। मैं आपके साथ दलीलें करता हूँ। कारण मेरा बल सिर्फ प्रेम है। इसलिए मैं आपसे कहता हूँ कि यदि आपको मेरी शर्तें मंजूर न हो या मुझमें आपका जितना विश्वास है, उतना ही उन शर्तों में न हो, तो आपको जेल जाने का खयाल भी नहीं करना चाहिए। आपको जेल जाना है तो उसकी कीमत चुकानी होगी। हमारी लड़ाई सविनय लड़ाई है और सविनय कैदी के रूप में जेल जाने के लिए यह जरूरी है कि कार्यक्रम पर कड़ाई से अमल करके उसकी पात्रता प्राप्त की जाए। क्योंकि वैसे तो चोर-डाकू भी जेलों में भरे रहते हैं, लेकिन उनसे देश को आजादी तो नहीं मिल जाती। मैंने शर्तें 1920 में ही रख दी थी और उन्हें दोहराना कभी बंद नहीं किया। आपको उस कार्यक्रम पर भले विश्वास न हो, शायद आप तबसे ज्यादा समझदार हो गए हों, मगर मैं तो नहीं हुआ। समय के साथ उस कार्यक्रम पर मेरी श्रद्धा और बढ़ी है। मुझे तो उसमें आज पहले से भी अधिक गुण दिखाई देते हैं। मैं इस सरकार से 1919 में बागी हुआ था। लेकिन उससे पहले मैं उतना ही राजभक्त था, जितना कोई अंग्रेज हो सकता है। उस विलक्षण राजभक्ति से ही मुझे सविनय अवज्ञा की विलक्षण शक्ति और शोध की न बुझनेवाली प्यास मिली। इसलिए मैं अपना प्रयोग करता ही रहता हूँ और जब कभी मुझे अपनी भूलें मालूम होती हैं, तो उन्हें भी प्रकट करता रहता हूँ। मैं भी आपकी तरह भूल करनेवाला प्राणी हूँ। मैंने कभी स्वप्न में भी खयाल नहीं किया कि मैं महात्मा हूँ और दूसरे लोग अल्पात्मा हैं। सृष्टिकर्ता के सामने हम सब बराबर हैं। हिंदू, मुसलमान, पारसी, ईसाई सब एक ही ईश्वर के पुजारी हैं। फिर क्यों हम आपस में लड़ते हैं? हम सब भाई-भाई हैं। कायदे आजम भी मेरे भाई हैं, मैंने उनके बारे में जो कुछ कहा है, वैसा ही मेरा अभिप्राय रहा है। कभी मेरी जुबान से फालतू लफ्ज नहीं निकला। मैं कहता हूँ कि मैं उन्हें अपने पक्ष में करना चाहता हूँ। एक वक्ता ने कहा कि जब तक मैं कायदे आजम का दिल नहीं जीत लूँगा, तब तक लड़ाई नहीं छोड़ूँगा। उनका कहना ठीक था। एक समय था, जब एक भी मुसलमान ऐसा नहीं था, जिसका मुझ पर विश्वास न हो। आज मैं यह विश्वास खो बैठा हूँ और उर्दू के ज्यादातर अखबार मुझ पर गालियाँ बरसाते रहते हैं। लेकिन मुझे इसका दुःख नहीं है। इससे तो मेरा यह विश्वास और भी पक्का होता है कि मुसलमानों से समझौता हुए बिना स्वराज नहीं हो सकता। शायद आप पूछेंगे तो ऐसी हालत में आप लड़ाई की बात क्यों करते हैं? मैं लड़ाई की बात संविधान सभा के लिए करता हूँ और उसका अर्थ है समझौता। लेकिन

मुसलमान यह कहें कि हमें इससे वास्ता नहीं तो मैं यह समझ लूँगा कि समझौता नहीं होगा। मैं भी उनकी तरह कुरआन पढ़ता हूँ। मैं उनसे कहूँगा कि कुरआन हिंदू और मुसलमान में कोई भेद नहीं करता। लेकिन यदि उन्हें लगता हो कि वे हिंदुओं के बिना ही स्वर्ग पा लेंगे तो भी मुझे ईर्ष्या नहीं होगी।

मुझे अंग्रेजी से बैर नहीं है। जब मैंने सुना है कि लॉर्ड जेटलैंड घायल हो गए हैं तो मेरे दिल में घाव लगा। यह मेरा स्वभाव है। इसलिए मैं सदा उनके प्रति सद्भाव रखकर काम करता हूँ और सद्भाव कायम करने के लिए कोशिश करता हूँ। यह बात दूसरी है कि मैं ब्रिटिश साम्राज्यवाद का नाश करना चाहता हूँ, लेकिन मैं यह करना चाहता हूँ, उन लोगों का हृदय परिवर्तन करके, जो उस साम्राज्यवाद के साथ संबंध रखते हैं। अहिंसा में जो शक्ति मैं बताता हूँ, यदि वह हो तो उसका विरोधी पर जरूर असर होगा। असर न हुआ तो कसूर मेरा होगा, अहिंसा का नहीं। इसलिए आपको समझ लेना चाहिए कि आपका एक ऐसे खतरनाक आदमी से पाला पड़ा है, जो आपको अप्रत्याशित स्थितियों में डाल देगा। समझौता मेरे स्वभाव का एक अभिन्न अंग है, मुझे जरूरत महसूस हुई तो वायसराय के पास पचास बार जाऊँगा। मैं लॉर्ड रीडिंग के पास उस वक्त गया था, जब असहयोग चल रहा था। वायसराय बुलाएँ, तभी मैं उनके पास जाऊँगा, ऐसा नहीं है। बल्कि आवश्यकता हुई तो मैं खुद उनके पास जाने के लिए अवसर खोजूँगा। आपको मालूम रहना चाहिए कि यदि मैं ऐसा करूँगा तो अपने पक्ष को प्रबल करने के लिए ही करूँगा, कमजोर करने के लिए नहीं। जनरल स्मट्स के साथ ऐसा ही हुआ था। मैंने अंतिम समय में उन्हें फोन किया। उन्होंने रोष में फोन पटक दिया, लेकिन मैं तो उनके सिर पर सवार रहा। नतीजा यह हुआ कि वे ढीले पड़े और मेरी स्थिति पहले से मजबूत हो गई। आज हम दोनों मित्र हैं। मेरे संघर्ष का आधार विरोधी के प्रति मेरा प्रेम है। मेरे दिल में डच और अंग्रेज लोगों के प्रति प्रेम न होता और समझौते के लिए तत्परता न होती तो मैं उनसे नहीं लड़ सकता था। पर मेरे समझौते ध्येय को या देश को हानि पहुँचा कर कभी नहीं होंगे।

एक संशोधन इस आशय का था कि सविनय अवज्ञा के पहले सामूहिक शब्द जोड़ दिया जाए। अरे यह सविनय अवज्ञा सामूहिक नहीं होगी तो क्या मुट्ठी भर लोगों की होगी। उस हालत में मुझे आपके पास नहीं आना चाहिए था। शायद आप इन चीजों को गंभीरता से न ले रहे हों, लेकिन मेरे मन में तो कोई

और विचार है ही नहीं। मेरा मन तो आपकी सहायता से इस महान् प्रयोग को संपन्न करने पर पूरी तरह से केंद्रित है, क्योंकि इससे केवल भारत को ही नहीं, सारी दुनिया को लाभ होगा। इस सामूहिक सविनय अवज्ञा के खयाल से ही मेरा मन आठों प्रहर जाग्रत् रहता है। 70 बरस का बूढ़ा आदमी इस तरह की चीज के साथ खिलवाड़ कैसे कर सकता है? इसलिए मैं आपसे कह देता हूँ कि जब तक मुझे यह महसूस होगा कि आप तैयार नहीं हैं, तब तक सविनय अवज्ञा नहीं होगी। इस कारण आपको हर कांग्रेस कमेटी को शुद्ध करना है और उसे सत्याग्रह इकाई बना देना है। इस मायने में वह लोकवादी नहीं रहेगी, क्योंकि मेरी जुबान ही कानून होगी। पर हर कांग्रेस कमेटी यदि ऐसी इकाई नहीं बनी तो हमारे लाखों बेजुबान देशवासियों की कुरबानी होगी। मेरे किसी भी आंदोलन में आम जनता न कुचली गई है और न ही बरबाद हुई है। उनसे उसका दर्जा बढ़ा है। और उसे और भी बढ़ाने के लिए मैं जिंदा रहना चाहता हूँ। शुरू के आंदोलनों में मन और वचन की हिंसा तो काफी थी, लेकिन कार्य में अहिंसा थी और इसलिए आम जनता बच गई। मैं आज इस जनता को यों ही खतरे में डालना नहीं चाहता और यही कारण है कि मैं अहिंसा पर और अपनी शर्तें पूरी होने पर कड़ा आग्रह करता हूँ, क्योंकि यही तो मेरी वह कड़ी है, जो मुझे और उसे बाँधे हुए हैं। भारत को जो शक्ति प्राप्त हुई है, उसे सुरक्षित रखने के लिए हो सकता है, मुझे अपने प्राणों की बलि चढ़ानी पड़े। आप उस शक्ति को शायद न समझ पाएँ, लेकिन वह है जरूर। और वह है अहिंसा की शक्ति।

अगर मैं आपका सेनापति हूँ तो आपकी नब्ज मेरे हाथ में होनी चाहिए। नहीं तो मैं आपके जरिए लड़ाई नहीं लड़ सकता। मैं अकेले भी लड़ सकता हूँ, लेकिन उसके लिए मुझे आपके पास आकर दलील करने की आवश्यकता नहीं। समाप्त करने से पहले एक आखिरी बात भी कह दूँ। जो लोग तुरंत लड़ना चाहते हैं, मैं उनका रास्ता रोककर खड़ा रहना नहीं चाहता। लेकिन यदि उन्हें ईमानदारी का कुछ भी खयाल हो तो मैं उन्हें सलाह दूँगा कि वे कांग्रेस से निकल जाने के बाद लड़ाई छेड़ें। मैं उन्हें यकीन दिलाता हूँ कि यदि उन्होंने अहिंसक लड़ाई शुरू की और उसे वे निभा ले गए तो मैं उनके पीछे ही रहूँगा। बेशक वे कांग्रेस में रहकर भी कांग्रेस के खिलाफ जा सकते हैं, पर तय सत्याग्रह नहीं होगा। जो आज अधीर हो रहे हैं, वे सत्याग्रह की शक्ति को नहीं जानते। यह प्रस्ताव आपके हाथ-पैर नहीं बाँधता। अगर आपको शर्तें मंजूर न हों, तो अब भी आप ऐसा कह

सकते हैं और प्रस्ताव को उलटवा सकते हैं। इससे आप और मैं दोनों मुक्त हो जाएँगे। पर यदि आपको शर्त स्वीकार हो और आप सब उनका पालन करें तो विश्वास रखिए कि लड़ाई छेड़ने में मुझे एक महीना भी नहीं लगेगा।

कांग्रेस अधिवेशन में गांधीजी का भाषण

20 मार्च, 1940 को रामगढ़ में कांग्रेस के अधिवेशन को महात्मा गांधी ने संबोधित किया था। देश के लगभग सभी वरिष्ठ कांग्रेसी नेता-कार्यकर्ताओं को संबोधित करते हुए गांधीजी ने कहा कि यहाँ सविनय अवज्ञा की चर्चा होती है। हर किसी की जुबान पर यह शब्द आ रहा है। गांधीजी ने कहा कि हर किसी की जुबान से सविनय अवज्ञा शब्द सुनकर मुझे बाइबिल की वह उक्ति याद आ जाती है—प्रभु-प्रभु की रट लगानेवाले हर व्यक्ति को स्वर्ग के साम्राज्य में प्रवेश नहीं मिलेगा। जो स्वर्ग में विराजमान मेरे पिता (परमेश्वर) की इच्छा के अनुसार आचरण करेगा, केवल उसी को उस साम्राज्य में प्रवेश मिलेगा। गांधीजी के भाषण के दौरान जब कार्यकर्ताओं ने तालियों की बौछार कर दी तो गांधीजी ने साफ-साफ कहा कि मुझे आपकी तालियों की जरूरत नहीं है। तालियों की गड़गड़ाहट से और वाहवाही से मेरे उस विजय अभियान में बाधा पड़ती है। सविनय अवज्ञा के नारे लगानेवाले लोग सविनय अवज्ञा आरंभ नहीं कर सकते। उसे आरंभ करने का सामर्थ्य तो केवल उन्हीं में है, जो उसके लिए काम करते हैं। ऐसे आंदोलनों में भाग लेनेवालों के लिए यह जरूरी है कि उन्हें जो करने का आदेश दिया जाए, वे करें और जो नहीं करने का आदेश है, उसे न करें। यानी आदेश का पालन करें। सही ढंग से आरंभ की गई और सही ढंग से चलाई गई सविनय अवज्ञा का परिणाम निश्चित तौर पर स्वराज के रूप में प्रकट होगा।

गांधीजी ने कहा कि मैं महसूस कर रहा हूँ कि आप अभी तैयार नहीं हैं, लेकिन मुझे तब आघात लगा जब देखा कि कुछ वक्ता तैयार नहीं होने के बावजूद तैयार होने की बात कहकर वाहवाही लूट रहे हैं। यह सच है कि हम सब जानते हैं कि हम अपने ही देश में गुलाम बनकर रह रहे हैं। हम यह भी महसूस करते हैं कि स्वतंत्रता हमारे लिए आवश्यक है और हमें स्वतंत्रता के लिए लड़ना होगा। तत्काल सविनय अवज्ञा आरंभ करने की माँग करनेवाले वक्ताओं की वाहवाही करनेवालों में मैं भी शामिल हो सकता हूँ। एक चोर मेरे घर घुस आया है और उसने मुझे अपने घर से बाहर निकाल दिया है। मुझे उससे लड़कर

उससे घर वापस लेना है। लेकिन वैसा करने से पहले मुझे उसके लिए पूरे तौर पर तैयार होना चाहिए। आपकी तालियों से केवल यही प्रकट होता है कि इस तैयारी का मतलब क्या है, यह आप नहीं समझते। आपके सेनापति को लग रहा है कि आप तैयार नहीं हैं, आप सच्चे सिपाही नहीं हैं। अगर हम आपके बताए रास्ते पर बढ़ें तो निश्चय ही हमारी हार होगी। यह जानते हुए मैं आपको लड़ने के लिए कैसे कह सकता हूँ। मैं जानता हूँ कि आपके जैसे सिपाहियों को लेकर लड़ूँ तो मेरी पराजय ही होगी। मुझे यह स्पष्ट कर देना चाहिए कि मैं ऐसा कुछ भी करने को तैयार नहीं हूँ, जिसके लिए मुझे बाद में पछताना पड़े। इतने वर्षों से किसी भी संघर्ष में मैंने पराजय स्वीकार नहीं की है। कुछ लोग राजकोट का उदाहरण सामने रख सकते हैं, लेकिन मैं मानता हूँ कि मेरे लिए वह पराजय नहीं थी। यह बात तो भावी इतिहास ही बताएगा। मेरे कोश में पराजय शब्द नहीं है और मेरी सेना में भरती किया जानेवाला हर आदमी इस बात के लिए आश्वस्त रहे कि सत्याग्रही कभी पराजित नहीं होता।

गांधीजी ने आगे कहा कि मैं आपको भरोसा दिलाता हूँ और सार्वजनिक रूप से यह घोषणा करता हूँ कि आप जब तैयार होंगे, मैं आगे बढ़ चलूँगा और तब हमारी विजय होगी। इसमें मुझे तनिक भी संदेह नहीं है। यही बात मैंने विषय समिति में कही थी और उसी को मैं यहाँ फिर दोहराता हूँ। अपने दिल और दिमाग को शुद्ध कीजिए। यहाँ उपस्थित कुछ लोग जोर देकर कहते रहे हैं कि संघर्ष आरंभ करने के लिए चरखे पर ध्यान केंद्रित करना जरूरी नहीं है। मैं उन लोगों की ईमानदारी और बहादुरी पर शक नहीं करता, लेकिन जैसा कि पंडित जवाहरलाल नेहरू ने आपको बताया है, उनकी बात से उनके मन की कुछ कमजोरी प्रकट होती है। खैर, जो बात मैं पिछले 20 सालों से कहता आया हूँ, वही आपसे फिर कहता हूँ। सत्याग्रह और चरखे में गहरा आपसी संबंध है। और मेरी इस मान्यता को लोग जितना ज्यादा चुनौती देते हैं, उसमें मेरी आस्था उतनी ही दृढ होती जाती है। यह बात नहीं होती तो मैं ऐसा मूर्ख नहीं हूँ कि दिन-रात यहाँ तक रेलगाड़ी में भी और डॉक्टरों की सलाह के खिलाफ चरखा चलाता रहूँ। डॉक्टर तो चाहते हैं कि मैं चरखा चलाना छोड़ दूँ, लेकिन इस पर अधिक ध्यान मैं इसलिए दे रहा हूँ कि मुझे अपने आपको तैयार करना है। मैं चाहता हूँ कि आप भी इसी आस्था से चरखा चलाएँ। यदि आप ऐसा नहीं करते और नियमपूर्वक खादी नहीं पहनते तो आप मुझे धोखा देंगे, सारी दुनिया को धोखा देंगे। जो चरखे

में विश्वास नहीं करता, वह मेरी सेना का सिपाही नहीं बन सकता।

अधिवेशन में गांधीजी बगैर किसी लाग-लपेट के, स्पष्ट तौर पर अपनी बात रख रहे थे। उन्होंने साफ कर दिया था कि कौन उनके आंदोलन का हिस्सा हो सकता है। उनके भाषण से ही स्पष्ट हो गया था कि वे किसी दबाव में नहीं आनेवाले हैं, चाहे इसका परिणाम जो भी हो। इतना ही नहीं, गांधीजी ने आगे के संघर्ष का रास्ता क्या होगा, यह भी बता दिया था। गांधीजी ने कहा था कि मेरे लिए तो अहिंसा के अलावा और कोई रास्ता ही नहीं है। बेशक, मेरी मृत्यु के समय भी मेरे अधरों पर अहिंसा का ही नाम होगा। लेकिन आप मेरी तरह इससे प्रतिबद्ध नहीं हैं, इसलिए आपको कोई दूसरा कार्यक्रम अपना कर देश को स्वतंत्र करने की पूरी छूट है। लेकिन अगर आप न तो यह करना चाहें और न चरखा चलाएँ और यह इच्छा करें कि मैं लड़ाई आरंभ कर दूँ तो यह बड़ी कठिन स्थिति होगी। अगर आपको लगता है कि आपको लड़ना है और अभी तुरंत लड़ना है और यदि आपको विश्वास है कि उस लड़ाई को जीतने का और कोई रास्ता भी नहीं है तो मैं आपसे कहूँगा कि आप आगे बढ़िए। अगर आप विजयी हुए तो आपको शाबाशी देनेवालों में मैं सबसे आगे होऊँगा। लेकिन अगर आप मुझे छोड़ना नहीं चाहते और साथ ही मेरे रास्ते पर चलना और मेरे निर्देशों का पालन करना भी नहीं चाहते, तो मैं जानना चाहूँगा कि आप मुझसे किस प्रकार का सेनापतित्व करने की अपेक्षा रखते हैं। जो लोग यह रट लगाए बैठे हैं कि सविनय अवज्ञा अविलंब आरंभ की जाए, वे चाहते हैं कि मैं उनका साथ दूँ। क्यों? इसलिए कि वे जानते हैं कि जनसाधारण मेरे साथ है। मैं निस्संकोच कहता हूँ कि मैं आम जनता का आदमी हूँ। हर क्षण मैं करोड़ों लोगों के लिए दु:ख का अनुभव करता हूँ। उनके कष्ट दूर करने और उनकी तकलीफों को कम करने के लिए ही मैं जीवित हूँ। इसी के लिए मैं अपने प्राण भी देने को तैयार हूँ। मैं दावा करता हूँ कि उन करोड़ों लोगों पर मेरा कुछ प्रभाव है, क्योंकि मैं उनका निष्ठावान सेवक रहा हूँ। मैं सबसे अधिक वफादार उन्हीं के प्रति हूँ और आप चाहे मेरा साथ छोड़ दें या मुझे मार डालें, तब भी अगर मैं चरखे को छोड़ने के लिए तैयार नहीं हूँ तो उन्हीं की खातिर नहीं हूँ। कारण, मैं जानता हूँ कि अगर मैं चरखा संबंधी शर्त में ढील दे दूँ तो उन करोड़ों मूक लोगों के विनाश का सामान जुटा दूँगा, जिनके लिए मुझे ईश्वर के दरबार में जवाब देना होगा। इसलिए अगर आप उस अर्थ में चरखे में विश्वास नहीं करते जिस अर्थ में कि मैं करता हूँ, तो

आपसे मेरा निवेदन है कि आप मुझे छोड़ दें। आप मुझ पर पत्थर बरसाएँ और मुझे मार डालें। तब भी मैं जनसाधारण के लिए काम करने की अपनी लगन नहीं छोड़ूँगा। यह है मेरा रास्ता। अगर आप समझते हों कि कोई और रास्ता भी है तो मुझे अकेला छोड़ दें।

गांधीजी जिस तरीके से अपनी बात कह रहे थे, वह इस बात का संकेत दे रहा था कि उनपर दबाव बनाने का प्रयास किया गया था, जिससे वे व्यथित थे। गांधीजी ने कहा कि स्वतंत्रता की लड़ाई में चरखे के बिना मैं आपको जेल जाने का आदेश नहीं दे सकता। मैं ऐसे किसी आदमी को अपनी सेना में नहीं लूँगा, जो चरखे में विश्वास नहीं करता। मैं तभी आगे बढ़ूँगा, जब मुझे भरोसा हो जाएगा कि चरखे में आपकी आस्था है, आपको विश्वास है। याद रखिए कि अगर यहाँ एकत्र हम लोग कोई भूल करेंगे तो उससे करोड़ों मूक लोगों पर कष्टों का तूफान फट पड़ेगा। कांग्रेस प्रतिनिधियों की जिम्मेदारी बहुत बड़ी है और आपके सेनापति के रूप में मेरी जिम्मेदारी उससे भी बड़ी है। सेनापति की हैसियत से मुझे आप लोगों के लिए एक प्रकार से प्रकाशस्तंभ का काम करना है और आपको संभावित विपत्ति से सावधान करना है। इसलिए मुझे तो बहुत सावधानी से आगे बढ़ना है। बहुत से वक्ताओं ने ब्रिटिश साम्राज्यवाद की बुराइयों पर अपने विचार व्यक्त किए। उस बात की मैं और चर्चा नहीं करना चाहता। इतना ही कहूँगा कि हमें उससे छुटकारा पाना है। मैंने आपको इतना गुर बता दिया है। मैं सत्याग्रह तभी आरंभ करूँगा, जब मुझे पूरा विश्वास हो जाएगा कि आपने मेरे उपचार को समझ लिया है।

अगर आप किसी डॉक्टर की दवा उसकी हिदायतों के अनुसार लेने को तैयार नहीं हैं तो उससे कोई दवा बताने को कहना बेकार है। ऐसी बात हो तो मैं तो यही कहूँगा कि आप अपने रोग के इलाज के लिए कोई और डॉक्टर ढूँढ़ लें। आज आपने ब्रिटिश साम्राज्यवाद के खिलाफ जितने प्रवचन सुने हैं, वे सब आपको उससे छुटकारा पाने में मदद नहीं देंगे। उनसे सिर्फ आपका क्रोध ही भड़केगा। इससे समस्या हल नहीं होगी। क्रोध सत्याग्रह के प्रतिकूल है। ब्रिटेन के लोगों से हमारा कोई झगड़ा नहीं है। हम उनके मित्र बनना चाहते हैं और अपने प्रति उनकी सद्भावना कायम रखना चाहते हैं, लेकिन उसकी प्रभुता के आधार पर नहीं बल्कि स्वतंत्र और समान दर्जे का उपभोग करनेवाले भारत की बुनियाद पर। स्वतंत्र देश के रूप में भारत किसी के प्रति विद्वेष नहीं रखेगा और

न किसी अन्य देश को अपना गुलाम बनाना चाहेगा। हम शेष संसार के साथ कदम मिलाकर आगे बढ़ेंगे, ठीक उसी प्रकार जिस प्रकार हम संसार से आशा रखेंगे कि वह हमारे साथ कदम मिलाकर चले। इसलिए याद रखिए कि आपको बाहरी और आंतरिक दोनों शर्तें पूरी करनी है। अगर आप आंतरिक शर्त पूरी करेंगे तो फिर अपने विरोधी से घृणा करना छोड़ देंगे। आप उनका विनाश नहीं चाहेंगे और उसके विनाश का प्रयत्न नहीं करेंगे। बल्कि ईश्वर से प्रार्थना करेंगे कि वह उन पर दया करे। इसलिए सरकार के कुकृत्य का वर्णन करते रहने में अपनी शक्ति न लगाएँ, क्योंकि हमें उनका संचालन करनेवालों का हृदय परिवर्तन करके उनकी मित्रता प्राप्त करनी है। और फिर कोई स्वभाव से तो बुरा नहीं होता। और अगर दूसरे बुरे हैं तो क्या हम कुछ कम बुरे हैं? यह दृष्टिकोण सत्याग्रह का सहज गुण है और मैं तो कहूँगा कि यह भी एक ऐसी चीज है, जिसको आप नहीं मानते तो मुझे मुक्त कर दीजिए। कारण, कार्यक्रम में विश्वास रखे बिना और मेरी शर्तों को स्वीकार किए बिना अगर आप मेरे साथ होंगे तो आप मुझे, स्वयं अपने को और हमारे उद्‍देश्य को भी नष्ट कर देंगे।

कुछ वक्ताओं के विचार से गांधीजी कितने असहमत थे, कितने नाराज-दु:खित थे, इसका अंदाजा इसी बात से लगाया जा सकता है कि अपने भाषण के दौरान कई बार उन्होंने अपने को हटाने का भी आग्रह कर दिया। वे सत्याग्रह के मार्ग पर अडिग रहे। गांधीजी ने आगे कहा कि सत्याग्रह हर कीमत पर सत्य पर दृढ रहने का मार्ग है। अगर आप इस मार्ग का अनुसरण करने को तैयार न हों तो मुझे अकेला छोड़ दीजिए। आप भले ही मुझे निकम्मा कहें, मैं उसका बुरा नहीं मानूँगा। अगर यह बात मैं आपके सामने अभी और यहीं स्पष्ट न कर दूँ तो मैं बरबाद हो जाऊँगा और मेरे साथ यह देश भी बरबाद हो जाएगा। सत्य और अहिंसा सत्याग्रह के मूल तत्त्व हैं और चरखा उनका प्रतीक है। जिस प्रकार किसी सेना का सेनापति इस बात का आग्रह रखता है कि उसके सिपाही किसी खास किस्म की ही पोशाक पहनें, उसी प्रकार आपके सेनापति की हैसियत से मुझे इसे बात का आग्रह रखना है कि आप चरखों को अपनाएँ और वही आपकी पोशाक होगी। सत्य, अहिंसा और चरखे में पूरी आस्था रखे बिना आप मेरे सिपाही नहीं बन सकते। मैं एक बार फिर कहता हूँ कि अगर इसमें आपका विश्वास न हो तो मुझे अकेला छोड़ दीजिए और अपने तरीकों को आजमा कर देखिए।

रामगढ़ अधिवेशन में गांधीजी बार-बार की बारिश से परेशान हो गए थे।

वे इस बात से भी दु:खित थे कि तमाम प्रयास के बावजूद अधिवेशन में बाधा उत्पन्न हो रही है। खासकर जैसी परेशानी प्रतिनिधियों को मौसम से हो रही थी। अधिवेशन की समाप्ति के बाद गांधीजी 21 मार्च को जमशेदपुर होते हुए वर्धा के लिए रवाना हो गए। यह झारखंड क्षेत्र की उनकी अंतिम यात्रा थी। हालाँकि रामगढ़ अधिवेशन के बाद भी कई बार गांधीजी ने उत्तर और मध्य बिहार का दौरा किया।

□

जमशेदपुर : गांधीजी ने कराया था समझौता

जमशेदपुर महात्मा गांधी का पसंदीदा शहर रहा है। इस शहर और यहाँ के लोगों से उन्हें भावनात्मक लगाव था। यही कारण था कि गांधीजी पूरे जीवन में एक बार नहीं, तीन-तीन बार जमशेदपुर आए। जब भी मौका मिला, देश के अन्य हिस्सों में अपने भाषण के दौरान जमशेदपुर का उल्लेख किया। अहमदाबाद में एक बार जब वे हड़ताली मजदूरों के बीच भाषण दे रहे थे, तो उन्होंने जमशेदपुर में मजदूरों के बेहतरीन मकान (क्वार्टर) का उल्लेख भी किया था। चंपारण आंदोलन के दौरान, जब महात्मा गांधी बिहार-ओडिशा के तत्कालीन लेफ्टिनेंट गवर्नर एडवर्ड गेट से मुलाकात करने जून 1917 में पहली बार राँची आए थे, उसी समय गेट ने गांधी से पूछा था कि क्या वे कभी जमशेदपुर गए हैं ? गांधीजी ने जब ना में उत्तर दिया था, तभी गेट ने उनसे कहा था कि जमशेदपुर को देखे बगैर मत लौटिएगा। हालाँकि उस समय गांधीजी चंपारण आंदोलन में बहुत ही व्यस्त थे, उनके पास समय नहीं था, इसलिए उस समय बगैर जमशेदपुर गए चंपारण लौट गए थे। उसी समय से गांधीजी के मन में जमशेदपुर शहर को देखने की इच्छा और बढ़ गई थी। इसके कारण भी थे। अतीत के संबंध, एक लगाव (टाटा के साथ)। बाद में इसका जिक्र गांधीजी ने तब किया, जब वे जमशेदपुर पहली बार गए और वहाँ भाषण दिया। संबंध की शुरुआत बहुत पहले से हो गई थी। जिन दिनों दक्षिण अफ्रीका में रंगभेद के खिलाफ गांधीजी संघर्ष कर रहे थे, उन दिनों आंदोलन को मजबूत करने के लिए सर रतन टाटा ने उन्हें 25 हजार रुपए का चेक और पत्र भेजा था। इतनी ही राशि सर रतन टाटा ने फिर दक्षिण अफ्रीका के सत्याग्रहियों के लिए भेजी थी। राशि के साथ भेजे पत्र में उन्होंने गांधीजी द्वारा देशवासियों के लिए किए जा रहे संघर्ष की प्रशंसा की थी। इस घटना के बाद से ही गांधीजी और सर रतन

टाटा के बीच प्रगाढ़ संबंध बन गए थे।

गेट के सुझाव के बावजूद गांधीजी को जमशेदपुर जाने में और आठ साल का वक्त लग गया। वह वक्त आया 1925 में। वह भी तब, जब जमशेदपुर में टाटा प्रबंधन और मजदूरों की यूनियन के बीच हड़ताल के कारण संबंध बिगड़ गए थे। टाटा प्रबंधन और मजदूरों (यूनियन) के संबंध में कटुता आ गई थी और तमाम प्रयास के बावजूद यह संबंध बेहतर हो नहीं पा रहा था। समस्याएँ बढ़ती जा रही थीं। तब सी.एफ. एंड्रूज के आग्रह पर गांधीजी को पहली बार जमशेदपुर जाना पड़ा था। एंड्रूज गांधीजी के करीबी सहयोगी थे। उन्हें वे भाई जैसा मानते थे। गांधीजी ने जमशेदपुर जाकर टाटा प्रबंधन और मजदूर यूनियन के बीच समझौता कराया था। इसके बाद 1934 में दूसरी बार और 1940 में तीसरी बार गांधीजी को जमशेदपुर जाने का मौका मिला।

जहाँगीर घांदी, जमशेदपुर में, जिनके घर 1940 में महात्मा गांधी गए थे।

दरअसल 1922 में टाटा कंपनी में हड़ताल हुई थी। तब मजदूरों की यूनियन का नाम था लेबर एसोसिएशन (जिसे बाद में टाटा वर्कर्स यूनियन के नाम से जाना

जाने लगा)। इस हड़ताल के बाद से ही मजदूरों और प्रबंधन का संबंध गड़बड़ा गया था। देशबंधु चितरंजन दास, मोतीलाल नेहरू और सी.एफ. एंड्रूज जैसे नेता ने भी इस विवाद को सुलझाने का बहुत प्रयास किया, लेकिन उन्हें सफलता नहीं मिली। इसी बीच चितरंजन दास की मृत्यु हो गई थी। मामला सुलझने के आसार नहीं दिख रहे थे। एंड्रूज तब मजदूर नेता के तौर पर भी काम करते थे। स्थिति की गंभीरता को देखते हुए एंड्रूज ने महात्मा गांधी से अनुरोध किया कि वे इस विवाद को हल करवाने में मदद करें। महात्मा गांधी ने एंड्रूज के आग्रह को स्वीकार कर लिया और समझौता करवाने के लिए 8 अगस्त, 1925 को खुद जमशेदपुर आए। गांधीजी की जमशेदपुर की यह पहली यात्रा थी, जिसका सभी को बहुत दिनों से इंतजार था। 1925 के दौरे में गांधीजी के साथ उनके सचिव महादेव देसाई भी जमशेदपुर आए थे। देसाई ने अपनी डायरी में विस्तार से पूरे दौरे की कहानी का जिक्र किया है। अपनी डायरी में महादेव देसाई ने अपना अनुभव, गांधीजी के भाषण, उस समय की घटना सभी का जिक्र किया है। डायरी में लिखा गया है कि जमशेदपुर स्वर्गीय जमशेदजी टाटा की सृष्टि है। पहले जहाँ एक छोटा सा गाँव था, वहाँ आज लोहे और इस्पात के उद्योग का एक नगर स्थापित होने के कारण एक लाख छह हजार की आबादी है। इस नगर को देखने की गांधीजी की कितने वर्षों की इच्छा थी। बिहार में जब वे 1917 में थे, तब गवर्नर सर एडवर्ड गेट ने कहा था—जमशेदपुर देखे बिना मत जाइएगा। इस नगर का और उसकी उत्पत्ति का इतिहास देने का यह स्थान नहीं है। जमशेदपुर टाटा के जीवन चरित्र का एक उज्ज्वल प्रकरण इस इतिहास से भरा है। भारत में लोहे का कारखाना हो ही नहीं सकता, इस्पात उत्पन्न हो ही नहीं सकता, चादरें बन ही नहीं सकतीं, इस प्रकार का अंग्रेजों और अमेरिकियों का गर्व तोड़ने के लिए इस उद्योग की स्थापना हुई और आज 10-12 वर्ष में (जिस समय गांधीजी ने जमशेदपुर की पहली यात्रा की थी, उन दिनों टिस्को के बने हुए बहुत साल नहीं हुए थे) इसकी जो वृद्धि हुई है, उसे देखकर खुशी होती है। लड़ाई में जब सरकार को फौलाद और लोहे के सामान की बड़ी तंगी थी, तब लाखों टन सामान इस कंपनी ने मुहैया कराया था। नजदीक से कच्चा लोहा आता है, डोलोमाइट पत्थर भी पास ही मिलता है। बंगाल की खानों से कोयले से कोक बनाकर तीनों के मिश्रण से शुद्ध लोहा और इस्पात बनते हैं। इसके भीमकाय कारखाने हैं। 30 हजार मजदूर काम करते हैं, जिनमें से 250 यूरोपियन हैं। अग्निहोत्री की वेदी अथवा पारसियों की अगियारी की तरह ये कारखाने दिन-

रात चलते हैं, अथवा कारखाने नहीं तो अग्नि तो रात-दिन धधकती ही रहती है।

अग्निहोत्री की वेदी और अगियारी की उपमा देने को तो दे दी, परंतु इस उपमा में निहित धार्मिकता कारखाने के बारे में भी अनुभव होता हो तो? धर्मक्रिया से जो शांति और आत्मा की उन्नति होती है, वह इस कारखाने से भी होती हो तो? परंतु यह शांति और उन्नति कहीं भी हुई प्रतीत होती है? आज तो अशांति है। जमशेदजी टाटा ने ऐसी कल्पना करके यह साहस किया था कि यह कारखाना भारत के लिए बड़ा श्रेयस्कर सिद्ध होगा। वे तो इस साहस के पनपने से पहले ही चले गए। शायद उनके उच्च उद्देश्य भी भविष्य में इस कारखाने की तरह पूरे हुए दिखाई देंगे।

उद्योगनगर के साथ जो-जो बुराइयाँ लगी रहती हैं, उनमें जमशेदपुर भी मुक्त नहीं है। हाँ, बहुत सी बुराइयाँ दूर करने का प्रयत्न जरूर हुआ है। कुछ कठिनाइयाँ तो लगभग अनिवार्य थीं। पाश्चात्य उद्योगों को यहाँ जारी करने और पश्चिम के साथ सफल प्रतियोगिता करने का अर्थ आरंभ में तो पश्चिम में आधार रखना ही हुआ। पश्चिम की मशीनें, पश्चिम के मनुष्यों की अधीनता और उनकी अधीनता से उत्पन्न होनेवाली तमाम बुराइयाँ मोल लेना। दस वर्ष के उद्योगों के परिणामस्वरूप आज कठिन-से-कठिन परिश्रम के और बड़ी सावधानी के बहुत काम अंग्रेजी और अमेरिकियों की तरह हिंदुस्तानी भी करते हैं। परंतु गोरों को करार करके लाया गया था। इसलिए उन्हें करार के अनुसार वेतन दिया जाता है। परंतु उसी काम को करनेवाले भारतीयों को उनसे आधा वेतन भी शायद नहीं मिलता। चादरों के कारखाने में धधकती हुई चादरों के बड़े चिमटों के जरिए तवे पर से रोटी की तरह उतारकर फेरकर दूसरी मशीन में रखनेवाला एक वेल्स का चपल कारीगर देखा। उतनी ही चपलता से काम करनेवाले हिंदुस्तानी भी देखे। परंतु दोनों को समान वेतन नहीं मिलता। फौलाद के बड़े धधकते हुए शहतीर तेजी से चले जा रहे हों और उन पर सावधानी से नजर रखना, और समान मात्रा में शहतीर कट जाने के बाद काफी बढ़ा हुआ (भाग) चिमटे से उठाकर फेंक देना तो काले नाग को चिमटे में उठाने से भी कठिन काम है। यह भी भारतीयों को करते देखा। अनेक विभागों के सुपरिंटेंडेंट पहले अंग्रेज थे। उनके बजाय आजकल भारतीय हैं। जो उनकी जैसी कुशलता से ही काम कर रहे हैं। परंतु उन्हें समान वेतन नहीं मिलता। इसमें कंपनी का जितना दिखता है, उतना दोष नहीं है। असाधारण साहस (उद्योग) का विकास कराने के लिए कुशल विदेशियों को लाने में लालच भी देनी पड़ी।

और जब तक उनके साथ के करार कायम हैं, तब तक यह विषमता रहेगी। कंपनी के कल्याण के लिए यह वस्तुस्थिति कुछ समय तो निभा ही लेनी पड़ेगी। धीरे-धीरे भारतीयों को ही अंग्रेजों की जगह रखने के लिए कंपनी ने एक उद्योगशाला खोली है। उसमें भारत से प्रतिवर्ष 24 उम्मीदवार लिये जाते हैं। उन पर प्रतिवर्ष प्रति व्यक्ति दो हजार रुपए कंपनी खर्च करती है। पाँच वर्ष की नौकरी के बंधन से उन्हें दो सौ से ढाई सौ से शुरू करके साढ़े छह सौ से सात सौ के ग्रेड में ले जाया जाता है। यह प्रयास स्तुत्य है।

नगर की रचना कंपनी के इंजीनियर ने ही की है। इसमें भी गोरे अफसरों के साथ की शर्त के कारण गोरे-काले का भेद नजर आता है। रचना में विशाल भूमि सहायक हो गई है। परंतु कंपनी ने ऐसे मकान बनाए हैं, जो अमुक खास वेतन तक के लोगों को ही पुसाते हैं। मकान थोड़े हैं, इसलिए चार कमरोंवाले मकान में अधिकांश छोटी तनख्वाहवाले तीन-तीन, चार-चार परिवार रहते हैं। फिर भी स्वच्छता रखने का प्रयत्न ठीक-ठीक किया जाता है। सार्वजनिक स्वास्थ्य के लिए अस्पताल कंपनी का ही है। उसमें दवा सबको मुफ्त मिलती है, सेवा मुफ्त होती है। जो काम करनेवाले न हों, उन्हें भी मुफ्त दवा मिलती है। कारखाने में इतनी सारी स्त्रियाँ काम करनेवाली होती हैं तो भी आश्चर्य है कि एक भी स्त्री डॉक्टर नहीं है। गांधीजी अस्पताल देखने गए थे। सुघड़ता और सामान से उन्हें संतोष हुआ। अस्पताल में ही एक अंग्रेज बीमार पड़ा-पड़ा कुछ पढ़ रहा था। उससे गांधीजी ने पूछा कि क्या आपका समय पढ़ने में जाता है? उसने कहा कि हाँ। गांधीजी बोले कि मैं आपकी नर्स होता तो चरखा चलवाता। कंपनी का वाटरवर्क्स होने के कारण सारी आबादी को पानी मिलता है। शहर के बड़े भाग का मैला वगैरह नालियों के द्वारा साफ होकर उसकी प्रवाही खाद बनती है और उसका खेती में उपयोग होता है।

आठ-आठ घंटे कठिन शारीरिक काम करनेवालों में सार्वजनिक जीवन बिल्कुल न होने का कोई कारण तो नहीं। यद्यपि बहुत अनुकूलता तो है ही नहीं। बड़े अफसर, क्लब, वाचनालय वगैरह बनाकर बैठे हैं। छोटे कारीगरों को कोई सुविधा नहीं है। सार्वजनिक जीवन न होने के कारण खादी वगैरह का प्रचार क्या होता? वैसे टाटा कंपनी चाहे तो अपने तीस हजार मजदूरों को खादी दिलवा सकती है। अफसरों के क्लब में पारसी मंत्री की लड़की ने गांधीजी के गले में फूलों की माला डाली और हँसते-हँसते कहा कि साहब स्वदेशी है। गांधीजी ने तुरंत जवाब

दिया, "हाँ, इतने ही स्वदेशी रहे हो, यह गनीमत है।" यों जीवन देखने लगे तो कहा जा सकता है कि पाश्चात्य खराबियों ने यहाँ त्रासदायक असर किया है। कारखाने में काम करने के कारण पतलून वगैरह पहनना पड़ता है और कारखाने से आकर निपटकर शाम को साहब बनकर निकलते हैं। देशी शराब की दो दुकानें और अंग्रेजी मदिरा की एक दुकान कंपनी ने ही लाइसेंस लेकर रखी है और उनमें हजारों रुपए मासिक की शराब खपती है। इस शराब के कारण अपराध की संख्या भी ज्यादा है। बहुत समय पहले किर्लोस्कर बंधुओं का खेती का औजार का कारखाना देखा था। वह कारखाना तो इसके आगे हाथी के सामने चींटी के पैर जैसा है। फिर भी वहाँ जो शांति, स्वास्थ्य और सुख देखा था, वह इस नगर में देखने में नहीं आया। इसलिए टाटा कंपनी को पश्चिम के साथ प्रतियोगिता करके उसमें विजय प्राप्त करने के अतिरिक्त जो लाख लोग इस पर आश्रित हैं, उनके श्रेय की चिंता रखने की बड़ी जिम्मेवारी भी पूरी करनी होगी।

परंतु यह सारा भार कंपनी पर डालने के बजाय मजदूर स्वयं ही उठाएँ। इसके लिए ऐसे नगरों में मजदूर संघ खड़े किए जाते हैं। यहाँ भी ऐसा एक संघ था। दो वर्ष हुए। कंपनी के साथ वह संघर्ष में आ गया था। हड़ताल हुई थी। दंगे होकर गोली भी चली थी। परंतु यह इतिहास पुराना है। स्थिति ऐसी थी कि कंपनी संघ को मान्यता देने से भी इनकार कर रही थी। संघ के मंत्री सेठी को तो कार्यमुक्त ही कर दिया गया था। संघ को मान्यता दिलाने के लिए मि एंड्रूज ने गांधीजी को इस बार आग्रह करके बुलाया था। पिछले साल कंपनी और मजदूर संघ का झगड़ा निबटाने के देशबंधु और पंडित मोतीलाल नेहरू नियुक्त किए गए थे। देशबंधु का देहांत हो गया। पंडितजी बीमार रहते हैं, इसलिए उनकी तरफ से जवाहरलाल आए थे। गांधीजी के आगमन के बारे में श्री टाटा के साथ मि. एंड्रूज और जवाहरलाल की बातचीत हुई। गांधीजी से भी उसमें भाग लेने की प्रार्थना की गई थी और सब बातों का परिणाम अच्छा आया। श्री टाटा ने स्वीकार किया कि मजदूर संघ का विधान कंपनी मंजूर करती है। इतना ही नहीं, मजदूरों से लिया जानेवाला शुल्क उनके वेतन से उगाह लेने में कंपनी संघ की मदद करेगी। श्री सेठी को वापस काम पर ले लेने की भी उन्होंने आशा दिलाई।

गांधीजी ने कहा, टाटाओं का मैं ऋणी हूँ

टाटा प्रबंधन और यूनियन के बीच समझौता हो चुका था। यह शुभ परिणाम

घोषित करने का काम कंपनी के क्लब के सामनेवाले मैदान में हुई विराट् सभा में गांधीजी को सौंपा गया। एक लंबे भाषण में उन्होंने समझौता घोषित किया। इसी दौरान उन्होंने मजदूरों तथा मालिकों के संबंधों पर भी बातचीत की। यह बातचीत बड़ा महत्त्वपूर्ण है। इसलिए उसका यहाँ उल्लेख भी कर रहा हूँ। यहाँ मैं बता देना चाहता हूँ कि देशबंधु स्मारक के लिए नगर ने अच्छी रकम जमा की है। स्त्रियों की सभा में 650 रुपए तथा तीन-चार सौ रुपए के गहने मिले थे। अकाल पीड़ितों से पाँच सौ रुपए मिले थे। नगर ने तो अखिल बंगाल के लिए पाँच हजार रुपए जमा किए थे, वे गांधीजी को मानपत्र के साथ अर्पित किए गए। दूसरे पाँच हजार रुपए महीने के अंत तक देने का वचन दिया गया था।

मानपत्र के लिए और देशबंधु स्मारक की रकम के लिए आभार मानते हुए गांधीजी ने कहा था—

हिंदुस्तान का सबसे बड़ा साहस देखने का मन तो बहुत दिनों से था, लेकिन मजदूरों के संघ के प्रमुख मि एंड्रूज, जो कि मेरे लिए सगे भाई से भी अधिक हैं, उनका आग्रह हो और मैं न मानूँ, यह हो नहीं सकता। उन्होंने मुझसे कहा कि बंगाल छोड़ने के पहले मैं यहाँ आऊँ और मजदूरों की थोड़ी सेवा करूँ। उनकी बात माने बिना कोई चारा नहीं। उनके साथ मेरा इतना प्रगाढ़ संबंध है कि इनसे अधिक प्रगाढ़ संबंध दूसरे किसी के साथ हो ही नहीं सकेगा। मैं हिंदुस्तान में जनमा हुआ, ये अंग्रेज, फिर भी हमारा संबंध दिन-पर-दिन बढ़ता ही गया। ये मानते हैं कि हमारे संबंध से हिंदुस्तान में रहनेवाले प्रत्येक अंग्रेज और हिंदुस्तानी के बीच ऐसा ही बंधुत्व पैदा होगा, एक दिन ऐसा आएगा। फल प्रदान करना ईश्वर के हाथ में है। मनुष्य तो प्रयत्न ही करता है। हमारा यह प्रयत्न 24 घंटे चलता ही रहता है। इसी काम के लिए हम जीना चाहते हैं। दुनिया की खून-खराबी से हम दोनों थक गए हैं। एक ईश्वर के बालक मनुष्य एक-दूसरे के गले पर छुरी चलाते रहे, यह हमसे देखा नहीं जाता। तलवार के न्याय के बदले आत्मबल और आत्मज्ञान का फैसला दुनिया स्वीकार करे, यह हमारी महान् इच्छा है। और इसलिए हम एक-दूसरे से मिलते हैं और साथ-साथ काम करते हैं। इनके कहने से ही मैं यहाँ आया हूँ। आप यह न माने कि आप उनसे ऐसी सलाह चाहें, जिससे टाटा और आपके बीच विरोध पैदा हो। ये ऐसी सलाह नहीं देंगे, क्योंकि झगड़ा कराना इनका काम नहीं है। इनका काम तो झगड़ा मिटाना है। आपने इनको प्रमुख बनाया है, इसलिए वह आपकी सेवा के जरिए हिंदुस्तान की भी सेवा करें। इसी कारण ये मुझे यहाँ ले आए हैं।

इन दो दिनों मैंने श्री टाटा का आतिथ्य भोगा। उन्होंने बड़े प्रेम से अपना नगर दिखाया और अब भी अपार प्रेम जता रहे हैं। मैं तो पारसी कौम का छोटा भाई हूँ। मेरा जीवन पारसियों के साथ बीता है, पारसियों ने जितनी मदद मुझे दी, उससे अधिक मदद शायद ही किसी और जाति ने दी होगी। इसलिए हमेशा पारसियों के पास जाने में मुझे संकोच नहीं होता। दक्षिण अफ्रीका में था, तब रतन टाटा ने मुझे बड़ी सहायता भेजी थी—25 हजार रुपए का चेक सबसे पहले भेजनेवाले वे थे। उन्होंने यह भी लिखा था कि और चाहिए तो मँगवा लूँ। इस प्रकार टाटाओं का तो मैं बहुत ही ऋणी हूँ। आज भी मि. टाटा ने बड़ा प्रेम दिखाकर जो पुराना मतभेद चलता रहता था, उसे मिटाया है। जवाहरलाल, एंड्रूज और इन्होंने मिलकर जो समझौता किया, उसका मैं साक्षी हूँ।

समझौते की शर्त

गांधीजी ने कहा कि समझौते की पहली शर्त यह है कि आपके संघ को कंपनी मान्य करती है। मान्यता देने का अर्थ यह है कि कंपनी हमेशा आपकी बात सुनने को तैयार रहेगी। दूसरी शर्त यह है कि कंपनी आपके संघ को प्रोत्साहन भी देना चाहती है। मजदूर तो झगड़ा पल भर में करना जानते हैं, परंतु डरपोक भी होते हैं। संघ के सदस्य बनना चाहें तो भी वे सदस्य बनने से डरते हैं। अब आज के समझौते से आपको कंपनी के आशीर्वाद मिलते हैं। टाटा ने स्वीकार किया है कि आपके वेतन में से ही आपका शुल्क वसूल कराना हो, तो वे यह भी कर देंगे। दहशत अपने दिल से निकाल दें। मि. टाटा (यहाँ आर.डी. टाटा की बात हो रही है, जिनसे गांधीजी ने बात की थी) भी आपका भला ही चाहते हैं। इन्होंने मुझसे कहा कि मैं अपने मजदूरों को अपने बच्चों की तरह मानता हूँ। मुझसे या मेरे अफसरों से भूल हो सकती है, परंतु मेरे लिए निर्मल हैं। मैं मजदूरों को खिलाकर खाना चाहता हूँ। इनके सुख में सुखी रहना चाहता हूँ। ये सारे भाव साबित करने के लिए ही इन्होंने संघ को आशीर्वाद दिया है। आपके शुल्क ये इकट्ठे करेंगे, परंतु उस पर इनका कोई दखल नहीं होगा। तीसरी बात यह है कि आपके मंत्री को शक के कारण कार्यमुक्त किया गया था, इस विषय पर भी उन्होंने विचार किया। आदमी रखना या न रखना कंपनी के हाथ में है। परंतु एंड्रूज ने यह माँग की कि सेठी को वापस स्थान मिले और आपके मैनेजर ने भी उन्हें लेने की तैयारी बताई। सेठी को भी वापस लेकर उनकी शराफत की परीक्षा की जा सके, इसके लिए मि.

टाटा ने कहा है कि मैं उन्हें वापस रखवाने का प्रयास करूँगा। मुझे आशा है कि दूसरे संचालक भी आपत्ति नहीं करेंगे।

इन तीन बातों का तो फैसला हो गया, परंतु आप क्या करेंगे? मैं मजदूर इसलिए बना हूँ कि मजदूरी की खूबी और खामी दोनों मैं पहचानूँ। इसके लिए आपके साथ रहता और घूमता हूँ। मुझे आशा है कि आप वफादारी से कंपनी की सेवा करेंगे और अपने संघ के कानून से चलेंगे, ताकि यह बता दें कि जिस प्रेमभाव से मि. टाटा ने फैसला किया है, उसके लिए हम योग्य थे, एंड्रूज योग्य थे और हम एंड्रूज के योग्य थे। एंड्रूज आपसे वेतन नहीं लेते, वे तो स्वार्थत्यागी रहकर काम करते हैं। मुझे आशा है कि ऐसा समय कभी नहीं आएगा कि हमें यह सुनना पड़े कि देखो, यह किया, जिसका परिणाम खराब आया। आप जो करें, उसमें एंड्रूज की सलाह लेकर ही चलें।

मैं धनिकों की मित्रता चाहता हूँ, तो इसलिए कि वे गरीबों को पेट भर पैसा देकर अपना पैसा जमा करें, परंतु गरीबों को भूखा मारकर न खाएँ। आज यह नियम नहीं है। इसलिए पूँजी श्रम से डरती है और श्रम पूँजी से रूठता है। परंतु यह संबंध मिटाकर प्रेम का संबंध बनाना मेरा काम है, इसमें आप मदद दें। मैं आपसे एक-दो चीजें चाहता हूँ। मैं जो काम कर रहा हूँ, उसकी तुलना में आप जो भी करते हैं, वह कुछ भी नहीं है। आप हजारों मन लोहा पैदा करते हैं, परंतु मैं भारत के लोगों के हृदय को स्पर्श करके सोना निकालना चाहता हूँ। उसे निकालने को पैसा चाहिए और इसके लिए मुझे आपकी मदद चाहिए। आप अपनी सहायता पैसे देकर कर सकते हैं। ग्रामीण क्षेत्र के लोग जो खादी उत्पन्न करते हैं, उसे पहनकर भी आप सहायता कर सकते हैं। आप मजदूरी तो पेट भरने के लिए करते ही हैं। परंतु मैं चाहता हूँ कि भारत के लिए भी आधा घंटा ज्यादा मेहनत करें। आधा घंटा चरखा चलाएँ और खादी पहनें।

शराब शैतान है, इससे बचें

गांधीजी ने कहा कि इसके सिवा दो और प्रतिज्ञा आपसे चाहता हूँ। शराब शैतान की बनाई हुई चीज है, मजदूर शराब पीकर बहन और स्त्री तथा माता का भेद भूल जाता है। माँ और बहन को औरत मान बैठता है। मुँह से गंदे शब्द बोलता है। इस शैतान से आप बचें, शराब छोड़ें। वैश्यावृत्ति छोड़ें। इनसान जब इनसान न रहकर हैवान बन जाता है, तब खुदा उससे रूठ जाता है। आपमें बहादुर खलासे

और पठान हैं। उनसे कहता हूँ कि आप अपनी बहादुरी भारत को बचाने में, अपनी बहनों की रक्षा में इस्तेमाल करें। आपमें शैतानियत घुसे तो डूब मरें, अथवा शौर्य हो तो खंजर भोंककर मर जाएँ। परंतु बहन की आबरू न लूटें। आप स्वराज चाहते हैं तो इन शत्रुओं को छोड़ दें। अपनी मर्यादा रोकना चाहते हैं तो इस चीज से दूर भागें। ईश्वर आपको मेरा कहा हुआ समझने और अमल में लाने की सद्बुद्धि दे।

महादेव देसाई ने लिखा है कि अंग्रेजी में बोलते हुए भी इस आखिरी बात पर वे बहुत आवेश से बोले। यह कहा कि मुख्य दोष धनिकों का है। गांधीजी ने कह दिया कि बड़े-बड़े धनिक बड़ाई हाँकते हैं कि हम तो उचित मात्रा में पीते हैं। परंतु इन्हें भी होश भूलकर माँ-बहनों के सामने अंधे बनते और कमरे में लुढ़कते मैंने देखा है। एक शाम को छोटा सा जलसा हुआ था। उसमें अधिकारी वर्ग की उपस्थिति थी, वह तो केवल मिलने-जुलने के लिए था परंतु वह तो नहीं हुआ। केवल गांधीजी से भाषण करने को कहा गया। वहाँ के भाषणों में से अंग्रेजी और हिंदुस्तानियों के संबंधों के विषय में उदगार उल्लेखनीय है। गांधीजी ने वहाँ कहा था कि मैंने सुना है कि आपके बीच संबंध मीठा है। यह अक्षरश: सच हो। इस महान् उद्योग में साथ काम करना बड़ा सौभाग्य है। आप उद्योग की खातिर तो एकता और प्रेम अपने कारखाने में रखते होंगे, परंतु मैं चाहता हूँ कि कारखाने से बाहर जाकर भी ऐसा ही प्रेम रखें, भाई-बहनों की तरह व्यवहार करें और किसी को अपने से घटिया न मानें। अपने आपको भी घटिया न समझें। ऐसा होगा तो आप एक छोटा सा स्वराज स्थापित कर लेंगे। मैं समय-समय पर कहता आया हूँ कि मैं असहयोगी हूँ और सविनय भंग करनेवाला हूँ। परंतु अंत में सहयोग करने के लिए ही मेरा असहयोग है। मुझे झूठा सहयोग पसंद नहीं है। सौ टंच का सोना ही पसंद है। इसलिए मैं असहयोग कर रहा हूँ। फिर भी मेरा असहयोग मुझे माइकल ओडायर और डायर की मित्रता करने से नहीं रोकता। क्योंकि मेरा असहयोग दुष्टता के साथ असहयोग है। दुष्ट प्रथा के साथ असहयोग है। उस प्रथा को चलानेवालों के साथ नहीं। मेरा धर्म मुझे दुष्ट कर्म करनेवालों पर भी प्रीति रखना सिखाता है और असहयोग मेरे धर्म का एक अंग ही है। यह सब आपको खुश करने के लिए नहीं कह रहा हूँ। किसी को रिझाने के लिए कुछ भी कहने की मेरी आदत ही नहीं है। मैं तो साफ कहनेवाला, पाप छोड़कर बात करनेवाला आदमी हूँ और ऐसा करके ही दूसरे के दिल में ठेठ तक प्रवेश करना चाहता हूँ। थोड़ी देर के लिए ऐसा करने में असफल हो जाऊँ तो भी मैंने अनुभव किया है कि

सत्य की अंत में सुनवाई भी होती है और वह समझा भी जाता है। इसलिए आपके संबंधों में पूरी मिठास रहे, यह मेरे हृदय की इच्छा है। ऐसी ही मेरे हृदय की प्रार्थना है कि आप यहाँ साथ रहकर भारत को शांति का संदेश दिलवाइए, क्योंकि अंग्रेजों और भारतवासियों का यह समागम तभी सार्थक होगा, जब बंधुत्व और शांति के प्रचार के लिए हम इकट्ठे रहेंगे। टाटा की सेवा के अलावा आप भारत की भी सेवा कीजिए और केवल इस उद्योग के लिए नहीं, बल्कि इससे अधिक उन्नत कार्य के लिए आप परिश्रम कर रहे हैं, ऐसा हमेशा समझते रहिए।

डायरेक्टर्स बँगला में ठहरे थे

गांधीजी का जमशेदपुर का पहला दौरा ही ऐतिहासिक था। वे डायरेक्टर्स बँगला में ठहरे थे। तब यूनियन (लेबर एसोसिएशन) का कार्यालय साउथ पार्क में नंबर एक एच-6 क्वार्टर में चलता था। गांधीजी यूनियन और प्रबंधन के विवाद को सुलझाने और समझौता कराने ही आए थे। इसलिए वे लेबर एसोसिएशन के कार्यालय में पहुँच गए। एसोसिएशन के सदस्यों-पदाधिकारियों से बात की। गांधीजी के लिए भोजन की व्यवस्था एसोसिएशन के कार्यालय में ही की गई थी। पहले यही तय हुआ कि गांधीजी एसोसिएशन के सदस्यों के साथ ही भोजन करेंगे और बात भी करेंगे। कार्यालय पहुँचने पर गांधीजी ने एसोसिएशन के सदस्यों से पूछा कि मैं आप सभी के साथ यहाँ भोजन करूँ या डायरेक्टर्स बँगला में खाने की मेज पर डायरेक्टर्स के साथ बैठकर समझौते के लिए बातचीत करूँ। यह आप तय करें और बताएँ कि कौन बेहतर होगा। उस समय मजदूर नेता मणि घोष वहाँ मौजूद थे। उन्होंने अपने संस्मरण में लिखा है कि एसोसिएशन के सदस्यों को गांधीजी का दूसरा प्रस्ताव यानी डायरेक्टर्स बँगला में भोजन करना अच्छा लगा था। गांधीजी ने सदस्यों की बात मान ली थी। इसके बाद एसोसिएशन के सदस्यों ने कार्यालय में भोजन करने का प्रस्ताव वापस ले लिया था। इसके बाद गांधीजी डायरेक्टर्स बँगला गए और वहाँ भोजन करते-करते प्रबंधन से बात की। इस घटना ने साबित कर दिया कि गांधीजी किसी काम को कितनी बारीकी से करते थे।

मिलानी में की थी सभा

अपने व्यस्त कार्यक्रम के बावजूद गांधीजी ने जमशेदपुर में अन्य कई कार्यक्रमों में भाग लिया। मिलानी हॉल में महिलाओं की ओर से एक सभा का

आयोजन किया गया था। गांधीजी वहाँ गए। हॉल में सूत कातने का प्रदर्शन किया गया था। वहाँ गांधीजी ने महिलाओं को संबोधित किया और सूत कातने तथा खादी की महत्ता बताई। गांधीजी ने वहाँ उपस्थित महिलाओं को समय निकालकर सूत कातने के लिए प्रेरित भी किया। विवेकानंद सोसाइटी में भी गांधीजी का एक कार्यक्रम आयोजित किया गया था। वहाँ भी गांधीजी गए। तिलक पुस्तकालय में भी गांधीजी गए और वहाँ कांग्रेस के कार्यकर्ताओं से मुलाकात की, बातचीत की। गांधीजी को खुद सर जहाँगीर घांदी ने स्टील प्लांट दिखाया था और बताया था कि कैसे इस्पात बनता है। गांधीजी ने उनसे पूरी प्रक्रिया समझी थी। समय निकालकर गांधीजी टाटा के अस्पताल भी गए और वहाँ नर्सों के साथ-साथ मरीजों से भी बात की। गांधीजी ने नगर का भी दौरा किया और मजदूरों के रहने के आवासों को देखा। उससे वे काफी प्रभावित हुए। इस दौरे के बाद जब गांधीजी अहमदाबाद लौटे थे और वहाँ मजदूरों की एक सभा को संबोधित कर रहे थे, उन्होंने जमशेदपुर में मजदूरों के लिए बनाए गए आवासों का जिक्र किया, मजदूरों को मिलनेवाली सुविधाओं का जिक्र किया और कहा कि मजदूरों को वैसी ही सुविधा मिलनी चाहिए जैसी सुविधा जमशेदपुर में टाटा प्रबंधन उन्हें दे रहा है। इस दौरान एक रोचक घटना घटी थी, जिसका उल्लेख गांधीजी ने 10 अगस्त, 1925 को वसुमती पंडित को लिखे पत्र में किया है। जब गांधीजी अस्पताल गए थे, वहाँ उन्होंने अपना वजन कराया था। उस समय उनका वजन आठ स्टोन यानी 112 पौंड पाया गया था। गांधीजी का वजन जमशेदपुर में बढ़ गया था। कुछ दिनों पहले जुहू में उन्होंने अपना वजन कराया था, तब उनका वजन 106 या 108 पौंड था।

बच्ची को देखने अस्पताल चले गए

गांधीजी को बच्चों से काफी प्रेम था। जमशेदपुर में भी यह देखने को मिला था। गांधीजी के आगमन की तैयारी में आहुजा परिवार लगा हुआ था। उन दिनों आहुजा की पुत्री सरला की उम्र काफी कम थी। वह भी काफी खुश थी कि उसे भी गांधीजी का दर्शन करने का मौका मिलेगा। इस बीच एक हादसा हो गया। सरला को टायफाइड हो गया और उसे टी.एम.एच. में भरती कराना पड़ा। सरला कई बार बेहोश हो जाती थी और बेहोशी में भी वह गांधीजी का नाम लेती थी और कहती थी कि उसे गांधीजी से मिलना है। श्रीमती आहुजा अपनी पुत्री के इस हाल को देखकर दु:खित हो जाती थी। उसने यह बात गांधीजी के सहयोगी ठक्कर बापा को

बताई। ठक्कर बापा हरिजन आंदोलन के सिलसिले में अकसर जमशेदपुर आया करते थे और आहुजा परिवार से परिचित थे। ठक्कर बापा ने बच्ची सरला वाली घटना गांधीजी को बताई कि कैसे एक बच्ची आपसे मिलना चाहती थी और अब वह अस्पताल में है। गांधीजी ने फैसला किया कि वह उस बच्ची से मिलने के लिए टी.एम.एच. जाएँगे। वे अस्पताल गए और वहाँ उस बच्ची से मिले। जिस समय गांधीजी अस्पताल में उसके बेड के पास पहुँचे, उस समय सरला अर्धबेहोशी की हालत में थी। गांधीजी ने जब उसका नाम पुकारा तो उसने आँखें खोल दीं। सामने गांधीजी को देखा तो देखते रह गई। एकटक देखती रही। हाथ उसके काँप रहे थे। शायद बुखार के कारण। उसे एक माला दी गई। उसी हाथ से उसने लेटे-लेटे गांधीजी को माला पहनाई। गांधीजी ने झुककर माला पहनी और प्यार से बच्ची को आशीर्वाद दिया। फिर जाने की अनुमति माँगी। पहले तो सरला ने गांधीजी को जाने की अनुमति नहीं दी, लेकिन बाद में उसने हँसते हुए उन्हें विदा किया। बच्चों से ऐसा लगाव था गांधीजी को।

कौन थे ठक्कर बापा

ठक्कर बापा कुछ दिनों के लिए जमशेदपुर में भी थे और हरिजनों के लिए काम कर रहे थे। वे महात्मा गांधी के सहयोगी थे। उनका पूरा नाम अमृतलाल विट्ठल दास ठक्कर था। उम्र में गांधीजी से दो माह छोटे थे। गांधीजी उन पर बहुत भरोसा करते थे और उन्हें हरिजन सेवक संघ का महासचिव बनाया था। 1922 में ठक्कर बापा ने छोटानागपुर का दौरा किया था। उस समय उनके साथ सर्वेंट ऑफ इंडिया सोसाइटी, पूना के एस.जी. वाजे भी थे। वाजे ने ठक्कर बापा को श्रद्धांजलि देते हुए उनके छोटानागपुर दौरे का जिक्र किया था। बापा आदिवासियों के लिए बहुत सोचते थे। उसी समय उन्होंने मुंडा और उराँव जनजाति की अवस्था पर अध्ययन किया था। उन्होंने ईसाई मिशनरी के काम को भी देखा था। गांधीजी ठक्कर बापा को कितना महत्त्व देते हैं, इस बात का प्रमाण सिर्फ एक घटना से मिल गया था। गांधीजी ने पूरे देश में हरिजनों के पक्ष में आंदोलन चलाया था। इस अभियान का आग्रह ठक्कर बापा ने ही गांधीजी से किया था। एक बार बापा ने गांधीजी को एक पोस्टकार्ड लिखकर गांधीजी से अस्पृश्यता के विरोध में पूरे देश का एक साल तक दौरा करने का आग्रह किया था। बापा को भरोसा नहीं था कि पत्र द्वारा किया गया, उनका अनुरोध गांधीजी स्वीकार कर लेंगे। पोस्टकार्ड मिलते

ही गांधीजी ने जवाब दिया था और बापा को एक साल का पूरा कार्यक्रम तय करने के लिए कह दिया था। ठक्कर बापा अंतिम दिनों में चाहते थे कि हरिजन सेवक संघ का काम काफी बढ़ गया है, इसलिए उन्हें इस कार्य से मुक्त कर दिया जाए, ताकि वे आदिवासियों के कल्याण के लिए कुछ कर सकें। गांधीजी ने बापा को लिखा था कि हरिजन सेवक संघ का काम मत रोकें और कुछ समय निकालकर आदिवासी कल्याण का भी काम करें। गांधीजी के आदेश को मानते हुए जीवन के अंतिम क्षणों तक उन्होंने काम किया। इसी सिलसिले में वे जमशेदपुर आए थे और उन्होंने जमशेदपुर की एक बच्ची की मुलाकात गांधीजी से कराई थी।

गांधीजी का दूसरा दौरा

महात्मा गांधी ने 1934 में बिहार का दौरा किया था। उस साल बिहार में भीषण भूकंप आया था। गांधीजी बिहार के कई शहरों में गए थे। हरिजन आंदोलन और अस्पृश्यता के खिलाफ अलख जगाने के लिए भी गांधीजी दौरा कर रहे थे। इसी क्रम में वे 4 मई को राँची से जमशेदपुर पहुँचे थे। तब राँची–जमशेदपुर के

गांधीजी और राजेंद्र प्रसाद जमशेदपुर में हरिजन बस्ती जाते हुए।

बीच वह नया रास्ता नहीं बना था, जो अभी है। घुमकर यानी चक्रधरपुर-चाईबासा होकर जमशेदपुर जाना पड़ता था। दूरी लगभग 125 मील पड़ती थी। गांधीजी सवेरे साढ़े पाँच बजे ही राँची से जमशेदपुर के लिए कार से रवाना हो गए थे। चक्रधरपुर होते हुए वे राँची से जमशेदपुर जा रहे थे। तभी एक बड़ी घटना घटी। जिस कार से गांधीजी यात्रा कर रहे थे, वह दुर्घटनाग्रस्त हो गई थी। लेकिन सौभाग्य से गांधीजी को कोई चोट नहीं पहुँची थी। कार एक गड्ढे में ही गिरती, लेकिन सड़क और गड्ढे के बीच में एक बड़ा चट्टान था। इसी चट्टान ने गांधीजी की कार को पूरे तौर पर पलटने से रोक दिया था। इसके बाद किसी तरह गांधीजी चक्रधरपुर होते हुए उसी दिन जमशेदपुर पहुँचे थे। इस दुर्घटना का उल्लेख हरिजन के 11 मई, 1934 के अंक में किया गया है।

जमशेदपुर में कई हरिजन बस्तियाँ थीं। आने के बाद गांधीजी ने लगभग सभी हरिजन बस्तियों का दौरा किया। यह देखकर उन्हें आश्चर्य हुआ कि इन बस्तियों की स्थिति में कोई बदलाव नहीं हुआ है। पिछली बार गांधीजी 1925 में जमशेदपुर गए थे और इन बस्तियों को भी देखा था। इस दौरे में स्थिति में बदलाव न होने पर गांधीजी काफी दु:खी दिखे। उन्होंने कहा कि अपने युग के एक महानतम और सर्वाधिक बुद्धिमान समाजसेवी के नाम पर नामकृत जमशेदपुर जैसे एक नवनिर्मित नगर में भी हरिजनों के रहने की झोंपड़ियों की जगह साफ-सुथरे मकान नहीं बनाए गए हैं। यह देखकर दु:ख होता है। उन्होंने कहा कि जिस नगर में अनेकानेक जातियों के लोग रहते हैं, वहाँ हरिजन बस्तियों का पृथक् रखना नगर निवासियों को कतई शोभा नहीं देता। जमशेदपुर मूलतः एक मजदूर शहर है। कम-से-कम मजदूरों को तो अस्पृश्यता के कलंक से मुक्त रहना चाहिए। गांधीजी इस बात से दु:खी दिखे कि शहर में शराब का सेवन बढ़ा है। बिहार के दौरे पर वे जहाँ भी गए, शराब नहीं पीने के लिए लोगों को जागरूक किया और शराब का सेवन नहीं करने की सलाह दी। यही बात उन्होंने जमशेदपुर में कही। उन्होंने कहा कि मुझे झरिया में बतलाया गया कि यह बुराई बढ़ती ही जा रही है। मैं खुद भी अपने को मजदूर मानता हूँ और मैं अपने साथी मजदूरों को आगाह करता हूँ कि आपका सबसे बड़ा शत्रु पूँजी नहीं, बल्कि शराबखोरी और अन्य बुरी आदतें ही हैं। अगर आप शराबखोरी की लत नहीं छोड़ेंगे, तो अंत में यह आपको मिटाकर ही रख देगी। गांधीजी ने गुंडागर्दी का भी जिक्र किया। कहा जाता है कि आपके बीच वह बढ़ती जा रही है। यह शर्मनाक बात है कि बर्बर तरीके इस्तेमाल किए जाते हैं,

फिर चाहे कोई भी करता हो। मैंने सुना है कि इस घृणित कार्य के लिए पूर्व मजदूरों का इस्तेमाल किया जाता है। अगर बात सच है तो सचमुच शर्मनाक है। गांधीजी के इस दौरे में मजदूरों की ओर से जो थैली भेंट की गई थी, उसमें रकम बहुत कम थी। इससे भी गांधीजी आहत हुए थे। जहाँ कहीं भी गांधीजी जाते थे, जनता की ओर से उन्हें आंदोलन को मजबूती प्रदान करने के लिए थैली भेंट की जाती थी। यही परंपरा थी। जमशेदपुर में जब उन्हें कम राशि की थैली भेंट की गई तो उन्हें लगा कि मजदूरों ने पैसा शराब या अन्य कामों में पहले ही खर्च कर दिया है। गांधीजी ने कहा कि यह बात भी बड़ी लज्जाजनक है कि मजदूर लोगों को अपने ऊपर यह भरोसा नहीं है कि एक बार हाथ में रुपए पैसे आ जाने पर वे पवित्र कार्यों के लिए उसमें से कुछ दे पाएँगे या नहीं, इसलिए मजदूरों और उनके सलाहकारों को चाहिए कि अगली बार पगार मिलने के दिन ही अपने-अपने चंदे दे दें। मुझे इसकी परवाह नहीं कि चंदे की रकम कितनी छोटी या बड़ी है। मैं तो यह महसूस करना चाहता हूँ कि अस्पृश्यता निवारण के मामले में मजदूरों का कितना ठोस समर्थन मुझे मिलेगा। उन्होंने अपने दौरे के अन्य सभी मजदूर-क्षेत्रों का उदाहरण देते हुए बतलाया कि मैं आज ही चक्रधरपुर गया था। वहाँ मजदूरों ने अपना हिस्सा अदा कर दिया है। दरअसल राँची से जमशेदपुर आते वक्त गांधीजी चक्रधरपुर में ठहरे थे और मजदूरों से मुलाकात की थी।

पहली बार 1925 में जब गांधीजी जमशेदपुर आए थे तो उनका मुख्य काम मजदूरों और टाटा प्रबंधन के बीच उत्पन्न विवाद को खत्म कराना था। दूसरी बार उनके आने का मुख्य उद्देश्य हरिजन आंदोलन था। इसलिए इस दौरे में उन्होंने हरिजन बस्तियों में अच्छा समय बिताया। इस आंदोलन का अच्छा असर हो भी रहा था। जमशेदपुर में जब पत्रकारों ने गांधीजी से पूछा था कि उनके हरिजन आंदोलन का क्या असर हो रहा है, गांधीजी ने हँसते हुए कहा था कि लॉर्ड विलिंगडन से पूछिए। बाद में स्पष्ट करते हुए गांधीजी ने कहा कि हरिजन आंदोलन ने दिन-दूनी रात चौगुनी प्रगति की है और जनता में एक स्पष्ट मानसिक क्रांति हुई है। अब तो बस यही देखना शेष है कि प्रत्येक सवर्ण हिंदू घर में उस पर कब अमल किया जाता है। धर्मांतरण पर भी गांधीजी से सवाल किए गए थे। जब आदिवासी ईसाइयों के पुनः अपने मूल धर्म में दीक्षित किए जाने की अनिवार्यता के बारे में पूछा गया तो गांधीजी ने कहा कि मैं तो वैसा करने को सोच भी नहीं सकता। लेकिन मेरा खयाल है कि आदिवासियों में ऐसे बहुत से लोग मौजूद हैं, जो नाम

के ईसाई हैं और बिना किसी प्रयत्न के ही वे धीरे-धीरे हिंदू धर्म की ओर खिंचते आएँगे। जो आदिवासी सच्चे हृदय से ईसाई धर्म अपना चुके हैं, उनको उसी धर्म में रहकर अपना विकास करने देना चाहिए।

गांधीजी का तीसरा दौरा

महात्मा गांधी तो दो बार जमशेदपुर आए थे, इसका उल्लेख कई जगहों पर मिलता है, लेकिन वे तीसरी बार भी जमशेदपुर आए थे, इसकी चर्चा नहीं होती है। ऐसा इसलिए होता है, क्योंकि गांधीजी की तीसरी यात्रा को सार्वजनिक नहीं किया गया था। दरअसल में महात्मा गांधी 1940 में रामगढ़ में आयोजित कांग्रेस अधिवेशन में भाग लेने के लिए आए हुए थे। रामगढ़ में अधिवेशन के बाद वे जमशेदपुर आए थे। इसका उल्लेख मणि घोष ने अपने लेख में सर जहाँगीर घांदी के हवाले से किया है। गांधीजी अचानक जमशेदपुर कैसे चले गए, इसका जिक्र भी इसमें है। गांधीजी की जन्म शताब्दी मनाने के लिए 1967 में जमशेदपुर की जनता की ओर से सर जहाँगीर घांदी की अध्यक्षता में एक समिति बनाई गई थी। माइकल जॉन इस समिति के उपाध्यक्ष थे। समाज के सभी वर्गों से इसमें सदस्य चुने गए थे। 2 अक्तूबर, 1968 को सुबह साढ़े पाँच बजे कंपनी के सायरन से साल भर चलनेवाले समारोह की शुरुआत की गई थी। इसी कार्यक्रम में सर घांदी ने गांधीजी से जुड़े अपने संस्मरण सुनाए थे। सर घांदी ने इस बात का खुलासा किया था कि 1940 में रामगढ़ कांग्रेस से लौटते वक्त गांधीजी जमशेदपुर आए थे और उनके आवास पर ही ठहरे थे। यह बहुत कम लोग ही जानते थे। इसके पीछे की कहानी भी सर घांदी ने बताई थी। दादा भाई नौरोजी की दो प्रपोत्रियाँ पेरिन बेन और गोसी बेन (दोनों केएडी नौरोजी की बहनें) रामगढ़ कांग्रेस में भाग लेने के लिए रामगढ़ जा रही थीं। रास्ते में ही उनकी तबीयत खराब हो गई और दोनों को जमशेदपुर लौट जाना पड़ा। वे रामगढ़ अधिवेशन में भाग लेने नहीं जा सकीं। वे सर जहाँगीर घांदी के बँगले पर ठहरी थीं। उनका बँगला 10, ऑफिस रोड पर था। अधिवेशन जब खत्म हो गया और गांधीजी को लौटना था, तो उन्होंने तय किया कि जमशेदपुर होते हुए वर्धा जाएँगे, ताकि दादा भाई की बीमार प्रपोत्रियों से मुलाकात कर सकें। 20-21 मार्च, 1940 को गांधीजी राँची से जमशेदपुर आए और सीधे सर घांदी के बँगले पर गए। वहाँ उन्होंने दोनों बहनें पेरिन बेन और गोसी बेन से मुलाकात की। उनका हौसला बढ़ाया और उनके शीघ्र स्वस्थ होने की कामना की। उनका

यह दौरा बिल्कुल निजी था, इसलिए किसी को खबर नहीं थी। उस वक्त कुछ विदेशी महिलाएँ भी जमशेदपुर में थीं। उन्हें किसी तरह गांधीजी के आगमन की जानकारी मिल गई थी। उन्होंने सर घांदी से संपर्क कर गांधीजी से मुलाकात करने और उनका आशीर्वाद लेने का आग्रह किया, लेकिन गांधीजी के पास समय का अभाव था, इसलिए उन्होंने बाहर के किसी व्यक्ति से मुलाकात नहीं की। इस दौरे का भी खुलासा नहीं हो पाता, अगर सर जहाँगीर घांदी खुद इस बात का खुलासा नहीं करते। गांधीजी का इस क्षेत्र का यह अंतिम दौरा था।

जब टिस्को में छुट्टी कर दी गई

अगर महात्मा गांधी को जमशेदपुर शहर से भावनात्मक लगाव था, वहाँ के लोगों से प्रेम था तो जमशेदपुर के लोग भी अपने प्रिय नेता (गांधीजी) को उतना ही मानते थे। उतनी ही श्रद्धा थी। 30 जनवरी, 1948 को जैसे ही जमशेदपुर में यह खबर पहुँची कि गांधीजी नहीं रहे, पूरा शहर शोक में डूब गया। टिस्को ने अगले दिन यानी 31 जनवरी को छुट्टी करने की घोषणा कर दी। 12 फरवरी, 1948 को लगभग 20 हजार लोगों की भीड़ बारी मैदान में जुटी। इसी दिन गांधीजी की अस्थि जमशेदपुर लाई गई थी। सभी लोग अनुशासित तरीके से बारी मैदान से स्वर्णरिखा नदी के तट पर आए। वहाँ गांधीजी की अस्थि नदी में विसर्जित की गई। इस मौके पर गांधीजी के सम्मान में हवाई जहाज से अस्थि पर पुष्पवर्षा की गई। उसके पास ही एक सभा का आयोजन किया गया। इस कार्यक्रम में अधिक-से-अधिक लोग भाग ले सकें, इसलिए टिस्को के अनिवार्य विभाग को छोड़कर बाकी विभागों में 12 फरवरी को भी छुट्टी की घोषणा कर दी गई थी। गांधीजी की याद में जमशेदपुर में स्वर्णरिखा नदी के किनारे गांधी घाट का निर्माण किया गया है।

□

हजारीबाग : संत कोलंबा में छात्रों के बीच भाषण

हजारीबाग वह स्थान है, जहाँ महात्मा गांधी ने पहली बार किसी कॉलेज में जाकर छात्रों को सीधे संबोधित किया था। वर्ष था 1925 और कॉलेज था—संत कोलंबा कॉलेज। इसके बाद भी एक बार 1932 में महात्मा गांधी हजारीबाग आए लेकिन अपने दूसरे दौरे में गांधीजी ने ग्रामीण इलाकों को प्रमुखता दी थी। पहले पहली यात्रा की बात करें। दरअसल, 1925 में महात्मा गांधी छोटानागपुर के दौरे पर निकले थे। इसी क्रम में पुरुलिया से ट्रेन से सीधे चक्रधरपुर पहुँचे थे। उसके बाद पूरे छोटानागपुर का दौरा उन्होंने कार से किया था। छोटानागपुर तो प्राकृतिक तौर पर सुंदर है ही। उस समय तो इसका सौंदर्य और भी ज्यादा था। जंगल घने थे। सड़कें पतली और कच्ची होती थीं। इनसे गुजरने के वक्त कई बार जंगली जानवरों का भी दर्शन हो जाया करता था। जिस समय गांधीजी दौरा कर रहे थे, वे खुद आनंदित थे। उन्होंने इस दौरे में प्राकृतिक सौंदर्य का खूब आनंद उठाया था। घने जंगलों और पहाड़ों-घाटियों के बीच से यात्रा करना किसे अच्छा नहीं लगेगा। गांधीजी को भी लगा था। बाद में लेख लिखकर उन्होंने इस सुंदरता की तारीफ भी की थी। चक्रधरपुर से राँची, रामगढ़ होते हुए गांधी 18 सितंबर, 1925 को हजारीबाग पहुँचे थे। कर्जन ग्राउंड (आज जिसे वीर कुँवर सिंह स्टेडियम कहते हैं) में उनकी सभा हुई थी। इसके अलावा संत कोलंबा कॉलेज में गांधीजी ने छात्रों की सभा को संबोधित किया था।

सार्वजनिक सभा कर्जन ग्राउंड में हुई थी

गांधीजी को सुनने के लिए कर्जन ग्राउंड में सार्वजनिक सभा का आयोजन किया गया था। इसी सभा में हजारीबाग के नागरिकों और नगरपालिका की ओर से

उन्हें एक मानपत्र प्रदान किया गया था। मानपत्र के साथ गांधीजी को हजारीबाग की जनता की ओर से 1300 रुपए की थैली प्रदान की गई थी। मानपत्र में कई ऐसी बातों का उल्लेख था, जिससे गांधीजी दुःखी हो गए थे और उन्होंने अपने भाषण में कई बार इसका उल्लेख किया। दरअसल मानपत्र में इस बात का उल्लेख किया गया था कि हजारीबाग में हिंदुओं और मुसलमानों के बीच सौहार्द हुआ करता था, लेकिन अब थोड़ा मनमुटाव हो गया है। गांधीजी की सभा के कुछ समय पहले ही हजारीबाग में सांप्रदायिक तनाव हुआ था और उससे शहर तुरंत उबर भी नहीं सका था। दोनों समुदाय के बीच मनमुटाव की खबर से गांधीजी आहत हुए थे और उन्होंने अपने भाषण में कहा था कि उन्हें उम्मीद है कि दोनों समुदाय के नेता मिल-बैठकर इस मामले को सुलझा लेंगे। मामला सिर्फ हिंदुओं और मुसलमानों के बीच के मनमुटाव का नहीं था। गांधीजी को जानकारी मिली थी कि हजारीबाग में बिहारियों और बंगालियों के बीच भी कुछ ऐसा ही यानी मतभेद-तनाव चल रहा है। हजारीबाग में बंगालियों की अच्छी-खासी आबादी रही है और वहाँ की कई संस्थाओं को बनाने में बंगालियों का काफी योगदान रहा है। स्वतंत्रता संग्राम में भी हजारीबाग के बंगालियों का योगदान रहा है। गांधीजी को यह सब जानकारी थी। इसलिए उनका दुःखी होना स्वाभाविक था। गांधीजी ने सभा में साफतौर पर कहा कि उन्हें नहीं पता कि किन कारणों से ये दूरियाँ बढ़ रही हैं, लेकिन यह किसी के हित में नहीं है। गांधीजी ने हजारीबाग की जनता को आगाह करते हुए कहा था कि मैं तो इतना ही जानता हूँ कि यदि आप भारत को स्वतंत्र कराना चाहते हैं, यदि आप स्वराज पाना चाहते हैं तो आपको यह विचार छोड़ ही देना होगा कि आप बिहारी, बंगाली, गुजराती और मारवाड़ी हैं। आपको तो यही याद रखना होगा कि आप सबसे पहले भारतीय हैं। किसी एक प्रांत के निवासी की हैसियत से आपको उसी भावना से काम करना चाहिए कि आप अपने प्रांत को पूरे देश की सेवा के लिए तैयार कर रहे हैं। मुझे समझ में नहीं आता कि आप लोगों में इस प्रकार की कटुता कैसे आ गई। गांधीजी ने भले ही भाषण के आरंभ में हजारीबाग में फैली कटुता का जिक्र किया था, लेकिन भाषण के अंत में उन्होंने चरखा और खादी को प्रमुखता देने का आह्वान किया था। हजारीबाग आने का मूल उद्देश्य भी खादी और चरखा को बढ़ावा देना था। कुछ माह पहले ही देशरत्न चितरंजन दास की मौत हो गई थी, जिसका गांधीजी के जीवन पर गहरा असर पड़ा था। उन्होंने देशरत्न मेमोरियल फंड की स्थापना कर राशि जमा करने के लिए देश का दौरा किया था। हजारीबाग आने के पहले

पुरुलिया जाना उसी अभियान का हिस्सा था। हजारीबाग में गांधीजी ने उस दिन रात्रि विश्राम भी किया था। गांधीजी की हजारीबाग यात्रा की विस्तृत रिपोर्ट पटना से प्रकाशित अंग्रेजी दैनिक सर्चलाइट ने प्रकाशित की थी। हजारीबाग के कई लोगों से गांधीजी के संपर्क थे। इनमें बाबू रामनारायण सिंह और कृष्ण वल्लभ सहाय प्रमुख थे। बाबू रामनारायण सिंह को तो गांधीजी पत्र लिखकर अपना संदेश देते रहते थे। कृष्ण वल्लभ सहाय के काम का उल्लेख गांधीजी ने हरिजन में छपे अपने लेख में भी किया था।

संत. कोलंबा में छात्रों को किया था संबोधित

जिन दिनों गांधीजी ने हजारीबाग का दौरा किया था, उसके पहले गांधीजी देश के कई कॉलेजों में जा चुके थे। वे छात्रों से सीधा संवाद करते थे। संत कोलंबा कॉलेज पूरे बिहार का सबसे पुराना कॉलेज रहा है। उसका अपना एक इतिहास रहा है। उन दिनों बिहार खासकर छोटानागपुर के कई बड़े नेता उसी संत कोलंबा कॉलेज से पढ़े थे। गांधीजी छात्रों से चरित्र निर्माण और समाज-सेवा पर छात्रों से बात करने संत कोलंबा कॉलेज गए थे। यह कॉलेज राँची-पटना हाईवे के बगल में ही स्थित है। वहाँ उन्होंने छात्रों से कहा था कि मेरे पास आप लोगों के लिए कोई नया बनाया संदेश नहीं है। जब मैं यहाँ आया तो मुझे इस बात का कोई अनुमान नहीं था कि मुझसे इस सभा में भाषण देने के लिए कहा जाएगा। फिर भी मैं आप लोगों के समक्ष समाज-सेवा के विषय में कुछ विचार रखूँगा। कलकत्ता की एक सभा में मैंने कहा था कि समाज-सेवा के लिए सबसे पहली जरूरत चरित्र बल की है और समाज-सेवा करने के इच्छुक व्यक्ति में यदि चरित्र नहीं है तो वह समाज-सेवा करने योग्य नहीं है। यद्यपि प्रकटतः मेरा जीवन राजनैतिक संघर्षों में उलझा रहा है, लेकिन जो लोग मुझे जरा भी जानते हैं, वे आपको बता सकते हैं कि मैंने अपना समय मुख्यतः समाज-सेवा में लगाया है। मैं समाज-सेवा का प्रेमी हूँ और अकसर मैंने इस कार्य का विशेषज्ञ होने का दावा भी किया है। यदि 30 वर्ष की अटूट सेवा का अनुभव किसी को विशेषज्ञ बना सकता है तो अपने जीवन में मुझे सेवा में रत दर्जन-दो दर्जन या सौ-दो सौ नहीं, बल्कि हजारों भारतीय और यूरोपीय स्त्रियों और पुरुषों के साथ लंबे अरसे तक काम करने का सौभाग्य प्राप्त हुआ है। मेरी नम्र राय में समाज-सेवा के बिना सच्ची राजनीतिक सेवा भी संभव नहीं है। समाज-सेवा के लिए चरित्र की अनिवार्य आवश्यकता को मैंने तभी अनुभव कर लिया था, जब दक्षिण अफ्रीका

संत कोलंबा कॉलेज, हजारीबाग में लगाई गई गांधी की प्रतिमा, इसी कॉलेज में गांधीजी ने 1925 में छात्रों को संबोधित किया था। (साभार : अमित दास)

में मैंने समाज-सेवा का काम शुरू ही किया था। भारत लौटने के बाद तो मेरी यह धारणा और पक्की हो गई। दक्षिण अफ्रीका में समाज-सेवा करना आसान नहीं था। लेकिन वहाँ जो कठिनाइयाँ सामने आती थीं, वे भारत की कठिनाइयों के मुकाबले में कुछ नहीं थीं। यहाँ समाज-सेवा को अंधविश्वास, पूर्वग्रह और रूढ़िवादिता की जिन बाधाओं से लड़ना पड़ता है, उनका परिमाण बहुत ज्यादा है। रूढ़िवादिता से कुछ लाभ भी है। रूढ़िवादी व्यक्ति बुराइयों से दूर रहकर सही रास्ते पर चलता है। लेकिन जब रूढ़िवादिता में अज्ञान, पूर्वग्रह और अंधविश्वास आ मिलते हैं, तब यह सर्वथा अवांछनीय हो जाती है। दुर्भाग्य से भारत में अपना काम शुरू करते ही समाज सेवक के सामने ये तीनों ही बुराइयाँ दीवार बनकर खड़ी हो जाती हैं। समाज सेवक के लिए यहाँ इतना काम है कि समाज-सेवा के इच्छुक स्त्री या पुरुष को यह सोचने की जरूरत नहीं है कि वह क्या काम करे। समाज सेवक के लिए करने को सैकड़ों काम पड़े हैं और यदि वह देखने की कोशिश करे तो वे खुद-ब-खुद उसके ध्यान में आ जाएँगे। हम पूरी सच्चाई के साथ कह सकते हैं कि यहाँ और जगहों के मुकाबले समाज-सेवा करने का मौका बहुत ज्यादा है, लेकिन काम करनेवाले ही नहीं हैं। यह सचमुच आश्चर्य की बात है कि भारत के कॉलेजों में इतने लंबे समय से शिक्षा दी जा रही है, फिर भी हम देखते हैं कि बहुत कम विद्यार्थी शिक्षा प्राप्त करने के बाद

समाज-सेवा का काम करने के लिए आगे आते हैं।

यह सच है कि समाज-सेवा का काम रोचक और तड़क-भड़क वाला काम नहीं है। उसमें परिश्रम, घोर परिश्रम करना पड़ता है। यह भी सच है कि उसमें आर्थिक दृष्टि से कोई आकर्षण नहीं होता। समाज सेवक को मुश्किल से गुजारे लायक पैसों से ही संतोष करना पड़ता है और कभी-कभी तो वह भी नसीब नहीं होता। इस समय भारत भर में कितने ही ऐसे युवक हैं, जो समाज-सेवा के काम में लगे हुए हैं। इनमें से कुछ तो प्रतिभावान ग्रेजुएट हैं, जिनका चरित्र अत्यंत ऊँचा है। उनमें से कई युवकों को इतना कम वेतन मिलता है, जिससे केवल पेट ही भरा जा सकता है। परंतु उन्हें इसका कोई दु:ख नहीं है। उन्होंने स्वेच्छा से धनोपार्जन की लुभावनी राहों को छोड़कर कर्तव्य और सेवा की कठिन, कंटकाकीर्ण राह पर चलना स्वीकार किया है। सेवा करने का सुख ही उनका पुरस्कार है और इसी में उन्हें संतोष है। मनुष्य के दु:खों को दूर करने की दिशा में अपने प्रयत्नों को दिनोदिन फलता-फूलता देखकर समाज सेवी व्यक्ति को जो संतोष मिलता है, उसका आनंद तो अनोखा होता है। यह संतोष उसकी आत्मा को ऐसी शांति प्रदान करता है, जो और कहीं प्राप्त नहीं हो सकती। अत: आइए, अब हम देखें कि समाज-सेवा के कौन-कौन से क्षेत्र हैं और उनमें क्या काम किया जा सकता है। तनिक विचार करते ही हम देखेंगे कि एक बुनियादी समस्या है, जो सारे भारत में व्याप्त है। वह है बढ़ती हुई घोर कंगाली। इसे सब लोग मानते हैं। प्रशासनिक सेवा में जो अंग्रेज अधिकारी हैं, उन्होंने भी यह स्वीकार किया है कि भारत में भयंकर गरीबी है और वह बराबर बढ़ती ही जा रही है। उन्होंने यह भी कहा है कि भारत की कुल आबादी का दसवाँ भाग ऐसा है, जिसे मुश्किल से आधा पेट खाना मिलता है और उसमें भी सिर्फ बासी रोटी और गंदा-संदा नमक भर। वे नहीं जानते कि दूध किसे कहते हैं। उन्होंने घी कभी चखा तक नहीं है। हाँ, कुछ एक ने कभी छाछ पी हो। उन्हें तेल तक नहीं मिलता। आप लोग कॉलेज में पढ़ते हैं और गाँव में शायद ही कभी जाते हों। क्या आपने कभी सोचा है कि आपसे दो कदम की दूरी पर ऐसे गाँव हैं, जहाँ रहनेवाले स्त्री या पुरुष अत्यंत दयनीय गरीबी का जीवन व्यतीत कर रहे हैं। उन्हें पेट भर खाने को भी नहीं मिलता। जैसी तकलीफ वे सहते हैं, मैं यदि उनका वर्णन करूँ तो आप मेरी बात का शायद विश्वास नहीं करेंगे। और यदि करें भी तो आप उन कष्टों की सही कल्पना नहीं कर पाएँगे। हाँ, यदि मैं अपनी यात्राओं में आपको अपने साथ ले जाऊँ और सारा देश घुमाऊँ, उन गाँवों का दर्शन कराऊँ, जहाँ रेलें नहीं जातीं, तब शायद आप समझ सकेंगे कि दाने-दाने को तरसना किसे कहते हैं। तब आप समझेंगे कि वह भयंकर

गरीबी जिसके फलस्वरूप चारों ओर गंदगी, विवशता और अधोगति दिखाई देती है, क्या है। अकसर गाँवों में ऐसे लोगों से मेरी मुलाकात हुई है और मैंने उन्हें ईश्वर के बारे में कुछ बताने की कोशिश भी की है। मैं आपसे सच कहता हूँ कि ऐसा करने के बाद मैं बहुत लज्जित होकर लौटा हूँ। मुझे अपने आप से कहना पड़ा है कि जब तक मैं इन लोगों को खाने के लिए रोटी नहीं दे सकता, तब तक मुझे इनके सामने ईश्वर के संबंध में भाषण देने का कोई अधिकार नहीं है। ये लोग नहीं जानते कि ईश्वर किसे कहते हैं। उनके लिए तो रोटी ही भगवान् है। उनके चेहरे देखिए। उनकी आँखों में कोई चमक नहीं है। उनके काम के संबंध में बात कीजिए तो वे मुसकुरा देते हैं न, मुसकुराते नहीं, मानो उपहास करते हैं। उनकी समझ में ही नहीं आता कि उन्हें काम क्यों करना चाहिए। वे बिल्कुल निराश हो चुके हैं। उन्होंने जैसे मान लिया हो कि उनके भाग्य में भूख से मरना ही लिखा है। ऐसी दारूण है उनकी लाचारी। ऐसे लोग दो-चार नहीं हैं, लाखों-करोड़ों की संख्या में हैं। इन्हीं लोगों के बीच समाज-सेवा करने का असीम क्षेत्र आपके सामने खुला पड़ा है। मुझे मालूम हुआ कि इसी छोटानागपुर में हो नामक एक जाति है। इन लोगों के सब रीति-रिवाज मैं नहीं जानता। लेकिन मैंने देखा कि इस प्रदेश में जहाँ दूध की नदियाँ बहनी चाहिए, ऐसे सुरम्य और सुंदर जलवायु वाले सब तरह संपन्न इस प्रदेश में इन लोगों को लाचार होकर असम के चाय बागानों में काम करने जाना पड़ता है। यदि उन्हें इन बागानों में जाकर काम करने की जरूरत हो तो वे जरूर जाएँ, मुझे कोई आपत्ति नहीं है। लेकिन उन्हें ऐसा करने की जरूरत नहीं है। इन पिछड़ी हुई जातियों के बीच जीवन के बारे में अध्ययन और शोधकार्य करने का विशाल क्षेत्र पड़ा है। अपने इस काम के दौरान आप कई अद्‌भुत बातें जान सकेंगे। आप हैरत के साथ देखेंगे कि मनुष्य की हृदयतंत्री में जो तार होते हैं, वे इनके हृदय में भी मौजूद हैं। जब आप इनमें से कुछ तार छू पाएँगे और देखेंगे कि मानव सहानुभूतियों से वे झंकृत हो उठते हैं तो उससे आपको परिपूर्ण हार्दिक संतोष प्राप्त होगा। मैंने बहुधा नवयुवकों को बताया है कि सर्वत्र उपयोगी समाज-सेवा के लिए उनमें एक चीज का होना आवश्यक है। जब मैं वह चीज बताऊँगा, तब आप हँसकर कहेंगे कि यह बूढ़ा चाहे राजनीति की बात करे, चाहे समाज-सेवा की और चाहे आर्थिक कष्ट दूर करने की, चरखे का अलाप किए बिना नहीं रहता। हाँ, बात सही है। क्योंकि मैं ऐसा किए बिना रह ही नहीं सकता। इस बार कलकत्ता में मुझे बहुत से लोगों से मिलने का सौभाग्य मिला। उनमें से कई मिशनरी थे। कुछ व्यावसायिक संगठनों में काम करनेवाले भी थे। उन सबसे बात करने के बाद मेरी यह धारणा और भी दृढ हो गई है कि चरखे के संबंध में ठीक ज्ञान के बिना

हम बड़े पैमाने पर समाज-सेवा का काम नहीं कर सकते। एक राष्ट्र के रूप में हम जिस रोग से ग्रस्त हैं, वह है निठल्लापन, जो किसी समय हम पर जबरदस्ती लादा गया था और अब हमारी आदत ही बन गया है। आलस्य में अपना समय बितानेवाले राष्ट्र को जीने का कोई अधिकार नहीं है। मध्यम वर्ग के लोग अपनी आजीविका के लिए आठ घंटे काम करेंगे। पर यह जरूरी नहीं कि आठ घंटे काम में जुटे रहनेवाला व्यक्ति उद्यमी भी हो। उन्हें समय के उपयोग का पता ही नहीं है। मैं इसे भुगत चुका हूँ, इसलिए जानता हूँ। दक्षिण अफ्रीका में मैं हजारों मजदूरों के बीच रहा और जर्जर स्वास्थ्य के बावजूद मैं उनसे ज्यादा काम कर पाता था। क्योंकि मैं उनकी तरह समय नहीं गँवाता था। मेरे एक कलेक्टर मित्र ने मुझे एक बार लिखा था—मुझे आपकी राजनीति बिल्कुल नापसंद है। मैं अंग्रेज हूँ और इसलिए मुझे भारत की अर्थव्यवस्था की कोई समझ नहीं है। लेकिन चरखे के अपने संदेश द्वारा आपने समाज की एक बहुत बड़ी सेवा की है, इसलिए आपका यह शौक मुझे पसंद है। वैसे यदि सिर्फ शौक की बात होती, तब भी मैं चरखे को एक मूल्यवान शौक मानता, परंतु मेरे लिए वह शौक मात्र ही नहीं है। मैं तो उसे एक जीवनदायी चीज मानता हूँ, क्योंकि उसने हजारों स्त्री और पुरुषों का जीवन ही बिल्कुल बदल दिया है। आप जैसे शिक्षित लोग मेरा साथ दें और अंग्रेज भी मेरी बात मान लें तो जिन लाखों चेहरों पर आज घोर निराशा छायी है, वहाँ मुसकान थिरकने लगेगी। आज उनके चेहरों पर निराशा क्यों है ? इसलिए कि उनके पास काम नहीं है और वे भूखों मरते हैं। भूख से पीड़ित होने पर भी वे सरकार द्वारा चलाई गई खर्चीली योजनाओं में काम करने नहीं जा सकते। वहाँ अधिकतर काम है, सड़क के लिए पत्थर तोड़ने का या लोहा ढोने का। और आप जानते हैं कि वह काम उन्हें कैसी परिस्थितियों में करना पड़ता है। काम करनेवालों में अधिकतर स्त्रियाँ होती हैं और उन्हें ओवरसीयरों की देख-रेख में काम करना पड़ता है। ये ओवरसीयर लंपट और सर्वथा चरित्रहीन होते हैं। आगे की बात आप समझ सकते हैं। मैं उनका वर्णन नहीं करूँगा। चरखे के द्वारा इन स्त्रियों को, इनके प्रति आपके मन में वैसा ही आदर भाव होना चाहिए, जैसा कि अपनी माँ और बहनों के लिए होता है, इस प्रकार की मजदूरी से बचाया जा रहा है। चरखा उनकी सब जरूरत पूरी कर देता है। साठ वर्ष की एक वृद्ध महिला, दो मील पैदल चलकर मेरे पुत्र से पुनिया लेने आती है। वह उससे कहती है कि अपने पिता से कहना उन्होंने मुझे जो चीज दी है, वह मेरे लिए वरदान है। क्योंकि उससे मुझे जो सम्मान मिला है, वह पहले प्राप्त नहीं था। चंपारण में आज लाखों ऐसे स्त्री और पुरुष हैं, जिन्हें चरखा स्वावलंबी बना सकता है। वहाँ स्त्रियों की मजदूरी प्रतिदिन पाँच या छह पैसे, लड़कों

की तीन–चार पैसे और पुरुषों की आठ–दस पैसे से ज्यादा नहीं है। मुझे बताया गया है कि आज एक भारतीय की औसत वार्षिक आय पचास रुपए है। मुझे पता नहीं है। मुझे तो यह मालूम है कि दादाभाई नौरोजी ने हिसाब लगाया था कि यह आय 26 रुपए है। स्वर्गीय लॉर्ड कर्जन ने इसे गलत बताया था। उनके हिसाब से यह आय 33 रुपए बैठती थी। यदि हम स्वर्गीय लॉर्ड कर्जन द्वारा निर्धारित रकम को ही ठीक मान लें, हालाँकि उसमें टाटा जैसे लखपतियों की करोड़ों की आय भी शामिल है, तो भी आप सोचिए कि इन गरीबों के लिए प्रतिमास दो या तीन रुपए ज्यादा कमाने के क्या मायने होंगे। और फिर ये रुपए वे किनसे प्राप्त करेंगे। उन उद्धत ओवरसीयरों से नहीं, जो इन बहनों का शीलभंग करते हैं। यह रुपया उन्हें ऐसे चरित्रवान नवयुवकों की देख–रेख में काम करते हुए प्राप्त होगा, जो उनके सम्मान को अपनी बहनों के सम्मान की तरह पुनीत मानेंगे और सहर्ष उन्हें पैसे देंगे। आठ या दस आने अपमान के साथ प्राप्त होने की अपेक्षा श्रेष्ठ कार्य में लगे व्यक्तियों से चार पैसे ही पा लेना हजार दर्जे अच्छा है।

यह चरखे की महत्ता है, समाज–सेवा के लिए और भी क्षेत्र हैं। परंतु उनके बारे में बात करने के लिए न तो मेरे पास समय है और न ही शक्ति। यदि आपमें से कुछ लोग उत्साहपूर्वक ऐसी निस्स्वार्थ समाज–सेवा करेंगे तो उसके लिए आपको कोई वाहवाही या रुपया–पैसा नहीं मिलनेवाला। न कोई आपको महात्मा ही मानेगा। ये सब आपके भाग्य में नहीं होंगे। परंतु उसके बजाय आपको धन–दौलत से भी ज्यादा बहुमूल्य उपहार गरीबों का आशीर्वाद प्राप्त होगा। वैसा आशीर्वाद आपको तब प्राप्त होता है, जब ईश्वर कहता है। मेरे सच्चे सेवक, तूने बहुत अच्छा काम किया है। मैं तेरे काम से बहुत खुश हूँ। उसके लाखों मूक बंदों की सेवा करते हुए आप अपने विधाता से निकटतम संबंध स्थापित कर सकेंगे। इससे अधिक श्रेष्ठ जीवन लक्ष्य क्या हो सकता है ? यही सबसे महान् ध्येय है। ईश्वर करे आप इसी पथ पर चलें।

गांधीजी के इस ओजस्वी भाषण का छात्रों पर गहरा असर पड़ा था। बाद में गांधीजी की याद में हजारीबाग के संत कोलंबा कॉलेज में उनकी मूर्ति स्थापित की गई। कुछ साल बाद गांधीजी ने हजारीबाग की फिर यात्रा की थी। 28 अप्रैल, 1934 को गांधीजी फिर हजारीबाग आए। वे चतरा से गोमिया जाने के क्रम में इस क्षेत्र से गुजर रहे थे। गांधीजी हजारीबाग के ग्रामीण क्षेत्रों में गए। ग्रामीण क्षेत्रों में जाकर अस्पृश्यता पर गंभीर चर्चा की थी। गांधीजी ने यह यात्रा कार से की थी। गोमिया के पहले विष्णुगढ़ में वे रुके थे। वहाँ लोगों से मुलाकात की थी और उन्हें जागरूक करने का प्रयास किया था। गांधीजी हरिजन कल्याण कोष के लिए राशि भी जमा

करते जा रहे थे। इस दौरे में उन्हें कोष में हजारीबाग जिले से 103 रुपए, नौ आने और तीन पाई की राशि मिली थी।

कोडरमा : गांधीजी की तबीयत खराब हो गई थी

1925 का गांधीजी का छोटानागपुर दौरा काफी थकानेवाला था। इस दौरे में ही गांधीजी जमशेदपुर, चाईबासा, चक्रधरपुर, राँची, हजारीबाग गए थे। हजारीबाग का काम खत्म करते-करते गांधीजी काफी थक गए थे। हजारीबाग से गांधीजी हजारीबाग रोड, यानी सरिया गए थे। वहाँ से आगे का सफर ट्रेन से करना था। उनके साथ राजेंद्र प्रसाद तो थे ही। हजारीबाग रोड पर गांधीजी अपने सहयोगियों के साथ सेकेंड क्लास के डिब्बे में सवार हो गए। कृष्ण वल्लभ सहाय भी उसी डिब्बे में घुस गए, जिसमें गांधीजी थे। इसका विवरण खुद कृष्ण वल्लभ सहाय ने 'बापू के निकट' शीर्षक से आदिवासी पत्रिका में छपे अपने लेख में किया है। जैसे ही हजारीबाग रोड से ट्रेन खुली, गांधीजी बेंच पर ही सो गए। जब ट्रेन कोडरमा स्टेशन पहुँची, तो स्टेशन पर गांधीजी की जय के नारे लग रहे थे। उनकी नींद खुली। गांधीजी तुरंत दरवाजा खोलकर नीचे उतरकर उस मंच पर चले गए, जो गांधीजी के लिए स्टेशन पर ही बनाया गया था। कम-से-कम दस हजार लोग उस छोटे से स्टेशन पर गांधीजी को देखने के लिए जमा हो गए थे। होरिल राम ने देशबंधु स्मारक कोष के लिए गांधीजी को 350 रुपए की एक थैली भेंट की। थैली लेने के बाद गांधीजी ने चारों ओर घूम-घूमकर कहा, "मैं गांधी हूँ और चरखा द्वारा गरीबों की सेवा के लिए आप लोगों से ये रुपए मैंने लिये हैं। देशबंधु गरीबों के मित्र थे।" इतना कहकर गांधीजी फिर डिब्बे में चले गए, क्योंकि ट्रेन के खुलने का वक्त हो गया था। वहाँ भीड़ इतनी थी कि गांधीजी को भीड़ से निकालना मुश्किल हो गया था। गांधीजी को किसी प्रकार डिब्बे में पहुँचाया गया था। उनकी तबीयत खराब हो गई थी और वे लगभग बेहोश हो गए थे। राजेंद्र प्रसाद उनके साथ थे। राजेंद्र प्रसाद ने अपनी आत्मकथा में इसका जिक्र किया है। इसके बाद गांधीजी के बिहार दौरे को संक्षिप्त कर दिया गया था। गांधीजी को आराम की जरूरत थी और राजेंद्र प्रसाद ने उनके आराम करने के लिए पटना में गंगा किनारे एक कोठी में व्यवस्था की थी। इससे गांधीजी को काफी आराम पहुँचा था। □

गिरिडीह : गौशाला की अर्थव्यवस्था समझाई थी

देवघर से खड़गडीहा जाने के क्रम में 1925 में महात्मा गांधी गिरिडीह आए थे। वह दिन था 7 अक्तूबर, 1925 का। इसी दिन महात्मा गांधी ने गिरिडीह में दो सभा की थी। उन्होंने एक सार्वजनिक सभा की थी। महिलाओं की सभा में भी उन्होंने भाषण दिया था। गिरिडीह में उनका पूरा भाषण सफाई, चरखा चलाने पर था। उनकी सभा में जो महिलाएँ आई थीं, उनमें से कई भारी जेवर पहनी हुई थीं। गांधीजी ने अपने भाषण में इसका कई बार उल्लेख किया। महात्मा गांधी को स्थानीय निकाय, आम जनता, नगरपालिका और गौशाला की ओर से मानपत्र भेंट किया गया था और इन्हीं मानपत्रों में कई समस्याओं का जिक्र किया गया था। गांधीजी ने इसके पहले चरखा चलाने, खादी का उपयोग अधिक-से-अधिक करने का बार-बार आग्रह किया था, लेकिन उसका बहुत असर गिरिडीह के लोगों पर नहीं पड़ा था। इसके लिए गांधीजी को कारण बताए गए थे। गांधीजी ने अपने भाषण में उनकी बातों का जवाब दिया था, समझाया भी था।

महात्मा गांधी ने सार्वजनिक सभा में कहा था कि मुझे ऐसा बताया गया है कि गिरिडीह के अभ्रक क्षेत्र होने के कारण मजदूर लोग खानों (माइंस) में काम करके ज्यादा पैसा कमा लेते हैं। इसलिए उन्हें चरखा चलाने को तैयार नहीं किया जा सकता। मैंने उनसे कहा कि मजदूर लोग चरखा न चलाएँ, यह बात तो मैं समझ सकता हूँ; लेकिन यह समझ में नहीं आता कि उनकी खादी का उपयोग करने में क्या अड़चन है। मध्यवर्गीय लोगों के पास काफी खाली समय होता है और अगर वे चाहें तो अपने लिए नहीं, बल्कि देश के लिए प्रतिदिन आधा घंटा चरखा चला सकते हैं और अपना काता सूत दान के तौर पर कांग्रेस को दे सकते हैं। सस्ते विदेशी कपड़े की तुलना में खादी महँगी जरूर होती है, लेकिन महँगी होते हुए भी वह सस्ती

है, क्योंकि उस पर लगाया गया पैसा सीधे गरीब बहनों और बुनकरों की जेबों में जाता है। दरअसल गांधीजी को जो मानपत्र दिया गया था, उसमें सूत कातने की परेशानियों का जिक्र करते हुए माफी माँगी गई थी। बाद में गांधीजी ने यंग इंडिया में इस घटना का उल्लेख करते हुए और अपनी बिहार यात्रा का अनुभव बताते हुए लेख लिखा था। गांधीजी ने गिरिडीह यात्रा के बारे में लिखा—अगर मजदूर सूत नहीं कात पा रहे हैं तो इसके लिए अभिनंदन-पत्र में उन्हें माफी माँगने की जरूरत नहीं थी। मैंने यह कभी नहीं कहा कि वे लोग भी, जो किसी ऐसे व्यवसाय में लगे हुए हैं, जिससे कि उन्हें अच्छी आमदनी होती है, अपने व्यवसाय को छोड़कर सूत कातने में लग जाएँ। मैंने तो बार-बार यही कहा है कि सूत कातने की आशा उनसे ही रखी जा सकती है और उन्हीं से कातने के लिए कहा जाना चाहिए, जो किसी आमदनी देनेवाले व्यवसाय में नहीं लगे हुए हैं। वे भी उस समय सूत कातें, जब उनका अवकाश का समय हो। कताई का सारा सिद्धांत ही इस बात को मानकर तैयार किया गया है कि इस देश में लाखों ऐसे स्त्री-पुरुष हैं, जिनके लिए साल में कम-से-कम चार महीने कोई काम नहीं होता है। वे आलसी बने बैठे रहते हैं। इसलिए दो ही वर्ग के लोगों से सूत कातने की आशा रखी जा सकती है। एक तो वे, जो मजदूरी लेकर कातते हैं। दूसरे वे विचारशील लोग हैं, जिन्हें त्याग भाव से उदाहरण पेश करते हुए और खादी को सस्ता करने के लिए सूत कातना चाहिए। मजदूर सूत कातने में रुचि नहीं दिखाते, इस तर्क से गांधीजी सहमत नहीं थे। उन्होंने अपना विचार भी बताया था और रास्ता भी सुझाया था। गांधीजी ने लिखा था—गिरिडीह की सभा में मुझे एक भी ऐसा शख्स नहीं मिला, जो खादी नहीं पहनने के लिए उचित कारण बता सकता हो। गिरिडीह अपना सूत खुद कात सकता है और बिना किसी कठिनाई के अपने लिए खादी भी तैयार कर सकता है। अगर ऐसा नहीं हुआ तो बिहार के दूसरे भागों से बनी-बनाई खादी लेकर गिरिडीह के लोग अपनी माँग को पूरा कर सकते हैं। गांधीजी ने सूत नहीं कातने का जिक्र अभिनंदन-पत्र में करने पर बाद में लिखा था—मैं देख रहा हूँ कि अभिनंदन-पत्रों में खादी और चरखों के संबंध में यद्यपि उन्होंने अपनी त्रुटियों को स्वीकार किया था, फिर भी मेरा खयाल है कि उनकी यह स्वीकृति निकट भविष्य में कोई सुधार करने की इच्छा से नहीं की गई थी। वह तो आज जैसी हालत कायम रखने की लाचारी भर व्यक्त करने की दृष्टि से की गई थी। अपनी त्रुटियों को स्वीकार करना तभी उपयोगी हो सकता है, जबकि उसको स्वीकार कर लेने के साथ ही मन में उसे दूर करने का निश्चय भी

हो। यदि ऐसी स्वीकृति का प्रयोजन सुधार के बजाय उस दोष को कायम रखना हो तो उससे कुछ भी लाभ नहीं होगा। इतना ही नहीं, यह हानिकारक भी है। आशा है कि मुझे दिए गए अभिनंदन-पत्रों में उनका अपनी त्रुटियों को स्वीकार करना एक निश्चित सुधार की दिशा में पहला कदम साबित होगा।

सड़क खराब हैं तो खुद बनाइए

गिरिडीह की सभा में अस्पृश्यता की चर्चा करते हुए गांधीजी ने कहा कि यह हिंदू धर्म के लिए घोर कलंक की बात है। आप अस्पृश्यों के लिए स्कूल चलाते हैं, इसके लिए मैं आपको धन्यवाद देता हूँ; लेकिन जब तक आप खुद उनके पास जाकर उनसे मिलते-जुलते नहीं, उनकी गरीबी और दु:ख दर्द का पता लगा कर उन्हें दूर करने की कोशिश नहीं करते, तब तक मुझे संतोष नहीं होगा। स्थानिक निकाय के मानपत्र में ऐसा संकेत किया गया था कि कानून की कठोरता और जिला बोर्ड से उसके मतभेद के कारण वह ठीक से अपना काम नहीं कर पाता। उसे अमुक काम करने का श्रेय प्राप्त है। किंतु इतना वादा वह अवश्य कर सकता है कि भविष्य में स्थिति में सुधार होने पर उससे जो भी काम हो सकेगा, वह अवश्य करेगा। निकाय के सदस्यों से गांधीजी ने कहा था कि अगर आप में कठिनाइयों पर विजय पाने का संकल्प हो तो कोई भी कठिनाई बड़ी नहीं है। इस पर किसी ने दबी आवाज में कहा कि पैसे के अभाव में सड़कों को अच्छी हालत में रखना कठिन है। गांधीजी ने तुरंत उत्तर दिया कि यदि आपके पास सड़कों की मरम्मत के लिए पैसा नहीं है तो आपको खुद सड़कों पर काम करके उन्हें अच्छी हालत में रखना चाहिए। जब स्थानीय निक़ायों का संचालन कांग्रेस के हाथों में है, तो यह बहाना नहीं चल सकता कि धन की कमी के कारण सड़क खराब हालत में हैं। आखिरकार सड़कें तो राष्ट्रीय संपत्ति हैं। कांग्रेसी राष्ट्र के सेवक हैं और स्थानीय निकाय में जाने से सड़कों की देखभाल करना, जब उन्हीं के जिम्मे आ पड़ा हो तो चाहे रुपए हों या न हों, उनका तो यह फर्ज है कि वे सड़कों को दुरुस्त रखें। वे हर एक अच्छी बात के लिए सरकार से भले ही युद्ध करें, लेकिन उन्हें रचनात्मक कार्यों के प्रति जरा भी लापरवाही नहीं दिखानी चाहिए। यदि वे अपने इस कार्यभार को अच्छी तरह सँभाल नहीं सकते तो उन्हें अपने पद से इस्तीफा दे देना चाहिए। रुपयों की कमी के कारण इस्तीफा देने की जरूरत नहीं है। क्योंकि स्वेच्छा से प्रयत्न करके भी रुपयों की कमी पूरी की जा सकती है। ऐसे निकायों के सदस्यों को चाहिए कि वे स्वयं

कुदाली और फावड़ा लेकर, कमर कसकर सड़कों पर कार्य करने के लिए निकल जाएँ और अपनी मदद के लिए स्वयंसेवकों का एक दल बुला लें। इससे जनता उनको आशीर्वाद देगी। मूक पशुओं का भी आशीर्वाद उन्हें प्राप्त होगा और बड़े अधिकारी भी उनकी इज्जत करेंगे। सड़कों की खराब हालत के लिए गांधीजी को धन की कमी का जो तर्क दिया गया था, उसका जवाब गांधीजी ने समझाते हुए दिया था। यंग इंडिया में प्रकाशित अपने अनुभव में गांधीजी ने कहा था कि नगरपालिका का अधिकांश काम तो जनता द्वारा दिए गए स्वेच्छापूर्ण सहयोग से किया ही जाता है। इसी क्रम में गांधीजी ने ब्रिटिश राजनीतिज्ञ और बर्मिंघम के मेयर जोजेफ चेंबरलेन का उल्लेख किया। जोजेफ ने वेतन लेकर काम करनेवाले नगरपालिका कर्मचारियों-अफसरों के बल पर नहीं, बल्कि वहाँ के निवासियों की आर्थिक और अन्य प्रकार की मदद से बर्मिंघम को एक स्वच्छ शहर बनाया था। ग्लासको के नगरपालिका क्षेत्र में अगर प्लेग पर जल्द नियंत्रण पा लिया गया था तो इसके पीछे वहाँ के नागरिकों से मिला सहयोग था। जोहांसबर्ग में प्लेग पर पूर्ण नियंत्रण पाने के लिए वहाँ की नगरपालिका ने बाजार की इमारतों और रहनेवाले मकानों को जला दिया था। इसमें वहाँ के नागरिकों ने पूरा सहयोग किया था।

नगरपालिका के एक सदस्य ने कहा कि उनके पास मेहतर रखने के लिए पर्याप्त पैसे नहीं हैं। इस पर महात्माजी ने कहा कि तब आप लोगों को मेहतरों का काम भी खुद करना चाहिए और खुद भी पाखाना उठाना चाहिए। मैंने डरबन में यह काम किया था और मैं जानता हूँ कि इसे करने में कितनी प्रतिष्ठा है।

गौशाला की चर्चा

गिरिडीह में गौशाला की ओर से भी अभिनंदन-पत्र दिया गया था। इसमें गौरक्षा की चर्चा की गई थी। गांधीजी ने कहा था कि उन्हें अभिनंदन-पत्र के जरिए यह जानकारी मिली है कि गिरिडीह गौशाला को दान आदि से नौ हजार रुपए की सालाना आमदनी होती है, जबकि दूध की बिक्री से साल भर में सिर्फ 200 रुपए मिलते हैं। यहाँ के गौशाला का हाल भी चाईबासा के गौशाला जैसा ही है। बातें तो बहुत होती हैं, लेकिन काम कुछ भी नहीं होता। गांधीजी ने कहा कि आप लोगों से मैं सिर्फ इतना ही कहूँगा कि अधिकांश गौ की हत्या की जिम्मेदारी स्वयं हिंदुओं पर है। अगर आप लोग चाहें तो आज ही गौहत्या बंद करवा सकते हैं। इसके लिए आपको मुसलमानों या अंग्रेजों से अनुनय-विनय करने या झगड़ने की जरूरत नहीं है। इसके

लिए आपको ऐसी स्थिति उत्पन्न करनी होगी, जिससे गायों की कीमत बढ़ जाए। आपको ऐसी दुग्धशालाओं की व्यवस्था करनी है, जहाँ सस्ते से सस्ता और शुद्ध से शुद्ध दूध मिल सके। आपको चमड़े का कमाने आदि के काम को ऐसा समझना नहीं चाहिए, जिससे कोई तौहीनी की बात हो। आपको मोचियों को संगठित करके खुद अपना चर्मालय खोलना चाहिए, जहाँ हत्या की गई पशुओं की नहीं बल्कि सिर्फ मरे हुए पशुओं की खाल का ही उपयोग किया जाए। आपकी गौशालाएँ अभी ठीक ढंग से नहीं चल रही हैं। उन्हें व्यापारिक दृष्टि से चलाना चाहिए। ऐसी गौशाला शहर के मध्य या इसके आसपास एक या दो एकड़ की जमीन पर नहीं हो सकती है। इसके लिए 50-100 एकड़ जमीन चाहिए, जहाँ से शहर आसानी से आया जा सके। वहाँ डेरी हो, चर्मालय हो। इस गौशाला में मुनाफा कमाने की बात नहीं होनी चाहिए और न ही इसे घाटा में चलाना चाहिए। कुछ समय के बाद जब सारे हिंदुस्तान में ऐसी गौशालाएँ बन जाएँगी, तब वह समय हिंदू धर्म की संपूर्ण सफलता का समय होगा और वह गौरक्षा अर्थात् चौपाया की रक्षा के संबंध में हिंदू की सच्ची भावना का प्रमाण होगा। इससे हजारों आदमियों को, शिक्षितों को रोजगार मिलेगा। गांधीजी ने बाद में एक लेख में विस्तार से गिरिडीह की चर्चा की, जिसमें लिखा कि डेरी संबंधी उत्तम प्रयोग के लिए हिंदुस्तान को ही आदर्श राज्य होना चाहिए, डेनमार्क को नहीं। उन्होंने कहा था कि गौशाला समितियाँ ध्यान दें और अपनी गौशालाओं को आदर्श डेरी और चर्मालयों में बदल दे, उसमें सभी प्रकार की बूढ़ी और निकम्मी गायों को आश्रयस्थली बना दे। इसके बाद देशबंधु स्मारक कोष में दान देने की अपील करते हुए गांधीजी ने अपना भाषण समाप्त किया था। सभा में ही काफी राशि जमा हो गई थी। गिरिडीह की जनता की ओर से उन्हें 2075 रुपए की एक थैली भेंट की गई थी।

महिला सभा में भाषण

इसी दिन गांधीजी ने गिरिडीह में महिला सभा में भी भाषण दिया था। दरअसल उन्हें स्थानीय कन्या पाठशाला की प्रधानाध्यापिका ने एक मानपत्र भेंट किया था और देशबंधु स्मारक कोष के लिए थैली भेंट की थी। गांधीजी ने मानपत्र को ध्यान से पढ़ा था और उसमें उठाए गए सवालों का जवाब भी अपने भाषण में दिया था। गांधीजी ने कहा था कि मानपत्र में कही गई स्नेहपूर्ण बातों के लिए आप महिलाओं को धन्यवाद। स्वराज का मतलब सिर्फ राजनीतिक स्वराज ही नहीं, वरन् जिसे आमतौर पर रामराज्य के रूप में समझा जाता है, उस ढंग का धर्मराज्य है। यह

साधारण राजनीतिक स्वतंत्रता से एक बड़ी चीज है। ऐसे स्वराज्य को प्राप्त करने के लिए आपको प्राचीन काल की सीता के समान जो रामराज्य की आत्मा थी, बनने का प्रयास करना होगा। जैसे आप घर-घर में चूल्हा देखती हैं, उसी प्रकार सीता के समय में हर घर में चरखा भी होता ही था। सीता भी अपने चरखे पर सूत कातती थी। उनका चरखा शायद रत्नजटित और स्वर्णमंडित रहा होगा, लेकिन फिर भी वह था तो चरखा ही। शायद ही आपको अपने जीवन में पवित्रता लाने के लिए उनको अपना आदर्श मानकर चलना चाहिए। भाषण के बाद वहाँ गांधीजी ने महिलाओं से देशबंधु स्मारक कोष के लिए दान देने की अपील की। उनकी अपील के बाद वहाँ महिलाओं के पास जो भी पैसा था, उसे दान करने लगीं। कई महिलाओं के पास पैसे नहीं थे, लेकिन वे काफी जेवर पहनी हुई थीं। महिलाओं ने जेवर भी दान में दिया था। इसका उल्लेख गांधीजी ने बाद में बिहार यात्रा पर लिखे अपने अनुभव में किया है।

□

देवघर : गांधीजी की कार पर हमला

महात्मा गांधी ने जब दूसरी बार देवघर का दौरा किया था, तो उस समय एक ऐसी घटना घट गई थी, जिसकी राष्ट्रीय स्तर पर चर्चा हो गई थी, आलोचना हुई थी। यह घटना थी उनकी कार पर जसीडीह में हमला होने की। इससे पहले गांधीजी 1925 में देवघर का दौरा कर चुके थे और उस दौरे में जिस प्रकार उनका स्वागत हुआ था, उसकी उन्होंने तारीफ की थी। कई जगहों पर अपने भाषण और अनेक लेखों में देवघर दौरे का उल्लेख किया था। लेकिन 1934 में जब दूसरी बार गांधीजी देवघर आए, उनकी कार पर जसीडीह में हमला किया गया था। इस हमले में गांधीजी को चोट नहीं आई थी। वे बाल–बाल बच गए थे। इस बात का संकेत तो था ही कि उनकी यात्रा का कुछ विरोध हो सकता है, इसलिए स्वयंसेवकों को तैनात किया गया था। गांधीजी को इन्हीं स्वयंसेवकों ने सुरक्षित निकाल लिया था। इस हमले की काफी आलोचना हुई थी। इस हमले की चर्चा गांधीजी ने बाद में कई जगहों पर आयोजित सभाओं में की। लेखों में किया था। गांधीजी का कोई भी दौरा सामान्य दौरा नहीं था। दोनों बार वे बड़े उद्‌देश्य के लिए देवघर आए थे। उन्हें जानकारी थी कि आदिवासी बहुल इलाके में लोग शराब का बहुत सेवन करते हैं और इसका उनका व उनके परिवार पर बहुत बुरा असर पड़ता है। आदिवासियों में संताल की आबादी वहाँ सबसे ज्यादा थी और गांधीजी को पता था कि अगर ये संताल शराब छोड़कर चरखा चलाने में लग जाएँ तो न सिर्फ देश की सेवा होगी, उनका सामाजिक जीवन बेहतर होगा, बल्कि संतालों की आर्थिक स्थिति में तेजी से सुधार होगा। इसी उद्‌देश्य के लिए 3 अक्तूबर, 1925 को गांधीजी देवघर पहुँचे थे। वे भागलपुर से बाँका होते हुए देवघर आए थे। बाँका में जरूर उन्हें थोड़ी परेशानी हुई थी, जब भीड़ से निकलने के प्रयास में उनका अँगूठा कुचल गया था।

3 अक्तूबर, 1925 को देवघर पहुँचने पर वे गोवर्धन भवन (सदर अस्पताल

के पास) में ठहरे थे। यह भवन सेठ गोवर्धन दास का था, जो कोलकाता में रहते थे और गांधीजी के समर्थक थे। गोवर्धन भवन पहुँचने पर गांधीजी का जोरदार स्वागत किया गया था। गांधीजी को देवघर लाने में कांग्रेस नेता शशिभूषण राय ने महत्त्वपूर्ण भूमिका अदा की थी। गांधीजी के स्वागत में कोई कमी नहीं रहे, इसकी पूरी व्यवस्था शशि बाबू ने की थी। उन्होंने बाँका के अपने मित्र चक्रधर को इसके लिए बुला लिया था। देवघर में स्वागत की तैयारी की जिम्मेवारी भी शशि बाबू को ही दी गई थी। शशि बाबू ने जोरदार स्वागत की व्यवस्था की थी। इसी दौरे में गांधीजी करनीबाद मुहल्ला के लक्ष्मी निवास में भी ठहरे थे। यह कोठी नौलखा मंदिर के पास ही थी। इस कोठी के मालिक थे कोलकाता के व्यवसायी हरगोविंद डालमिया। उन्होंने ही गांधीजी से आग्रह किया था कि देवघर प्रवास के दौरान वे उनकी कोठी में ही ठहरें। गांधीजी जहाँ भी जाते थे, ठहरते थे, समय निकालकर सूत कातते थे। डालमिया को इस बात की जानकारी थी, इसलिए देवघर प्रवास के दौरान उन्होंने गांधीजी के लिए चरखे और सूत की व्यवस्था पहले से कर रखी थी। वे इस तैयारी को देखकर खुश हुए थे और उन्होंने सूत भी काता था। इस दौरे में गांधीजी ने देवघर के आसपास के कई इलाकों का भी दौरा किया था। वे रिखिया गाँव भी गए थे। रिखिया गाँव में उन्हें कोलकाता हाइकोर्ट के सॉलिसीटर कुमार कृष्ण दत्त ने आमंत्रित किया था। उनके आमंत्रण को स्वीकार करते हुए गांधीजी वहाँ गए थे। कुमार कृष्ण दत्त गांधीजी की नीतियों में बहुत भरोसा करते थे। गांधीजी की मुलाकात बम-बम बाबा से भी हुई थी। उन्होंने बाबा से कहा था कि सनातन धर्म को पतन से बचाने के लिए आप जो प्रयास कर रहे हैं, वह सराहनीय है। बाबा ने भी गांधीजी की नीतियों का समर्थन किया था।

मद्यपान का विरोध करें

देवघर में गांधीजी के लिए एक सार्वजनिक सभा आयोजित की गई थी। खुले मैदान में और सादगी से इस सभा का आयोजन किया गया था। पहली बार गांधीजी देवघर आए थे, इसलिए लोगों के मन में जो भी पीड़ा थी, जो परेशानियाँ थीं, उसे वे गांधीजी को बताना चाह रहे थे। इसके लिए एक माध्यम था मानपत्र। गांधीजी को जनता की ओर से जो मानपत्र दिया गया था, उसमें 1921-22 में जनता पर हुए अत्याचार का जिक्र किया गया था। मानपत्र के माध्यम से गांधीजी को बताया गया था कि संतालपरगना में प्रमुख कांग्रेस कार्यकर्ताओं के भाषण देने और विशेष

अनुमंडल में जाने पर प्रतिबंध लगा दिया गया था। सरकारी अफसरों का जब मन किया, किसी कार्यकर्ता को निर्धारित समय के भीतर क्षेत्र से बाहर चले जाने को कहा जाता था। गिरफ्तारी भी होती थी। सभाओं पर रोक लगा दी जाती थी। देशभक्त लोगों के साथ मारपीट और उनकी संपत्ति भी जब्त कर ली जाती थी। गांधीजी को यह भी बताया गया था कि संतालों के बीच मद्यपान की लत 1921-22 में लगभग खत्म हो गई थी, लेकिन वह फिर से शुरू हो रही है। मानपत्र में लिखे शब्दों को गांधीजी ने ध्यान से पढ़ा-सुना था और सार्वजनिक सभा में उसका जवाब भी दिया था। सबसे पहले 1921-22 में हुए जनता के कष्ट पर गांधीजी ने कहा कि आज तक कोई भी राष्ट्र बिना कष्ट सहन के बिना अपना स्वत्व प्राप्त नहीं कर सका है। इसलिए 1921-22 में लोगों को जो कष्ट सहन करने पड़े, उसकी मुझे चिंता नहीं है। हाँ, कष्ट सहन लाभदायक हो, इसके लिए जरूरी है कि कष्टों को स्वेच्छा से और आनंद के साथ सहना चाहिए। जब लोग इस तरह स्वेच्छा से हँसते-हँसते कष्ट सहते हैं, तो अंत में यह उनके लिए शक्तिदायी और सुख कर साबित होता है। इसलिए मुझे यह जानकर दुःख हुआ है कि इस जिले की जनता को जो कष्ट सहना पड़ा, उससे उसमें अनुत्साह आ गया है। इससे तो यही लगता हैं कि वह सारा कष्ट स्वेच्छा से और खुशी-खुशी नहीं सहा गया था। अब यह काम कार्यकर्ताओं का है कि वे विशुद्ध और स्वेच्छा से कष्ट सहने का उदाहरण पेश करें। संतालों में मद्यपान के विरुद्ध बराबर आंदोलन चलाना चाहिए और चरखे का कार्य विधिवत् संगठित किया जाना चाहिए।

इस सार्वजनिक सभा में देवघर नगरपालिका की ओर से भी गांधीजी को मानपत्र दिया गया था। जिस जगह कार्यक्रम का आयोजन किया गया था, वहाँ लोग टिकट लेकर एक पंडाल में उन्हें सुनने आए थे। पंडाल को फूलों से सजाया गया था। वह जगह बिल्कुल साफ लग रही थी। इसके ठीक विपरीत मंदिर की ओर जानेवाली सड़क पर गांधीजी ने गंदगी देखी थी। वहाँ मलबा पड़ा था। इसलिए गांधीजी ने अपने भाषण में इस गंदगी का उल्लेख भी किया। गांधीजी ने कहा कि मैं भारत के लगभग सभी तीर्थस्थलों में गया हूँ। हर जगह मंदिर के अंदर और बाहर की दशा सोचनीय है। अव्यवस्था, गंदगी, शोरगुल और दुर्गंध, हर जगह देखने को मिलता है। देवघर में यह सब शायद और स्थानों से कम है। फिर भी मंदिर के परिवेश और जहाँ मानपत्र भेंट किया गया था, उस स्थान की स्थिति में जो अंतर था, उसे देखकर बड़ा दुःख हुआ। यदि नगरपालिका, पंडे और तीर्थयात्री साथ मिलकर

काम करें तो वे मंदिर और उसके अहाते को सुंदर, सुवासित और दर्शनार्थियों के मन पर पावन प्रभाव डालने वाला बना सकते हैं। सभा में ही गांधीजी ने सुझाव देते हुए कहा कि यदि ऐसी व्यवस्था कर दी जाए, जिससे मंदिर का प्रबंध ठीक-ठाक और ईमानदारी के साथ किया जा सके तो मुझे इसमें कोई संदेह नहीं कि अमीर तीर्थ यात्री ऐसे तीर्थस्थानों पर मिलनेवाली सुख-सुविधा के लिए खुशी-खुशी धन देंगे।

पंडों की तारीफ की थी

ऐसी बात नहीं कि देवघर दौरे से गांधीजी निराश थे या फिर गंदगी को लेकर कड़ी टिप्पणी की थी। गांधीजी ने बाद में लिखे अपने लेखों में इसका उल्लेख भी किया था। वे नगरपालिका के कर्मचारियों को यह संदेश देना चाहते थे कि उनमें यह क्षमता है कि वे अपने क्षेत्र को साफ रख सकें। इसका वे उपयोग करें। अपने भाषण के दौरान ही गांधीजी ने यह रास्ता भी दिखा दिया था कि सफाई के लिए राशि कहाँ से आ सकती है, कौन दे सकता है। बाद में गांधीजी ने 'यंग इंडिया' में अपना अनुभव भी लिखा था, जिसमें उन्होंने देवघर के पंडों की सराहना की थी। देवघर के प्राकृतिक सौंदर्य की भी उन्होंने खूब चर्चा की थी। लिखा था—देवघर को लोग 'वैद्यनाथ धाम' के नाम से भी जानते हैं। एक प्रसिद्ध तीर्थस्थल होने के अलावा यह पहाड़ियों से घिरा एक सुरम्य स्वास्थ्यवर्धक स्थान भी है। बंगालियों को यह स्थान अत्यंत प्रिय भी है। अन्य तीर्थस्थलों की तुलना में यहाँ एक अंतर देखने को मिला। वह यह कि यहाँ के पंडे काफी सुसंस्कृत और सभ्य थे। अधिकांश स्वयंसेवक चुस्त पंडा युवक ही थे। मुझे बताया गया कि ये यात्रियों को काफी सहायता देते हैं। उनमें से कई तो शिक्षित व्यक्ति हैं और एक तो उच्च न्यायालय का वकील भी है। कुछ वयोवृद्ध पंडे मुझसे मिलने भी आए। उन्होंने मुझसे यह जानने का आग्रह किया कि वे किस तरह से जनता की सेवा कर सकते हैं। मैंने कहा कि यात्रियों से पैसा ऐंठने के बजाय आपको उनकी सेवा करनी चाहिए तथा स्वयं पवित्र एवं संयमित जीवन अपना कर तीर्थस्थलों को सचमुच पवित्र बनाने का प्रयास करना चाहिए। उन्होंने बड़ी आतुरता से मेरी इस बात से सहमति प्रकट की और जिस तरह उन्होंने मेरे सुझावों को स्वीकार कर लिया, उसे देखकर मुझे तो लगा कि वे सच्चे हृदय से ऐसा कर रहे हैं और विनम्रता के साथ इस बात को स्वीकार कर रहे हैं कि मैंने जिन बुराइयों की ओर उनका ध्यान आकृष्ट किया, वे सचमुच मौजूद हैं। मुझे यह जानकर आश्चर्य और सुख हुआ कि वह महान् मंदिर तथाकथित अस्पृश्यों के

लिए खुला है। दौरे में आमतौर पर स्त्रियों की सभाएँ हुआ करती थीं। यहाँ उसका आयोजन मंदिर के ठीक सामने विशाल प्रांगण में किया गया था। देवघर में जहाँ कहीं भी मैं गया, सर्वत्र उन पंडा स्वयंसेवकों ने ऐसी सुव्यवस्था बना रखी थी, जैसी अन्यत्र कहीं देखने को नहीं मिली। देवघर की यात्रा करने के बाद गांधीजी, वहाँ से गिरिडीह होते हुए खड़गडीहा चले गए थे।

गांधीजी की देवघर की दूसरी यात्रा

26 अप्रैल, 1934 को महात्मा गांधी दूसरी बार देवघर आए थे। जसीडीह स्टेशन पर ही उनकी कार पर हमला हुआ था। इस दौरे का उनका अनुभव बहुत ही कड़ुवा था। देवघर में उन्होंने सार्वजनिक सभा की थी और लगभग पूरा भाषण इसी हमले और मंदिर में हरिजनों के प्रवेश विषय पर ही केंद्रित रहा। भाषण देते हुए उन्होंने कहा था कि मेरे लिए यह अत्यंत प्रसन्नता की बात है कि मुझे इस पवित्र स्थान के दर्शन का पुनः अवसर मिला। मेरे पूर्व पुरुष यहाँ आए थे। किंतु मैं स्वीकार करता हूँ कि मेरे यहाँ आने का वह उद्‌देश्य नहीं है, जिस उद्‌देश्य से वे आए थे। आपको शायद मालूम न होगा कि जब मैं दक्षिण अफ्रीका से 1915 में लौटकर भारत आया था, उस समय जिन स्थानों पर मुझे बुलाया गया था, उनमें से यह स्थान भी एक है। यहाँ मुझे आश्रम स्थापित करने के लिए आमंत्रित किया गया था। पिछली बार जब मैं यहाँ आया था, उस समय यहाँ के लगभग सभी पंडों ने स्वयंसेवक बनकर मेरे और दल के प्रति अपने प्रेम का परिचय दिया था। वे यह जानते थे कि उस समय भी अस्पृश्यता के संबंध में मेरे वही विचार थे, जो आज हैं। वे यह भी जानते थे कि उस समय भी जिन सभाओं में मैंने भाषण किए थे, उन सब में अस्पृश्यता संबंधी अपने विचार प्रकट किए थे। किंतु आज वे ही लोग दो खेमों में विभक्त हैं। एक दल तो मेरा और मेरे दल का पक्षपाती है और दूसरा चाहे उसमें शरीक लोगों की संख्या कितनी ही कम क्यों न हो, मेरा विरोधी है। मैं जानता हूँ कि यह बात किसी आदमी के वश में नहीं है कि वह सदा सभी का प्रेमभाजन बना रह सके। मैं अपने बारे में जानता हूँ कि मैं एक अत्यंत ही अपूर्ण मानव हूँ और मेरे लिए भी इसकी संभावना मेरी कल्पना में ही रही है। इसलिए न तो यह दुःख की बात है और न इसमें कोई आश्चर्य की बात है कि पुराने मित्रों, पंडों में से कुछ आज हमारे विरोधी हो गए हैं। किंतु मुझे इस बात का हार्दिक दुःख अवश्य है कि प्रतिरोध का उनका तरीका अशोभनीय है। मैं समझता हूँ कि वही लोग उन पर्चों के वितरण के

लिए जिम्मेदार हैं, जिनमें मेरे संबंध में नितांत असत्य और अर्द्ध सत्य बातें लिखकर जनता में मेरे प्रति भ्रम फैलाने की चेष्टा की गई है, ताकि लोग मेरे विरोधी बन जाएँ। पर्चों में भाषागत शिष्टता को उठाकर ताक पर रख दिया गया है। यह भी कहा जाता है कि इन पर्चों में से एक पर्चा गिद्धौर के महाराज साहब के आदेश से निकाला गया है। किंतु मुझे जब तक इस बात का अधिकृत प्रमाण नहीं मिलता, तब तक मैं यह विश्वास नहीं कर सकता कि ऐसे पर्चों के साथ अपने नाम को जुड़ने देंगे। बाद में गिद्धौर महाराज ने गांधीजी को पत्र लिखकर इस बात से इनकार किया था कि पत्र में उनकी सहमति थी। गांधीजी ने इस पत्र का जवाब देते हुए महाराज को लिखा था कि मुझे भी भरोसा था कि ऐसा काम आप नहीं कर सकते हैं।

गांधीजी के खिलाफ नारेबाजी, हमला

गांधीजी ने देश के अन्य हिस्सों में उनके खिलाफ किए गए प्रदर्शन की भी चर्चा की और कहा कि दक्षिण भारत के दौरे में भी कुछ स्थानों पर मेरे विरुद्ध काले झंडों का प्रदर्शन किया गया था, किंतु उन प्रदर्शनों का ढंग शोभनीय था। वह केवल इस बात का ही प्रदर्शन था कि जो लोग काली झंडियाँ लिये हुए थे, वे इस आंदोलन के विरुद्ध थे। उनमें से तो बहुत सड़कों पर मारे-मारे फिरनेवाले लड़के थे, जो निस्संकोच भाव से मेरे अभिवादनों का उत्तर देते थे; क्योंकि मैं तो सभी का, काली झंडियाँ लिये लोगों और अन्य लोगों का भी बराबर अभिवादन कर रहा था। वे जय-जयकार तक में सम्मिलित होने में संकोच नहीं करते थे। मुझे इसमें संदेह नहीं है कि वहाँ के प्रदर्शनकारियों में बहुत से यह कहने को भी तैयार हो जाते कि वे अपने तेजस्वी पूर्वजों भीष्म और द्रोण की तरह ही इस आंदोलन का विरोध केवल अपने पेट की खातिर कर रहे थे। किंतु खेद यह है कि यहाँ के प्रदर्शनकारियों ने न केवल भाषागत शिष्टता को त्याग दिया है, बल्कि वे हिंसा पर भी उतर आए हैं। आज रात को ढाई बजे जब मैं जसीडीह स्टेशन पर उतरा तो उन्होंने अपशब्दों से वातावरण गूँजा दिया। इतना ही नहीं, वे हिंसा पर उतर आए। उनका बस चलता तो वे निश्चय ही मोटर का हुड टुकड़े-टुकड़े कर डालते। हुड पर जोर से लाठियों की वर्षा की गई। पीछे का शीशा चूर-चूर हो गया और भगवान् ने ही गहरी चोट से मेरी रक्षा की। मैं मानता हूँ कि ये लोग मुझे शारीरिक चोट पहुँचाने के इच्छुक नहीं थे और हुड पर डंडे बरसाकर तथा शीशा तोड़कर उन्होंने मेरे प्रति अपने क्रोध का प्रदर्शन ही करना चाहा था। उनका इरादा जो कुछ भी रहा हो, कम-से-कम उनका

कार्य तो निस्संदेह हिंसापूर्ण था। उस आक्रमण का परिणाम ऐसा भी हो सकता था कि बाद में शायद उन्हें भी उस पर दुःख होता। आज सुबह उन लोगों ने जैसा व्यवहार किया, उसके और कालीकट के जमोरिन ने जो बहुत ठीक व्यवहार किया, उसके बीच का अंतर बताना चाहूँगा। मैं गुरुवायूर गया था। दक्षिण के उस प्रसिद्ध मंदिर पर हुए सत्याग्रह से जमोरिन मेरे प्रति असंतुष्ट हो सकते थे, फिर भी जब मैं वहाँ गया, उन्होंने मेरे विरुद्ध होनेवाले सभी प्रदर्शनों, काले झंडे के प्रदर्शनों पर भी प्रतिबंध लगा दिया था। अपने महल में उन्होंने मेरा सौजन्यपूर्ण तथा हार्दिक स्वागत किया। बातचीत में उन्होंने स्पष्ट तौर पर स्वीकार किया कि हम दोनों की लड़ाई सिद्धांतों की लड़ाई थी। देवघर के पंडों तथा स्थानीय वर्णाश्रम स्वराज्य संघवालों के पास तो मेरे विरुद्ध प्रदर्शन करने का कोई बहाना तक नहीं था। जबकि जमोरिन को ऐसा बहाना मिल सकता था। फिर यह विरोध क्यों? और फिर अपने को सनातनी बतलाने वाले लोगों का यह अहंकार क्यों है कि एक वे ही सनातन सत्य के ज्ञाता हैं? उनका जो दावा है, वही मेरा भी है कि मैं सनातन धर्म के पालन का प्रयत्न कर रहा हूँ। उस धर्म की अपनी समझ के अनुसार व्याख्या करने का जितना अधिक या जितना कम अधिकार उनको है, उतना ही मुझे भी है। मैं भी उन्हीं शास्त्रों की दुहाई देता हूँ, जिनकी वे देते हैं। उनके और मेरे बीच फर्क जरूर है। लेकिन यह तो सिर्फ समझ का फर्क है। ऐसे मतभेद तो सदा ही रहेंगे। सनातनियों को यह विश्वास रखना चाहिए कि मैं जबरदस्ती किसी के ऊपर अपना मत लादना नहीं चाहता। जबरदस्ती बाध्य करने के उपाय पर मेरा तनिक भी विश्वास नहीं है। मैं लोगों को हृदय और बुद्धि के धरातलों पर समझा-बुझाकर उनसे सत्य की अपनी अवधारणा स्वीकार कराने की कोशिश करता हूँ।

उदाहरणार्थ मंदिर प्रवेश के प्रश्न को ही लीजिए। अपने इस दौरे में मुझे अनेक स्थानों में उत्साहित तथा जय-जयकार करती हुई सहस्त्रों की संख्या में एकत्रित जनता के सामने अनेक मंदिरों को हरिज़नों के लिए खोलने का मौका मिला है। कहीं भी लगभग किसी ने भी इसका विरोध नहीं किया है। बस एक ही स्थान में, जहाँ मुझे मंदिर खोलने के लिए कहा गया था। मैंने उसे इसलिए अस्वीकार कर दिया कि वहाँ उसका विरोध करनेवाले लोग समर्थकों से कम होते हुए भी एक खासी तादाद में थे। मैंने कहा था कि यह कार्य तभी होना चाहिए, जब या तो अल्पसंख्यक भी उसके पक्ष में हो जाएँ या कम-से-कम अल्पसंख्यकों को इतना काफी समय मिल जाए कि वे बहुमत के लोगों को अपनी बात पूरी तरह समझा सकें। अगर मुझे यह

मालूम हो जाए कि कोई भी मंदिर जबरदस्ती या लोगों की ऐसी सहमति के बिना खोला गया है तो मैं उस मंदिर को पुनः हरिजनों के लिए बंद कर देने को आकाश-पाताल एक कर दूँगा। अब मंदिर प्रवेश विधेयक को लीजिए। निश्चय ही मानता हूँ कि प्रत्येक सवर्ण हिंदू का यह अनिवार्य कर्तव्य है कि वह सन् 1932 में मेरे उपवास के दौरान बंबई में हरिजनों से की गई अपनी पवित्र प्रतिज्ञा की पूर्ति के लिए सभी उपाय करें। उस प्रतिज्ञा में यह बात भी कही गई है कि आवश्यकता पड़ने पर कानून बनवाने का भी यत्न किया जाएगा। मैं यह कहना चाहता हूँ कि यदि बहुमत की बात चलानी है तो मंदिर प्रवेश विधेयक तथा ऐसे ही किसी दूसरे विधेयक का स्वीकार किया जाना नितांत आवश्यक है। आज की कानूनी राय के अनुसार एक आदमी के भी विरोध कर देने पर हरिजनों के लिए मंदिर नहीं खुल सकता। किंतु इसके साथ-ही-साथ मैं यह भी कह देना चाहता हूँ कि यदि इस विधेयक के पक्ष में सवर्ण हिंदुओं का स्पष्ट बहुमत न हो तो मैं इस समर्थनकारी कानून तक की स्वीकृति का समर्थन नहीं करूँगा। तब मैं क्या पूछ सकता हूँ कि सनातनियों के इस विरोध प्रदर्शन का क्या अर्थ है? क्या वे यह चाहते हैं कि मैंने अपने ऊपर स्वेच्छा से जो मर्यादाएँ लगा रखी हैं, और जिन्हें मेरे अनेक मित्र और सहकर्मी हास्यास्पद मानते हैं, उनका पालन करते हुए भी मैं अस्पृश्यता संबंधी कानूनों के पक्ष में लोकमत जाग्रत् करने का कार्य न करूँ? कारण, मैं तो सार्वजनिक सभाओं में लोगों से उनके मत प्रकट करने के लिए भी नहीं कहता। क्योंकि मेरा विश्वास है कि ऐसे टेढ़े किस्म के कानूनी मसलों पर सार्वजनिक रूप से मतदान कराना गलत होगा। मंदिर प्रवेश विधेयक जैसे कानूनों की आवश्यकता अथवा वांछनीयता के प्रश्न का निर्णय कानून के विशेषज्ञ करेंगे और इस प्रसंग में ऐसे विशेषज्ञ वकील लोग हैं। मैंने बार-बार कहा है कि मंदिर प्रवेश के संबंध में केवल सवर्ण हिंदुओं के मतों को ही महत्त्व देना चाहिए, क्योंकि यदि वे अपने मंदिरों को अछूतों के लिए खोलने को तैयार नहीं हैं, तो इसका यह स्पष्ट अर्थ है कि वे अस्पृश्यता कलंक को धो नहीं पाए हैं। यदि सवर्ण हिंदू लोग मंदिर प्रवेश के विरोधी बने रहे तो फिर चाहे सभी मंदिरों के द्वार खोल दिए जाएँ, मैं उसे किसी काम का नहीं मानूँगा। पवित्रता जबरदस्ती लादी नहीं जा सकती। अतः मैंने इस प्रकार के विरोध का कारण बहुत ढूँढ़ा, किंतु मुझे अब तक कोई वजह दिखाई नहीं दी। हाँ, यह हो सकता है कि लोकमत को तेजी के साथ परिवर्तित होते और अस्पृश्यता को दम तोड़ने देखकर शायद ये लोग चाहते हों कि जैसे भी हो, मेरे दौरे का अंत कर दिया जाए। भले ही हिंदू लोकमत में परिवर्तन लाने के मेरे

साधन कितने ही औचित्यपूर्ण क्यों न हो। इसलिए मुझे यह कहने में कोई संकोच नहीं कि आज प्रात:काल के व्यवहार से सनातनियों ने सनातन धर्म के ध्वज को इस पवित्र स्थान में उसी प्रकार झुका दिया है, जिस प्रकार कि महाराज युधिष्ठिर ने एक अर्द्ध सत्य कहकर उसे झुका दिया था। क्या महाभारत काल की यह बात आपको स्मरण नहीं कि महाराज युधिष्ठिर के असत्य भाषण करते ही उनका पैर धरती में धँस गया था और उन्हें मृत्यु के बाद भी उसका प्रायश्चित करना पड़ा था? इसलिए मैं सनातनी मित्रों से विनती करता हूँ कि उनको अपने इस दुर्व्यवहार के लिए हृदय से पश्चात्ताप करना चाहिए और निश्चय करना चाहिए कि भविष्य में ऐसे हिंसात्मक कार्य नहीं करेंगे। सुधारवादियों से मैं यह कहना चाहता हूँ कि आपका बहुत बड़ा बहुमत है। जो आज आपका विरोध कर रहे हैं, वे अंगुलियों पर गिने जा सकते हैं। आप अपने विरोधियों पर अपनी व्यक्तिगत पवित्रता, अपने सौजन्य तथा धैर्य द्वारा विजय प्राप्त करने का यत्न करें। यह आंदोलन आत्म-शुद्धि का है और इसमें उसी के लिए स्थान है, जिसका हृदय शुद्ध है। प्रदर्शनकारियों के कार्य में कोई हस्तक्षेप नहीं करना चाहिए। यदि वे चाहें तो उनको झंडिया लेकर अपना विरोध प्रकट करने का पूरा अधिकार है, ताकि मैं यह समझ सकूँ कि इस आंदोलन के विरोधियों की संख्या कितनी है। कठिनाई तो उस समय उपस्थित होती है, जब वे मेरा रास्ता रोकते हैं अथवा किसी अन्य प्रकार के हिंसात्मक उपद्रव करते हैं। पर चाहे जो भी हो, आप हमेशा धैर्य रखें तथा सज्जनता के साथ पेश आएँ। विशेषकर इसलिए कि आप भारी बहुमत में हैं। सनातनी मित्रों को समझाने-बुझाने का यत्न कीजिए और यदि इसमें भी सफलता नहीं मिले तो आप यह समझकर धैर्य धारण करें कि यदि आप सत्य को ईमानदारी के साथ पेश कर रहे हैं तो वह समय शीघ्र ही आ रहा है, जब वे उसे स्वीकार करेंगे। कोई सुधारवादी बदले की काररवाई न करें। आप यह समझ लें कि यह आंदोलन आत्मशुद्धि का है और सुधारवादियों की ओर से किया गया कोई भी हिंसात्मक कार्य मेरे लिए गंभीर प्रायश्चित्त का कारण बन सकता है।

अब दो शब्द श्रोताओं से। मैं जानता हूँ कि इधर लाखों की संख्या में संताल हैं, जो अपने आपको हिंदू कहते हैं। हिंदू देवताओं की पूजा करते हैं तथा हिंदू रीति-रिवाजों का पालन करते हैं। फिर भी हर तरह से वे अछूत समझे जाते हैं। उनमें से जो अपने को हिंदू नहीं कहते, उन्हें तो आप अछूत नहीं मानते, किंतु जो बेचारे अपने को हिंदू कहते हैं, उन्हें आप हिंदू होने का दंड देते हैं। उन्होंने कौन सा अपराध किया है? उन्होंने मद्यपान छोड़ दिया है। वे गौ की उसी प्रकार पूजा करते हैं, जिस प्रकार

आप करते हैं या मैं करता हूँ या हमें करनी चाहिए। वे मांस भक्षण का भी त्याग कर चुके हैं। वे रामनाम का उच्चारण शायद हमसे अधिक प्रेम से और निश्चय ही अधिक श्रद्धा के साथ करते हैं। वे चरखा चलाकर तथा कपड़ा बुनकर अपने अवकाश के समय का सदुपयोग करते हैं और इस प्रकार देश की संपदा में वृद्धि करते हैं। क्या वे समाज में परित्यक्ताओं की तरह व्यवहृत करने योग्य हैं? क्या वे हमारे प्रेमपूर्ण व्यवहार पाने के हकदार नहीं हैं? शास्त्रों में उन्हें अस्पृश्य मानने के लिए कोई व्यवस्था नहीं है। और यदि ऐसी व्यवस्था है तो हम जितना शीघ्र संसार से मिट जाएँ, उतना ही हमारे और संसार के लिए अच्छा रहेगा। संतालों से मैं कहता हूँ कि यदि रामनाम में आपकी आस्था है, तो आप भगवान् को अवश्य पाएँगे, भले ही आपके भाई आपको ठुकरा दें। वे नहीं, यह पवित्र नाम ही आपकी रक्षा करेगा और आपको वह शांति तथा आनंद देगा, जिसे आपसे कोई भी छीन नहीं सकता। इस भाषण के बाद गांधीजी देवघर से रवाना हो गए थे लेकिन उनकी कार पर जो हमले हुए थे, उसे उचित और अनुचित बताते हुए कई बार पत्रचार हुए। लोग दो खेमे में बँटे हुए थे। लेकिन गांधीजी के समर्थकों की संख्या उनके विरोधियों की तुलना में बहुत अधिक थी।

□

खूँटी में मुंडाओं से बात की थी गांधीजी ने

महात्मा गांधी ने छोटानागपुर के बड़े इलाकों का दौरा किया था। वे जहाँ भी जाते थे, वहाँ के लोगों से मिलते थे और अधिक-से-अधिक जानकारी हासिल करने की कोशिश करते थे। 1925 में जब गांधीजी चाईबासा से चक्रधरपुर होते हुए राँची लौट रहे थे तो उन्हें वह इलाका काफी पसंद आया था। वे कार से लौट रहे थे। इसी रास्ते में ही पहले बंदगाँव और बाद में खूँटी पड़ता है। यह वह इलाका है, जहाँ बिरसा मुंडा का प्रभाव था। उन्होंने अंग्रेजों के खिलाफ सबसे ज्यादा संघर्ष इसी इलाके में किया था। वह इलाका मुंडा बहुल है। जब इस इलाके से महात्मा गांधी गुजरे थे, तब बिरसा मुंडा के संघर्ष का मुश्किल से 25-30 वर्ष ही बीता था। इसलिए लोगों के जेहन में वह संघर्ष ताजा था। महात्मा गांधी को बिरसा मुंडा के संघर्ष की जानकारी तो पहले से थी ही। उन्होंने कुछ और जानकारी हासिल करने की कोशिश की। इसके लिए खूँटी में कुछ देर के लिए महात्मा गांधी ठहरे भी थे और लोगों से खासकर मुंडाओं से बात भी की थी। उनकी स्थिति के बारे में जानकारी ली। कुछ स्कूलों में भी गए। गांधीजी मुंडाओं से मिलने और उनके संघर्ष की कहानी सुनने के बाद काफी प्रभावित हुए। गांधीजी ने अपने अनुभव में लिखा—राँची जाते हुए खूँटी में मैं एक दूसरी जाति के लोगों से मिला, ये लोग मुंडा कहे जाते हैं। इनके बीच जितना काम किया जाए, थोड़ा ही होगा। ईसाई धर्मप्रचारक तो कई पीढ़ियों से इनकी बहुत अच्छी सेवा करते आ रहे हैं, लेकिन मेरी नम्र सम्मति में, उनके काम में एक खामी यह है कि अंत में वे इन भोले-भाले लोगों से ईसाई बनने की अपेक्षा करते हैं। इन जगहों में मुझे उनके कुछ स्कूल देखने का भी अवसर मिला। यह सब देखकर तो मुझे बड़ा सुख मिला, लेकिन साथ ही मुझे इन धर्म प्रचारकों और हिंदू कार्यकर्ताओं के बीच संघर्ष के भी आसार दिखाई दिए। हिंदू कार्यकर्ताओं को हो, मुंडा और दूसरी जातियों के बीच अपनी सेवा को ग्राह्य

बनाने में कोई कठिनाई नहीं है। अगर ईसाई धर्म प्रचारक भी धर्मांतरण के प्रच्छन्न उद्देश्य को छोड़कर सिर्फ मानवीय दृष्टि से ही उनकी सेवा करें तो कितना अच्छा हो। लेकिन मैंने मिशनरियों के सम्मेलन में तथा कलकत्ते में अन्य ईसाई संगठनों के सम्मुख जो बातें कहीं, उन्हें यहाँ दोहराने की जरूरत नहीं है। मैं जानता हूँ कि किसी के सलाह देने से ईसाइयों के प्रयत्नों में ऐसा क्रांतिकारी परिवर्तन नहीं हो सकता। और किसी गैर-ईसाई व्यक्ति के सलाह देने से तो चाहे उस सलाह के पीछे कितनी भी सदाशयता क्यों न हो, इस बात की और भी कम संभावना है। यह परिवर्तन तभी संभव है, जब स्वयं संबंधित व्यक्तियों को ऐसा लगे कि यह चीज जरूरी है या फिर इसके लिए ईसाइयों में कोई आम आंदोलन हो। इन जातियों के बीच भक्त कहे जा सकने योग्य लोगों की अच्छी खासी तादाद है। ये लोग खादी में विश्वास करते हैं। स्त्री-पुरुष दोनों चरखा चलाते हैं, अपने हाथ की बनी खादी पहनते हैं। इनमें से बहुत से लोग चरखों को अपने कंधों पर लादकर मीलों का फासला तय करके आए थे। जिस सभा में बोलने का मुझे अवसर मिला, उसमें मैंने उनमें से लगभग चार सौ लोगों को बहुत मनोयोगपूर्वक चरखा चलाते देखा। उनके अपने अलग भजन हैं, जिन्हें वे समवेत स्वर में गाते हैं।

खूँटी में लोगों से मिलने के बाद गांधीजी उसी दिन राँची लौट आए थे। इसके बाद एक और मौका आया 4 मई, 1934 को। इसी दिन गांधीजी राँची से खूँटी होते हुए चक्रधरपुर और जमशेदपुर गए थे, लेकिन समय के अभाव में वे कोई कार्यक्रम खूँटी में नहीं कर पाए थे।

□

चक्रधरपुर में राष्ट्रीय विद्यालय में गए थे गांधीजी

15 सितंबर, 1925 को चक्रधरपुर की जनता को पहली बार महात्मा गांधी के दर्शन करने का मौका मिला था। तब वह पुरुलिया से चक्रधरपुर आए थे और वहाँ से इसी दौरे में चाईबासा भी गए थे। 1934 में भी गांधीजी को चक्रधरपुर आना पड़ा था। 1925 के दौरे में गांधीजी राष्ट्रीय विद्यालय को देखने गए थे। वहाँ उन्होंने राष्ट्रीय विद्यालय के छात्रों को भी संबोधित किया था। गांधीजी ने कहा था कि प्राचीन काल में शिष्य-गुरु के पास समित्पाणि जाता था, अर्थात् हाथ में समिधाल लेकर जाता था, जिससे यह व्यक्त होता था कि वह शिक्षा प्राप्त करने और बदले में सेवा करने आया है। शिक्षा की आधुनिक पद्धति ने उसकी सेवा का स्वरूप बदल दिया है। आधुनिक शिक्षा पद्धति ने उस प्राचीन क्रम को बदल दिया है, जिसके फलस्वरूप शिक्षा देने और ग्रहण करने की प्रक्रिया नीरस बन गई है। राष्ट्रीय विद्यालय के विद्यार्थियों को वही प्राचीन पद्धति अपनानी चाहिए। वे जो शिक्षा पाते हैं, उसके बदले में उन्हें भी कुछ देना चाहिए। वे गुरु से प्राप्त विद्या का बदला सूत देकर या चरखा चलाकर चुकाए। विद्यार्थियों को चाहिए कि वे कताई करें और इस प्रकार विद्या प्राप्ति के बदले में राष्ट्र की सेवा करें। गांधीजी का भाषण छात्र-शिक्षक संबंध पर था। चाईबासा में कार्यक्रम करने के बाद गांधीजी चाईबासा से चक्रधरपुर होते हुए राँची लौटे। यह यात्रा उन्होंने कार से की। इस क्षेत्र की प्राकृतिक सुंदरता को देखकर वे काफी खुश हुए। दरअसल पूरा इलाका घने जंगलों से घिरा है। शानदार घाटी, जहाँ से गुजरना किसी को भी आनंदित कर देता है। गांधीजी को भी किया। बाद में इस दौरे का अपना अनुभव लिखा। गांधीजी ने लिखा—चक्रधरपुर से चाईबासा तक की सड़क बड़ी अच्छी है। उस पर मोटर गाड़ी से सफर करने में बड़ा आनंद आता है। चाईबासा में ही मेरा परिचय हो जाति के लोगों से हुआ। स्त्री-

पुरुष दोनों काफी दिलचस्प हैं। बालकों की तरह सीधे और सरल। लेकिन उनमें आस्था बहुत गहरी है। उन्हें कोई उससे सहज डिगा नहीं सकता। बहुतों ने चरखा और खादी अपना ली है। कांग्रेसी कार्यकर्ताओं ने उनके बीच सुधार का काम 1921 में शुरू किया था। फलस्वरूप बहुतों ने मृत जानवरों का मांस खाना छोड़ दिया है और कुछ शाकाहारी भी बन गए हैं।

1934 में रेलवे कर्मचारियों की सभा में बोले थे गांधीजी

महात्मा गांधी को फिर 4 मई, 1934 को चक्रधरपुर जाना पड़ा था। दरअसल वे राँची से जमशेदपुर जा रहे थे। साढ़े पाँच बजे सुबह में ही गांधीजी राँची से निकल गए थे, ताकि समय पर जमशेदपुर पहुँच सके। यह दूरी लगभग 129 मील की थी। काफी लंबा सफर उन्हें कार से तय करना था। लेकिन गांधीजी के साथ एक हादसा हो गया था। उनकी कार दुर्घटनाग्रस्त हो गई थी और गांधीजी बाल-बाल बच गए थे। इसके बावजूद गांधीजी ने अपना कार्यक्रम नहीं बदला था। वे पहले चक्रधरपुर गए और वहाँ बी.एन. रेलवे के कर्मचारियों की सभा को संबोधित किया था। गांधीजी का यह दौरा हरिजन कार्य के लिए था और वे हरिजन कल्याण कोष के लिए राशि भी जमा करते जा रहे थे। चक्रधरपुर में भी गांधीजी ने रेलवे के कर्मचारियों से खुल कर इसमें सहयोगं करने की अपील की थी। चक्रधरपुर में गांधीजी ने महिलाओं की सभा को भी संबोधित किया था। सभी सभा या बैठकों में गांधीजी को सहयोग मिला था। उन्होंने इन बैठकों में अस्पृश्यता का मुद्दा उठाया था और इसे समाज के लिए कलंक बताते हुए इसे धो देने का आग्रह किया था। जनसभा में गांधीजी को 662 रुपए और महिलाओं की बैठक में 46 रुपए की सहायता मिली थी। इसके बाद वे जमशेदपुर के लिए रवाना हो गए थे।

□

चाईबासा मंडी में सभा की थी गांधीजी ने

महात्मा गांधी ने 15 सितंबर, 1925 को चाईबासा का दौरा किया था। यह झारखंड का वह इलाका है, जिसका भारतीय स्वतंत्रता संग्राम में बड़ा योगदान रहा है। आदिवासी बहुल इस क्षेत्र के लोगों ने कभी भी अंग्रेजों की गुलामी स्वीकार नहीं की। लगातार संघर्ष किया। यह वह इलाका है, जहाँ सघन जंगल रहे हैं। स्वतंत्रता संग्राम के दिनों में बंगाल तो क्रांतिकारियों का गढ़ था ही। जब भी बंगाल में क्रांतिकारियों पर दबाव बढ़ता था, वे सिंहभूम में शरण लेते थे। कलकत्ता से करीब होने के कारण क्रांतिकारियों का जमशेदपुर आना-जाना तो लगातार लगा रहता था। चाईबासा के आसपास के इलाके में चले जाने के बाद ये क्रांतिकारी पुलिस की नजर से बच जाते थे। 1916 में अलीपुर जेल से छूटने के बाद सुधाशु भूषण मुखर्जी नामक क्रांतिकारी सिंहभूम के सोनुआ में रहते थे। बाद में वे वहाँ से हजारीबाग चले गए थे। हिंदुस्तान एसोसिएशन से जुड़े कई क्रांतिकारी जमशेदपुर और चाईबासा को अपना ठिकाना बना चुके थे। राँची में महात्मा गांधी के आगमन के बाद सिंहभूम में कांग्रेस सक्रिय हो गई थी। लोगों को इंतजार था कि कब गांधीजी चाईबासा का दौरा करें। इस दौरे से पहले गांधीजी एंड्रूज के आग्रह पर मजदूर-टाटा प्रबंधन विवाद को सुलझाने के लिए जमशेदपुर गए थे और ऐतिहासिक समझौता कराया था।

चाईबासा में हो आदिवासियों से प्रभावित थे गांधीजी

चाईबासा और इसके आसपास कांग्रेस के कार्यकर्ता स्वतंत्रता संग्राम में पहले से कूद पड़े थे। वहाँ पहले से माहौल बना हुआ था। कोल्हान के आदिवासी अंग्रेजों के खिलाफ संघर्ष का बिगुल फूँक चुके थे। सुखलाल सिंह सिंकू ने अपने गाँव आसनपाट और रसिका मानकी ने अपने गाँव खैरपाल से आंदोलन शुरू किया था। ये दोनों गांधीजी के भक्त थे। जब गांधीजी चाईबासा पहुँचे तो उनका जोरदार स्वागत

किया गया था। वे अतुलचंद्र घोष के पुलिस लाइन स्थित गेस्ट हाउस में ठहरे थे। गांधीजी के साथ कई राष्ट्रीय नेता आए हुए थे। साप्ताहिक मंडी में उनकी सभा हुई थी। गांधीजी को देखने और उनके भाषण को सुनने के लिए दूर-दराज के ग्रामीण क्षेत्रों से भी लोग आ गए थे। तब आने-जाने का साधन उपलब्ध नहीं था। अधिकांश लोग मीलों पैदल चलकर आए थे। इस क्षेत्र में उन दिनों हिंदी का उतना प्रचलन नहीं था। ग्रामीण क्षेत्र से आए लोग हो भाषा समझते थे, बोलते थे। इसलिए गांधीजी भाषण देते रहे और उसका हो भाषा में अनुवाद होता रहा। यह काम फूलचंद राम ने किया था। सभा के दौरान और उसके बाद भी गांधीजी ने कांग्रेस के नेताओं के अलावा आदिवासियों से भी मुलाकात की। गांधीजी यह जानते थे कि कैसे कोल्हान में आदिवासी अंग्रेजों के खिलाफ संघर्ष करते रहे हैं। वे हो आदिवासियों की बहादुरी की कहानी पहले ही सुन चुके थे। उनकी मुलाकात से गांधीजी काफी प्रभावित हुए। इस दौरे में गांधीजी को कन्या पाठशाला की प्रधानाध्यापिका की ओर से एक मानपत्र भी दिया गया था। साथ में देशबंधु स्मारक कोष के लिए थैली भी भेंट की गई थी।

चाईबासा में आम सभा को संबोधित करते महात्मा गांधी।

चाईबासा में गौशाला देखने गए थे

अपने चाईबासा प्रवास के दौरान गांधीजी गौशाला देखने पहुँच गए। वहाँ के मंत्री के काम से गांधीजी काफी खुश थे। गांधीजी ने ऐसा महसूस किया था कि गौशाला के मंत्री को काम करने में पूरा सहयोग नहीं मिल रहा है। अगर मिला होता तो यह गौशाला काफी आगे बढ़ गया होता। गौशाला के भ्रमण के बाद गांधीजी की टिप्पणी थी—लोग मुझे चाईबासा की गौशाला दिखाने ले गए थे। वहाँ के मंत्री उत्साही हैं। उनके विचार उदार हैं, लेकिन दानी लोग उनके विचारों को व्यवहार में लाने नहीं देते। जो टीका मैंने अन्य गौशाला के संबंध में की है, वही टीका उस पर भी लागू होती है। यह गौशाला 27 वर्षों से (गांधीजी ने 1925 में दौरा किया था। इसका मतलब यह हुआ कि 1898 के आसपास की गौशाला है) चल रही है। इतने समय में डेढ़ लाख रुपए का दान मिला तथा दस हजार पशुओं का पालन हुआ। प्रतिवर्ष दो सौ, तीन सौ पशुओं तक का पालन-पोषण होता है। लेकिन इतने कार्य से ही संतोष नहीं किया जा सकता। यदि कोई गौशाला नियम के साथ चले तो 27 वर्षों में वह लगभग अपने पैरों पर खड़ा हो जाए। यहाँ दूध आदि भी होता है, लेकिन एक ही व्यक्ति कितना कर सकता है। जब तक गौशाला शास्त्र जाननेवाले व्यक्ति न हों, तब तक जानवरों की परीक्षा आदि कैसे हो सकती है? गांधी ने आगे लिखा—यह भी मालूम हुआ कि गौशाला मरे हुए ढोरों को यों ही दे देती है। उनके चमड़े की कीमत नहीं लेती। मैं जितना विचार करता हूँ, यही देखता हूँ कि मरी हुई गायों के चमड़े आदि का उपयोग गौशाला की मार्फत न करना गौवध को बढ़ावा देना है और गौरक्षा करने की अपनी शक्ति को कम करना है। गौ सेवकों का एक बड़ा कार्य तो यही है कि मरे हुए जानवरों के चमड़े का व्यापार न करने संबंधी वहम को दूर करें। मरी हुई गाय जीवित गाय की लगभग प्राण रक्षा करती है। इसके अर्थशास्त्र का मैं गंभीर अध्ययन कर रहा हूँ। लेकिन अधूरा अध्ययन भी कम-से-कम इतना तो सिद्ध करता ही है कि इस चमड़े का प्रत्यक्ष उपयोग न कर हम हर एक मरी हुई गाय के पीछे कम-से-कम दस रुपए गँवाते हैं। अंततः इस चमड़े का उपयोग तो हम लोग ही करते हैं। गांधीजी ने गौशाला की पूरी अर्थव्यवस्था ही समझा दी थी। यह बताया था कि कैसे गौशाला को चलाया जाए, ताकि वह फायदे में रहे।

□

कतरास : कोई पेशा छोटा नहीं होता

महात्मा गांधी ने 1927 और 1934 में कतरास का दौरा किया था। दोनों बार झरिया जाने के क्रम में उनका कतरास का दौरा बना था। पहली बार 13 जनवरी, 1927 को महात्मा गांधी कतरास गए थे। झरिया के पिछले दौरे में भी गांधीजी कतरास जाना चाहते थे, लेकिन नहीं जा सके थे। इसके लिए उन्होंने अफसोस जाहिर किया था। इस बार कतरास में एक विशाल पंडाल में गांधीजी की सभा आयोजित की गई थी। अपार भीड़ समूह उन्हें सुनने के लिए उमड़ पड़ा था। इस सभा में उन्हें हिंदी में एक अभिनंदन-पत्र भी भेंट किया गया था। इसके बाद गांधीजी ने भाषण देते हुए झरिया का कई बार जिक्र किया। गांधीजी ने कहा था कि झरिया एक ऐसी जगह है, जो भारत के सभी हिस्सों से पूँजीपतियों और मजदूरों, दोनों को अपनी ओर खींच लेता है। यहाँ के निवासी प्रमुख रूप से मजदूर हैं और इसलिए मैं उनसे कुछ शब्द कहना चाहता हूँ। मैं अपने आपको भी एक मजदूर कहता रहा हूँ। जब कोई मुझसे मेरा धंधा पूछता है तो मैं अपने आपको एक बुनकर या किसान बताता हूँ। बल्कि मैं तो चाहूँगा कि लोग मुझे भंगी कहें। भंगी के पेशे को नीची निगाह से नहीं देखना चाहिए। वह मानव समाज को बहुत लाभ पहुँचाता है। उसका काम घर के सबसे गंदे हिस्से की सफाई करना है, इसलिए समाज उसका बहुत ऋणी है। उसका काम सेवा का काम है और उसे नीचा समझना नासमझी है। मेरी माँ और वस्तुतः प्रत्येक माँ वही काम करती है, जो एक भंगी करता है। क्या इसकी वजह से आप अपनी माँ से घृणा करते हैं? यदि मेरे बाल्यकाल में मेरी माँ ने मेरी खातिर भंगी का काम नहीं किया होता तो मैं इतने दिनों तक जीवित ही नहीं रह सकता था और न आपके बीच भाषण देने आता। पेशे के कारण भंगी को नीची निगाह से नहीं देखना चाहिए। जब तक किसी आदमी का दिल मैला न हो, तब तक कोई कारण नहीं कि उसे नीच समझा जाए, भले ही उसका पेशा कितना ही नीच

क्यों न हो। इसलिए भंगियों से और वस्तुतः सभी मजदूरों से मेरी अपील है कि उन्हें दूसरे लोगों के घरों की सफाई करने के साथ-साथ अपनी भी सफाई करने का काम शुरू कर देना चाहिए। मैं जानता हूँ कि मजदूरों को शराब पीने, जुआ खेलने, बीड़ी पीने और अन्य गंदी आदतों की लत है। उन्हें इन सब बुराइयों से मुक्त होना चाहिए। मैं पूर्ण मद्यनिषेध का समर्थक हूँ, लेकिन जब तक वह नहीं हो जाता, उन्हें खुद उस गंदी आदत से छुटकारा पाने का प्रयत्न करना चाहिए। सभी तरह के प्रलोभनों के बीच रहकर उनसे बचने में ही मनुष्य की खूबी है। इसलिए सभी मजदूर ईश्वर के वास्ते और अपनी खातिर शराब पीना छोड़ दें।

कतरास के दौरे में गांधीजी ने सामाजिक बुराइयों को दूर करने पर खास जोर दिया था। उन्होंने भाषण देते हुए कहा था कि जुआ खेलना एक बड़ी बुरी आदत है। इसके कारण पांडव अपना सबकुछ हार गए थे। लेकिन अंत में उन्हें सबकुछ वापस मिल गया, क्योंकि उनका पक्ष सत्य का पक्ष था। युधिष्ठिर ने जो कुछ किया था, उस पर उन्हें स्वयं पछतावा था। मजदूरों की वासनामय प्रवृत्ति की चर्चा करते हुए गांधीजी ने कहा था कि मैं जानता हूँ कि ऐसे लोग हैं, जो अपनी पत्नी को छोड़ देते हैं और अपना धन-स्वास्थ्य कुटिल वेश्याओं के फेर में पड़कर नष्ट कर देते हैं। यह बहुत बुरी आदत है। पत्नी के अलावा अन्य सभी औरतों को बहन की तरह मानना चाहिए। बीड़ी और गाँजा पीना भी छोड़ देना चाहिए। मेरी समझ में नहीं आता कि लोग गाँजा क्यों पीते हैं? मैं जानता हूँ कि अमीर और विद्वान् लोग भी सिगरेट-बीड़ी पीते हैं, लेकिन यह तो कोई कारण नहीं कि मजदूर लोग भी इसकी लत डाले। एक व्यक्ति को बुरी आदत की लत हो तो कोई कारण ही नहीं कि अन्य व्यक्ति भी बुरी आदतें डाल लें। मेरी तो शिक्षित लोगों से अपील है कि उन्हें सिगरेट-बीड़ी पीना छोड़ देना चाहिए। गांधीजी ने कहा कि मजदूरों को याद रखना चाहिए कि ऐसे भी लोग हैं, जो उनसे भी ज्यादा गरीब हैं। मजदूरों के पास शराब, जुआ, बीड़ी आदि पर खर्च करने का पैसा है, लेकिन गाँवों में ऐसे लोग हैं, जिन्हें रहने भर को पर्याप्त भोजन और वस्त्र भी नहीं मिल पाता। मजदूर कम-से-कम 15-20 रुपए कमा ही सकते हैं, लेकिन उनके ग्रामीण भाई एक पैसे का भी मुँह कभी-कभी ही देख पाते हैं। क्या मजदूरों के मन में उनका भी कुछ ध्यान है? मजदूर खुद गरीब हैं तो फिर क्या यह उचित नहीं है कि वे अपने से भी ज्यादा गरीब लोगों के कष्टों को महसूस करें? यदि वे ऐसा महसूस करते हैं तो उनका कर्तव्य है कि वे सिर्फ खद्दर ही पहनें। उनको गाँवों में रहनेवाली अपनी बहनों के हाथ से कते शुद्ध सूत का बुना

कपड़ा ही पहनना चाहिए। वे खद्दर के लिए जो कुछ भी खर्च करेंगे, वह इन गरीब लोगों को मिलेगा। जो स्त्रियाँ एक पाई भी नहीं कमा सकती थीं, वे अब दो आना रोज कमा रही हैं। मैं आपसे इस बात की अपील कर रहा हूँ कि आप उस पैसे को अपने गरीब देशवासियों के हाथ में जाने दें। आप खद्दर पहनकर उस पैसे से उनकी मदद कर सकते हैं। ईश्वरीय नियम है कि मनुष्य को दुःख में पड़े मनुष्यों से सहानुभूति करनी चाहिए। इसलिए ईश्वर के नाम पर मैं आपसे अपील करता हूँ कि आप खद्दर के अलावा अन्य सभी कपड़ों का बहिष्कार करें और नकद पैसे से, भले ही वह कितना भी कम क्यों न हो, मुझे मदद दें, ताकि मैं खादी कार्य कर सकूँ। पिछले साल 96 हजार की खादी बिहार में तैयार की गई और छह महीने के भीतर 60 हजार की खादी बेच दी गई। यह सारा पैसा गरीबों के घर गया। खद्दर बेचने के काम में इस वक्त बहुत पैसा खर्च होता है। यदि आप लोग जिस तरह विदेशी कपड़ा खरीदते हैं, उसी तरह खद्दर खरीदें तो उससे काफी पैसा बचाया जा सकता है और वह खादी उत्पादन के काम में लगाया जा सकता है। यदि आप यही करने का निश्चय कर लें तो देश के लिए जितनी खादी की जरूरत है, सारी की सारी यहीं बिना किसी कठिनाई के तैयार की जा सकती है। जरूरत सिर्फ आपकी सहानुभूति और सहायता की है। क्या आप उसे देने से इनकार करेंगे?

गांधीजी ने महिलाओं की सभा को भी संबोधित किया और कहा कि यदि आप स्वराज चाहती हैं, जो रामराज्य का पर्यायवाची है, तो आपमें से हर एक को सीता जैसा बनना चाहिए। सीता हृदय से निष्कलुष थीं और हाथ का कता-बुना खद्दर पहनकर अपना शरीर स्वच्छ रखती थी। वे ऐसे समय में हुई थीं, जबकि हर घर में चरखा होता था और हर औरत सूत काता करती थी। वह समय फिर से वापस लाना है। घर-घर में चरखे को अब भी वैसा ही महत्त्वपूर्ण स्थान मिलना चाहिए, जैसा कि चूल्हे का है। गांधीजी ने कतरास में लंबा भाषण दिया था। अन्य लोगों को संबोधित करते हुए गांधीजी ने कहा था कि यदि आप स्वतंत्रता पाना चाहते हैं तो आपको काफी त्याग करना होगा। कम-से-कम आप इतना तो कर ही सकते हैं कि खद्दर पहनें। खादी आंदोलनों को आपका पूरे मन से सहयोग मिलना चाहिए। आपको इस काम के लिए हर संभव आर्थिक मदद देनी चाहिए। गांधीजी ने बताया कि किन परिस्थितियों में अखिल भारतीय देशबंधु स्मारक कोष शुरू किया गया था। गांधीजी ने श्रोताओं से कहा कि उस कोष में चंदा देकर उस दिवंगत महापुरुष की पवित्र स्मृति का सम्मान करें। देशबंधु स्मारक कोष का उपयोग खद्दर के प्रसार

कार्य में किया जाएगा। उस कोष में कुछ धन आ चुका है, लेकिन जो काम हाथ में लिया गया है, उसके लिए और अधिक धन की जरूरत है। प्रतिवर्ष 60 करोड़ रुपया देश से बाहर चला जाता है। हमारा उद्देश्य उस धन को देश में रखना है। इसलिए उस पर बहुत बड़ी रकम खर्च होगी। हमारा काम बहुत बड़ा है, लेकिन मुझे आशा है कि आपकी मदद से वह पूरा होगा। उस कोष में हर व्यक्ति बिना किसी कठिनाई के चंदा दे सकता है। सरकार कर्मचारी भी उसमें चंदा दे सकते हैं। मुझे आशा है कि मैं यहाँ से निराश होकर नहीं जाऊँगा। गांधीजी की अपील का असर पड़ा था। इस सभा में उन्हें 885 रुपए की थैली भेंट की गई थी। इसके अलावा मौके पर कई लोगों ने राशि जमा की थी।

गांधीजी ने सिर्फ सूत काटने और खद्दर का उपयोग करने की ही चर्चा नहीं की, बल्कि अस्पृश्यता पर भी बोला था। गांधीजी ने कहा था कि स्वामी श्रद्धानंद ने उसके लिए अपना जीवन बलिदान कर दिया है। कम-से-कम स्वामीजी खातिर आप लोगों को वह कलंक मिटा देना चाहिए। हिंदू धर्म का उस दूषित प्रथा से कुछ सरोकार नहीं है। गीता कभी किसी अन्य व्यक्ति को अस्पृश्य मानने का उपदेश नहीं देती। गांधीजी ने हिंदू-मुसलिम एकता पर बात करते हुए कहा था कि उसे कायम कर सकने की आशा करने के पहले दोनों ही जातियों को शुद्धि प्रक्रिया से गुजरना होगा। मुसलमानों से उन्होंने कहा था कि यदि एक भी मुसलमान स्वामीजी की हत्या को प्रशंसनीय कार्य समझता है, तो बड़ी भूल करता है। मैं एक सनातनी हिंदू होने का दावा रखता हूँ, लेकिन मैंने उतने ही आदर के साथ कुरआन का अध्ययन किया है, जितने आदर के साथ गीता का। लेकिन मैंने कुरआन में कहीं भी ऐसे जघन्य कृत्य का अनुमोदन नहीं पाया है। इसके विपरीत उसमें ऐसे अंश हैं, जो स्पष्ट ही हिंसा के विरुद्ध हैं। यदि हिंसा ही करनी है तो वह अपने दोषों से संघर्ष करने के लिए अपने पर ही करनी है, न कि किसी दूसरे व्यक्ति पर। हिंदू दुर्बल और कायर हो गए हैं। अपनी दुर्बलताओं के बावजूद वे उन्नति करने की आशा कैसे कर सकते हैं? सच्चा शुद्धि-कार्य तो आत्मशुद्धि करना है और हममें से हर व्यक्ति का कर्तव्य है कि आत्मशुद्धि की उस प्रक्रिया से गुजरे। मैं ईश्वर से प्रार्थना करता हूँ कि वह आपके कार्य में सहायता प्रदान करे। सभा के बाद कांग्रेस के कार्यकर्ताओं ने गांधीजी से अलग से मुलाकात की और उन्हें भरोसा दिलाया कि उन्होंने जो राह दिखाई है, कतरास की जनता उसी मार्ग पर चलेगी।

1934 में भी गए थे कतरास

महात्मा गांधी ने 1934 में अस्पृश्यता के खिलाफ जागरूकता फैलाने और हरिजन कल्याण कोष के लिए राशि जमा करने के लिए छोटानागपुर का दौरा किया था। इसी क्रम में हजारीबाग से झरिया जाने के क्रम में 28 अप्रैल, 1934 को महात्मा गांधी बेरमो, डुमरी होते हुए कतरास गए थे। हालाँकि वहाँ वे बहुत कम देर रुके थे, लेकिन इसी दौरान उन्हें लोगों की ओर से 553 रुपए, 12 आने की सहायता हरिजन कल्याण कोष में मिली थी। इसके बाद गांधीजी झरिया के लिए रवाना हो गए थे।

□

मधुपुर : छात्र कम हैं, शिक्षक निराश न हों

महात्मा गांधी 8 अक्तूबर, 1925 को गिरिडीह से मधुपुर पहुँचे थे। रेलवे स्टेशन के निकट गांधीजी का जोरदार स्वागत किया गया था। बहुत लंबे समय से गांधीजी को मधुपुर लाने का प्रयास किया जा रहा था। इसलिए जब गांधीजी मधुपुर पहुँचे, तो वहाँ के नागरिकों की इच्छा पूरी हुई। विनोदानंद झा, नथमल खंडेलवाल, ईश्वरी प्रसाद साह, रामेश्वर लाल सर्राफ उन प्रमुख लोगों में शामिल थे, जिन्होंने गांधीजी का वहाँ स्वागत किया था। मधुपुर दौरे का उनका मुख्य उद्देश्य देश बंधु स्मारक कोष के लिए राशि जुटाना और खादी का प्रचार करना था। इन्हीं उद्देश्यों के लिए गांधीजी ने बिहार के कई क्षेत्रों का दौरा किया था। मधुपुर में गांधीजी चंपा कोठी (चंपा भवन) में ठहरे थे। गांधीजी को नगरपालिका भवन का उद्घाटन करने जाना था। चंपा कोठी से गांधीजी अपने हजारों समर्थकों के साथ पैदल ही चले गए थे। तब अमृतलाल शील नगरपालिका के अध्यक्ष हुआ करते थे। गांधीजी के साथ चंपा कोठी से नगरपालिका भवन तक जानेवालों में मोतीलाल मित्रा, तारापद बोस, विजय नारायण कुंडु आदि थे। ऐसे तो मधुपुर नगरपालिका का उद्घाटन 1909 में ही हो गया था लेकिन उसके नए भवन का उद्घाटन गांधीजी ने किया था। नगरपालिका के दरवाजे पर चाँदी का ताला लगाया गया था और इसके लिए चाबी भी चाँदी की ही थी। चाँदी की चाबी से ताला खोलकर गांधीजी ने नगरपालिका भवन का उद्घाटन किया था। उद्घाटन के बाद गांधीजी ने कहा था कि यह नगरपालिका मधुपुर को उसकी आबोहवा और उसके आसपास के कुदरती दृश्यों के अनुरूप ही एक बहुत सुंदर जगह बना देगी। बंबई और कलकत्ता जैसे बड़े शहरों का सुधार करने में बड़ी ही मुश्किलें पेश आती हैं। लेकिन मधुपुर जैसी छोटी जगहों में नगरपालिका की आमदनी बहुत ही थोड़ी होती है, फिर भी उन्हें अपने

अधीन आनेवाले क्षेत्र को साफ-सुथरा और रोगमुक्त रखने में मुश्किलों का सामना नहीं करना पड़ता।

नगरपालिका भवन का उद्घाटन

नगरपालिका भवन का उद्घाटन करने के बाद मधुपुर में गांधीजी तिलक विद्यालय भी गए। वहाँ के प्राचार्य ने गांधीजी को अभिनंदन-पत्र सौंपा था, जिसमें विद्यालय की स्थिति, अभिभावकों की भूमिका की चर्चा की गई थी। गांधीजी को बताया गया था कि इस विद्यालय में लगातार छात्रों की संख्या घटती जा रही है, जो चिंता की बात है। विद्यालय को चलाने के लिए लोगों से जो आर्थिक सहायता मिलती थी, वह भी कम होती जा रही है। इससे विद्यालय को चलाने में परेशानी हो रही है। इतना ही नहीं, कुछ बच्चों के माता-पिता ने भी बच्चों को स्कूल भेजने से यह कहते हुए बाहर कर लिया कि विद्यालय में हाथ-कताई को अनिवार्य कर दिया गया है। प्राचार्य चाहते थे कि गांधीजी इन समस्याओं के निदान पर भी कुछ बोलें। गांधीजी ने अभिनंदन-पत्र में लिखे एक-एक शब्द को धैर्य से सुना-पढ़ा और उनका उत्तर भी दिया। उनके उत्तर में समाधान भी था।

गांधीजी ने कहा कि यदि शिक्षकों को अपने उद्देश्य में श्रद्धा है तो उन्हें निराश नहीं होना चाहिए। सभी नई संस्थाओं को अच्छे-बुरे दिन देखने पड़ते हैं। यह स्वाभाविक ही है। उनकी ये कठिनाइयाँ उनका परीक्षाकाल भी है। दृढ विश्वास वही है, जो तूफानों में भी अडिग रहे। यदि शिक्षकों को पूरा विश्वास है कि पाठशाला के जरिए उन्हें आसपास के लोगों तक एक संदेश पहुँचाना है, तो उन्हें बड़े-से-बड़े त्याग करने के लिए तैयार होना चाहिए। यदि उनको इस बात का यकीन हो जाए कि अपनी पाठशाला को अच्छा बनाने की दिशा में वे जितना कर सकते थे, वह सबकुछ किया है और माँ-बाप तथा उनके लड़के उनकी त्रुटियों के कारण पाठशाला जाना नहीं छोड़ रहे हैं, बल्कि जिस सिद्धांत के लिए वे प्रयत्न कर रहे हैं, वही उन्हें ठीक नहीं जँच रहा है, तो फिर उनकी पाठशाला में एक लड़का हो या सौ लड़के हों, उसकी कुछ भी परवाह नहीं करनी चाहिए। गांधीजी ने अपने भाषण में शंकाओं को और स्पष्ट करते हुए कहा था कि यदि उनकी कताई में श्रद्धा रखने के कारण माँ-बाप अपने बच्चों को पाठशाला से निकाल लेते हैं, तो उन्हें इसकी कोई चिंता नहीं करनी चाहिए, किंतु यदि उन्होंने कताई को अपने आंतरिक विश्वास के कारण नहीं, सिर्फ इसलिए रखा है कि वह एक रिवाज हो गया है या कांग्रेस

के प्रस्ताव में उसका होना आवश्यक बताया गया है, तो उन्हें लोगों का सद्भाव कायम रखने के लिए कताई को निकाल देने में जरा भी हिचकिचाना नहीं चाहिए। अब समय आ गया है कि राष्ट्रीय शिक्षक स्वयं ही निर्णय लें, क्योंकि जब ये सुधार किए जाते हैं, तो उन सबका या एकाध का विरोध करनेवाले कुछ लोग तो हमेशा ही निकल आते हैं और मात्र वे ही शिक्षक, जिन्हें अपने में और अपने उद्देश्य में श्रद्धा है, जिन सुधारों को आवश्यक समझते हैं, उनके विरोध का सामना कर सकते हैं और शायद यही उनके नए प्रयास को उचित प्रमाणित करता है। अपनी बात रखने के बाद गांधीजी मधुपुर से पूर्णिया के लिए रवाना हो गए थे।

□

पलामू : चारों कोना में जाकर दिया था भाषण

महात्मा गांधी का झारखंड आगमन भले ही 1917 में हो गया था, लेकिन उन्हें पलामू की धरती पर जाने में दस साल का वक्त लग गया। अंततः 11 जनवरी, 1927 का वह दिन आ ही गया, जब डालटेनगंज (अब मेदिनीनगर) की धरती पर गांधीजी के पाँव पड़े। उनके साथ राजेंद्र प्रसाद भी थे। डालटेनगंज में उनकी बड़ी सभा हुई थी। दरअसल 1925 में गांधीजी ने बिहार के कई क्षेत्रों का दौरा किया था। डालटेनगंज के लोगों को भी भरोसा था कि वहाँ भी गांधीजी आएँगे। लेकिन उस दौरे में तमाम प्रयास के बावजूद पलामू का नाम छूट गया था। 1927 में जब गांधीजी डालटेनगंज आए तो उन्होंने खुद इस बात का खुलासा किया कि क्यों पिछली बार वे नहीं आ सके थे। असली कारण था गांधीजी का अस्वस्थ होना। डालटेनगंज में दिए गए अपने भाषण में ही उन्होंने यह बात कही थी। सच तो यह है कि 1927 में भी गांधीजी डालटेनगंज नहीं आ पाते, यदि राजेंद्र बाबू ने इसके लिए अलग से प्रयास नहीं किया होता। राजेंद्र बाबू ने गुवाहाटी प्रवास के दौरान गांधीजी के डालटेनगंज दौरे को इसमें शामिल कराया।

गांधीजी के 1917 में पहली बार राँची आने के साथ ही पूरे छोटानागपुर में कांग्रेस काफी सक्रिय हो गई थी। इसमें पलामू भी शामिल था। 1919 में ही बिंदेश्वरी पाठक और भागवत पांडेय ने पलामू जिला कांग्रेस कमेटी की स्थापना कर दी थी। अगले वर्ष यानी 1920 में जब कोलकाता में भारतीय राष्ट्रीय कांग्रेस का विशेष अधिवेशन हुआ, उसमें पलामू से कई लोग शामिल हुए थे। उन्होंने महात्मा गांधी से मुलाकात कर छोटानागपुर को आजाद कराने का आग्रह किया था। महात्मा गांधी का उत्तर था—'कपास बोओ, चरखा चलाओ, कपड़ा बुनो, छोटानागपुर आजाद हो जाएगा।' गांधीजी के इस वाक्य का असर पड़ा था। उस अधिवेशन में पलामू के

आदिवासी खेरवार नेता घनी सिंह खरवार भी शामिल हुए थे। उनके अलावा हीरानंद ओझा, दुर्गानंद ओझा, शेख मुहम्मद हुसैन, बिंदेश्वरी पाठक और देवनारायण मेहता समेत कई अन्य लोग भी शामिल हुए थे। अधिवेशन से लौटने के बाद घनी सिंह के नेतृत्व में पलामू किला परिसर में एक सभा हुई थी, जिसमें निर्णय लिया गया था कि जंगलों को काटकर कपास की खेती की जाएगी। इसी के बाद हजारों पेड़ों को काट दिया गया और वहाँ कपास की खेती के लिए जमीन तैयार कर ली गई थी। सभा में घनी सिंह को पलामू का राजा घोषित कर दिया गया था। बाद में आदिवासियों का जुलूस डालटेनगंज पहुँचा था, लेकिन लाठी चार्ज कर घुड़सवार पुलिस ने उन्हें भगा दिया था।

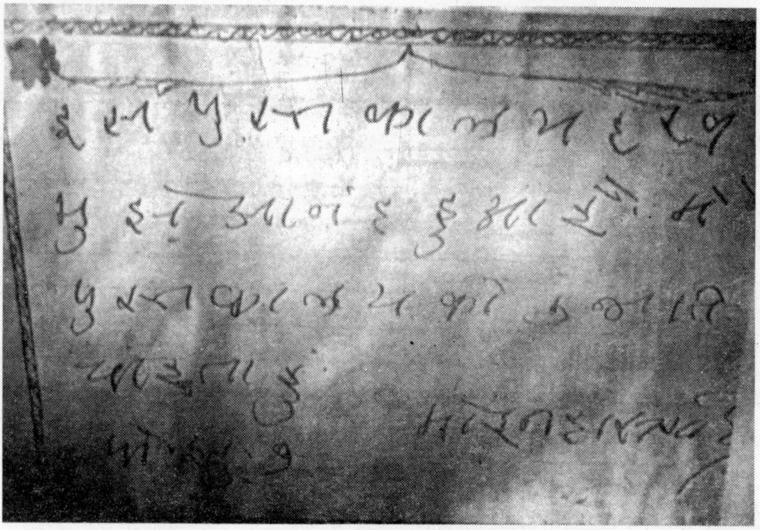

डालटेनगंज का वह पुस्तकालय, जहाँ गांधीजी गए थे।

गांधीजी के पलामू आगमन के कई साल पहले से ही उनके करीबी सहयोगियों का वहाँ आना-जाना आरंभ हो गया था। डालटेनगंज में 10 अक्तूबर, 1920 को बिहार छात्र संघ का अधिवेशन बुलाया गया था, जिसकी अध्यक्षता सी.एफ. एंड्रूज ने की थी। वे गांधीजी के सहयोगी थे। इस अधिवेशन में मजहरूल हक, अब्दुल बारी, चंद्रवंशी सहाय, जी. इमाम, कृष्ण प्रसन्न सेन आदि शामिल हुए थे। इस अधिवेशन में सरकार के साथ असहयोग करने का प्रस्ताव पारित हुआ

था। इस अधिवेशन के बाद डालटेनगंज में राष्ट्रीय विद्यालय की स्थापना हुई थी। इसके प्रधानाध्यापक थे बिंदेश्वरी पाठक। डालटेनगंज में कायस्थ पाठशाला से जुड़े लोग काफी सक्रिय थे। कृष्ण वल्लभ सहाय और देवकी प्रसाद सिन्हा ने भी डालटेनगंज का दौरा किया था। इस तरह गांधीजी के डालटेनगंज आने के पहले से वहाँ माहौल बन चुका था। इंतजार था तो सिर्फ इस बात का कि गांधीजी कब डालटेनगंज आते हैं।

11 जनवरी, 1927 को गांधीजी काशी से रेलगाड़ी से डालटेनगंज पहुँचे थे। गांधीजी की विशाल सभा हुई थी, जिसमें बीस हजार से ज्यादा लोग उनके दर्शन करने और उनके विचारों को सुनने के लिए पहुँचे थे। इनमें सैकड़ों लोग ऐसे थे, जो 25–30 मील की दूरी से पैदल आए थे। ऐसा माना जाता है कि डालटेनगंज के शिवाजी मैदान में गांधीजी की सभा हुई थी और उनके स्वागत में बहुत दूर से ही एकरंगा (लाल रंग का कपड़ा) सड़क पर बिछा दिया गया था। हालाँकि इसका कोई दस्तावेजी प्रमाण उपलब्ध नहीं हो सका। इस सभा की खासियत थी। भारी भीड़। लोगों में उत्साह इतना कि कई मील से दूर आए लोगों ने घंटों पहले आकर गांधीजी का इंतजार किया। इतनी बड़ी भीड़ तक अपनी आवाज पहुँचाना गांधीजी के लिए बड़ी चुनौती थी। उन्होंने एक रास्ता निकाला। हालाँकि इसमें उन्हें काफी मेहनत करनी पड़ी। गांधीजी ने चारो दिशाओं के मध्य में घूम-घूमकर भाषण दिया था, ताकि लोग उनकी आवाज को सुन सकें। दो विषयों पर उन्होंने अपने भाषण में ज्यादा जोर दिया था। एक था स्वामी श्रद्धानंद की हत्या का मामला और दूसरा खादी। गांधीजी के डालटेनगंज आने के कुछ दिनों पहले 23 दिसंबर, 1926 को स्वामी श्रद्धानंद की हत्या कर दी गई थी। इस हत्या के बाद देश भर में चर्चा हुई थी। गांधीजी ने स्वामीजी की हत्या के खिलाफ गुवाहाटी कांग्रेस में प्रस्ताव पढ़ा था, काशी की सभा में भी जिक्र किया था और जब डालटेनगंज में बोलने का अवसर मिला तो यहाँ भी चर्चा की थी। गांधीजी ने लोगों को संबोधित करते हुए कहा था, "सन् '25 में प्रवास पर निकला था, तब यहाँ आने का निश्चय किया था, परंतु तब मेरा स्वास्थ्य अच्छा नहीं था। इसलिए नहीं आ सका था। आपके चंदे के लिए आपका आभार मानता हूँ। हम पर अस्पृश्यता का जो कलंक लगा हुआ है, उसे दूर करना चाहिए। मैं आशा रखता हूँ कि श्रद्धानंदजी के बलिदान से वह दूर हो जाएगा। श्रद्धानंदजी के बलिदान का यह फल आए कि उनके रुधिर से हम अपना हृदय पवित्र बना लें। कोई भी हिंदू उनके खून का बदला लेने का विचार न करे।

कोई मुसलमान उसके लिए गुप्त सहानुभूति न दिखाए। दूसरी बात खादी की। खादी के लिए बिहार ऐसा सूबा है कि वह सारे भारत को खादी पहुँचाने का बीड़ा उठा सकता है। मेरे नाम बिना हस्ताक्षर का एक पर्चा आया है। मुझे लगता है कि यह ईसाइयों का होगा। इसमें लिखा है कि प्रत्येक भारतवासी बाइबिल पढ़े। इसमें ऐसी बातें लिखी हैं, जो मेरे सपने में भी नहीं थी। जो भाई इन लोगों के लिए काम करते हैं, वे इन लोगों से कह दें कि इस पर्चे में अर्द्ध सत्य है और अर्द्ध सत्य तो झूठ से भी खराब है। अंत में फिर आपकी थैली के लिए अहसान मानता हूँ।"

गांधीजी ने चंदे में दी गई उस राशि के लिए डालटेनगंज के लोगों का आभार व्यक्त किया था, जो उन्होंने गांधीजी को भेंट की थी। शहरी व्यापारियों ने लगभग डेढ़ हजार रुपए जमा किए थे। दूर-दूर से आए लोगों ने छोटी-छोटी राशि दी थी और यह राशि 526 रुपए की थी। गांधीजी की सभा में अच्छी-खासी संख्या में महिलाएँ भी आई थीं। उन्होंने सोने-चाँदी के गहने भी गांधीजी को सौंप दिए थे। गांधीजी इस प्रकार मिले सहयोग से बहुत खुश थे, क्योंकि इसमें गरीबों ने भी अपनी ताकत के अनुसार सहयोग किया था। उस दिन खादी की भी खूब बिक्री हुई थी। लगभग दो हजार रुपए की खादी तुरंत बिक गई थी।

पुस्तकालय भी गए थे गांधीजी

डालटेनगंज का वह पुस्तकालय, जहाँ गांधीजी गए थे।

अपने डालटेनगंज दौरे पर गांधीजी 11 जनवरी, 1927 को मारवाड़ी सार्वजनिक पुस्तकालय भी गए थे। वहाँ के विजिटर्स बुक में उन्होंने लिखा था—इस पुस्तकालय को देख मुझे आनंद हुआ है। मैं इस पुस्तकालय की उन्नति चाहता हूँ। उस दिन उनके साथ राजेंद्र बाबू भी थे। डालटेनगंज का दौरा पूरा कर गांधीजी धनबाद और झरिया के लिए रवाना हो गए थे।

□

गोमिया : संतालों की सभा में दिया था भाषण

1934 में जब महात्मा गांधी छोटानागपुर का दौरा कर रहे थे, तब वे सिर्फ बड़े शहरों (जमशेदपुर, धनबाद, राँची, झरिया) में ही नहीं जाते थे, बल्कि छोटी-छोटी जगहों पर जाकर भी सभा करते थे। इसी क्रम में गांधीजी लोगों को समझाने का प्रयास करते थे, उन्हें जागरूक करते थे। खादी का भी प्रचार करते थे। गांधीजी ने सूत कताई में लगे लोगों को यह फार्मूला भी बताया था कि कम-से-कम मेहनत से, अच्छी तकनीक का इस्तेमाल कर अधिक-से-अधिक और अच्छी क्वालिटी का सूत कैसे तैयार कर सकते हैं। ये सारी बातें उन्होंने सभा में बताई थी। 28 अप्रैल, 1934 को गांधीजी गोमिया गए थे और वहाँ उन्होंने करमाटांड़ गाँव के गोबीटांड़ मैदान में सभा को संबोधित किया था। सभा में संतालों की संख्या अच्छी-खासी थी। इस क्षेत्र के लोग स्वतंत्रता संग्राम में बढ़-चढ़कर हिस्सा ले रहे थे। कृष्ण वल्लभ सहाय, शालीग्राम सिंह और रामनारायण सिंह लगातार इस क्षेत्र में आंदोलन को गति देने के लिए आते रहे थे। स्थानीय स्तर पर इस सभा को आयोजित करने में होपन माझी, बंगम माझी और लक्ष्मण माझी ने काफी सहयोग किया था। होपन माझी तो उस क्षेत्र में पहले से काम कर रहे थे। 23 अगस्त, 1930 को दो हजार रुपए दंड नहीं चुका सकने के कारण उन्हें एक साल की साधारण कारावास की सजा मिली थी। उन्हें हजारीबाग जेल में भेजा गया था, लेकिन हजारीबाग के तत्कालीन उपायुक्त की अनुशंसा पर पहले ही रिहा कर दिया गया था। उसके बाद से वे के.बी. सहाय, शालीग्राम सिंह के साथ मिलकर गोमिया और इसके आसपास स्वतंत्रता आंदोलन को आगे बढ़ा रहे थे। सभा की जिम्मेवारी भी जिन लोगों को सौंपी गई थी, उनमें से होपन माझी भी थे। उनके लिए सबसे बड़ी चुनौती थी कि मंच कैसे बनाया जाए और क्या उपाय किया जाए, ताकि भीड़ बढ़ जाने पर भी

लोग गांधीजी की आवाज को सुन सके। सभा स्थल पर सखुआ की लकड़ी का मंच बनाया गया था, जिससे गांधीजी ने भाषण दिया था। जल्दबाजी में तय किया गया था कि टीन के चदरा का भोंपू बनाया जाए, ताकि गांधीजी माइक की जगह उसी से बोल सकें। गांधीजी ने उसी भोंपू का उपयोग कर भाषण दिया था।

गांधीजी ने तय किया था कि इस बार वे संताल आदिवासियों से मिलकर न सिर्फ उनका उत्साह बढ़ाएँगे, बल्कि जिन सामाजिक समस्याओं से वे जूझ रहे हैं, उसके बारे में भी चर्चा करेंगे। उन दिनों बड़ी संख्या में आदिवासी भी चरखा आंदोलन से जुड़ चुके थे। वे सूत कातते थे और खद्दर बुनते थे। गांधीजी यह सब देखकर काफी खुश थे। गोमिया की सभा में गांधीजी ने कहा था कि आप लोगों (संतालों) से मिलकर बड़ी खुशी हुई। यह एक बड़ी अच्छी चीज है कि आप काफी मात्रा में सूत तैयार करते हैं और उसी का बुना हुआ कपड़ा खुद पहनते हैं। लेकिन मुझे इससे पूरा संतोष नहीं होता। मैं चाहता हूँ कि सभी संताल लोग कताई-बुनाई को अपना लें। अगर आप सभी लोग अपनी जरूरत के कपड़े की कताई-बुनाई करेंगे और अपना ही तैयार किया हुआ कपड़ा पहनेंगे तो आप खादी के महान् आदर्श की पूर्ति करेंगे और आपकी अपनी स्थिति भी कहीं बेहतर हो जाएगी। ऐसी कौन सी माताएँ-बहनें हैं, जो अपने घरों से रोटियाँ बनाना छोड़कर बाजार से रोटियाँ लेने की बात सोचेंगी ? जिस तरह हम अपने घरों में बनी चपातियाँ ही खाते हैं, उसी तरह हमको घर का कता-बुना कपड़ा ही पहनना चाहिए। यह भी याद रखिए कि घरों में चपातियाँ बनानेवाली हमारी माताएँ-बहनें इस बात का पूरा खयाल रखती हैं कि हमें बुरी तरह गूँधे हुए आटे की कच्ची रोटियाँ न दी जाएँ। वे जानती हैं कि परिवार की भलाई इसी में है कि चपातियाँ अच्छी बनाई जाएँ। ठीक यही हमें खादी के बारे में सोचना चाहिए। हमें तब तक चैन से नहीं बैठना चाहिए, जब तक हम पिंजाई, कताई और बुनाई अच्छी तरह न करने लगें। इसी प्रकार घर के इस्तेमाल के लिए अच्छा तथा टिकाऊ कपड़ा तैयार न करने लगें।

गांधीजी ने कहा था कि अभी जिस किस्म की आप पिंजाई और कताई कर रहे हैं, इसमें सुधार करना होगा। अभी आपके चरखे सामान्य हैं और कताई करने में आपको बहुत श्रम करने के बावजूद बहुत अच्छा परिणाम नहीं मिल पा रहा है। मुझे इससे असंतोष होता है। लेकिन अगर आपको सही तकनीक की जानकारी हो तो इसमें आसानी से सुधार किया जा सकता है। आप जो उत्पादन कर रहे हैं, उसकी गति धीमी है। आपकी खादी मोटी है। इसका मूल कारण है कि आपको तकनीक की

जानकारी नहीं है। इसका यही अर्थ है कि आपकी सेवा, आपकी सहायता के लिए आपके बीच जो लोग काम कर रहे हैं, वे आपको खादी उत्पादन का पूरा कौशल नहीं बता पाए हैं। ये उन्होंने जानबूझकर नहीं किया है। मुझे लगता है कि उन लोगों को भी कौशल की पूरी जानकारी नहीं है। जब उन्हें ही जानकारी नहीं है तो आपको वे क्या बता पाएँगे। सिखानेवालों के लिए यह जरूरी है कि सिखाने के पहले वह स्वयं इस कला में निपुण हो। गांधीजी ने न सिर्फ भाषण दिया, बल्कि वहाँ मौजूद लोगों को अपने औजारों में सुधार करने के तरीके भी बताए। गांधीजी ने उन्हें कहा कि आप जो उत्पादन करते हैं, जितना सूत कातते हैं, इसमें जितना समय लगता है, उतना ही सूत आप आधे समय में कात सकते हैं। इससे आपके दूसरे काम करने का भी समय मिल जाएगा। यदि आप ज्यादा कपड़ा बनाना चाहते हैं तो बचे हुए समय में उसी चरखे से और ज्यादा सूत कात सकते हैं, कपड़े का उत्पादन दोगुना हो जाएगा।

अपने बिहार दौरे पर गांधीजी ने कई जगहों पर सामाजिक बुराइयों पर चर्चा की थी। गोमिया में भी उन्होंने शराबखोरी पर लोगों से बात की। गांधीजी को जमशेदपुर, धनबाद आदि जगहों पर जानकारी मिली थी कि मजूदर कठिन शारीरिक श्रम कर पैसे तो कमा लेते हैं, लेकिन शराब के नशे के कारण पैसे शराब में उड़ा देते हैं। इसका उन पर और उनके परिवार पर बहुत बुरा असर पड़ता है। घर में अशांति होती है। आदिवासी इलाकों में इस प्रकार की शिकायतें ज्यादा ही मिलती थीं। गोमिया की सभा में आदिवासियों की संख्या अच्छी थी। इसलिए गांधीजी के लिए अपनी बात उन तक पहुँचाने का अच्छा अवसर था। गांधीजी ने उपस्थित लोगों को कहा था कि मनुष्य की नैतिकता पर शराब का भयंकर प्रभाव पड़ता है। जो लोग शराबखोरी की लत लगा चुके हैं, उनको आगे से इस जहर को बिल्कुल त्याग देना चाहिए। गांधीजी को वहाँ एक मानपत्र भी दिया गया था। इसमें अनेक शिकायतों का जिक्र किया गया था। गांधीजी ने मानपत्र में दर्ज एक-एक शिकायत और समस्या पर बात की, उन्हें हल का रास्ता भी बताया। गांधीजी ने कहा कि आपको धैर्य रखना चाहिए और ज्ञान अर्जित करना चाहिए। शुद्ध तथा निष्ठापूर्ण जीवन के अनुभव से प्राप्त होनेवाला ज्ञान अर्जित करना चाहिए। आप कताई के अपने तरीके में सुधार करके जो समय बचाएँगे, वह रामायण तथा अन्य धर्म ग्रंथों के अध्ययन में, अपनी हिंदी सुधारने में, बांग्ला सीखने में तथा इसी तरह के अन्य अपने प्रिय कामों में लगा सकते हैं। यदि आप इस तरीके से पवित्रता और ज्ञान हासिल करेंगे तो आपके

सारे कष्ट मिट जाएँगे। आपको पूरी आस्था और भक्तिभाव से राम का नाम लेना सीखना चाहिए। रामायण पढ़ने पर आप तुलसीदास से सीखेंगे कि इस दिव्य नाम की आध्यात्मिक शक्ति क्या है। आप पूछ सकते हैं कि ईश्वर के अनेक नामों में से एक रामनाम ही क्यों जपने के लिए कहा है। यह सच है कि ईश्वर के नाम असंख्य हैं, किसी एक वृक्ष की पत्तियों से अधिक है और मैं आपको गॉड शब्द का प्रयोग करने के लिए भी तो कह सकता था। लेकिन यहाँ के परिवेश में आपके लिए उसका क्या अर्थ होगा। उस शब्द के साथ यहाँ आपकी कौन सी भावनाएँ जुड़ी हुई हैं? गॉड शब्द का जाप करते समय आपको अपने हृदय में कुछ महसूस भी हो, उसके लिए मुझे आपको थोड़ी अंग्रेजी पढ़ानी होगी। मुझे विदेशों की जनता के विचार तथा उनकी भावनाओं से भी आपको परिचित कराना पड़ेगा।

गांधीजी ने राम का नाम जपने के पीछे कई तर्क दिए, लोगों को इसके बारे में समझाया और कहा कि राम नाम जपने के लिए कहते हुए मैं आपको एक ऐसा नाम दे रहा हूँ, जिसकी पूजा इस देश की जनता न जाने कितनी पीढ़ियों से करती आ रही है। यह एक ऐसा नाम है, जो हमारे यहाँ के पशुओं, पक्षियों, वृक्षों और पाषाणों तक के लिए हजारों-हजार साल से परिचित रहा है। आप अहिल्या की कथा जानते हैं? मैं देख रहा हूँ कि आप नहीं जानते। पर रामायण का पाठ करने पर आपको पता चल जाएगा कि राम के पाद-स्पर्श से ही कैसे सड़क के किनारे पड़ा एक पत्थर प्राणयुक्त, सजीव हो गया था। राम का नाम आपको इतनी मधुरता और इतनी भक्ति के साथ लेना सीखना चाहिए कि उसे सुनने के लिए पक्षी अपना कलरव बंद कर दें। उस नाम के दिव्य संगीत पर मुग्ध होकर वृक्ष भी अपने पत्ते आपकी ओर झुका दें। जब आप ऐसा करने में समर्थ हो जाएँगे, तब मैं आपसे कहता हूँ कि मैं बंबई से पैदल चलकर एक तीर्थ यात्री की भाँति आपको सुनने आऊँगा। उसके मधुरिमा-पगे नाम में एक ऐसी शक्ति निहित है, जो हमारी सारी बुराइयों के लिए रामवाण है।

होपन माझी के घर गए थे गांधीजी

अपने इस दौरे में गांधीजी होपन माझी के घर गए थे। वहाँ उनके परिवार से मिले थे। होपन माझी लंबे समय से उस क्षेत्र में आजादी की लड़ाई लड़ रहे थे। वे हजारीबाग जेल में बंद थे। वहाँ से रिहा होने के बाद आजादी की लड़ाई में शामिल हो गए थे। गांधीजी ने उन्हें संदेश दिया था कि कैसे आदिवासियों (यहाँ संताल) को शराब से दूर रखने के लिए वे अभियान चलाएँ, उन्हें समझाएँ, ताकि उनका

जीवन स्तर और बेहतर हो सके। गोमिया का अपना दौरा खत्म कर गांधीजी राँची आ गए थे।

बेरमो-डुमरी भी गए थे गांधीजी

28 अप्रैल, 1934 को महात्मा गांधी हजारीबाग से गोमिया होते हुए, जब झरिया जा रहे थे, वे बेरमो भी गए थे। बेरमो में उन्होंने एक जन सभा भी की थी। इस सभा में गांधीजी को जनता ने हरिजन कल्याण कोष के लिए 2646 रुपए, सात आना और नौ पाई की सहायता राशि भी दी थी। महिलाओं की एक बैठक में भी उन्होंने भाग लिया था। इस बैठक में उन्हें लगभग 210 रुपए की सहायता राशि प्रदान की गई थी। बेरमो से गांधीजी को झरिया जाना था। वे डुमरी होते हुए झरिया गए थे। बेरमो से झरिया की कुल दूरी 64 मील की थी, जिसे उन्होंने कार से पूरा किया था। डुमरी में भी वे कुछ समय के लिए ठहरे थे, लोगों से मुलाकात की थी। वहाँ से भी उन्हें कुछ राशि दी गई थी। डुमरी के बाद गांधीजी उसी दिन कतरासगढ़ गए थे। इसके बाद झरिया गए थे, जहाँ उन्होंने रात्रि विश्राम किया था।

□

झरिया में हिंदी में मानपत्र देखकर खुश हो गए थे

कांग्रेस के अधिवेशन, देशबंधु सहायता कोष, भूकंप राहत कोष या राष्ट्रीय विद्यालय में सहयोग करने की जब-जब चर्चा होती है, झरिया का नाम बड़े आदर से लिया जाता है। यह पूरा क्षेत्र कोयले की खान से भरा पड़ा है। आज भी इस क्षेत्र में पैसे की कमी नहीं है और उन दिनों भी नहीं थी। इस क्षेत्र में कई ऐसे लोग थे, जिन्होंने स्वतंत्रता संग्राम में आर्थिक तौर पर बड़ी मदद की। इसलिए यह क्षेत्र महात्मा गांधी, राजेंद्र बाबू या देशबंधु चितरंजन दास जैसे बड़े नेताओं के लिए अपरिचित नहीं था। राजेंद्र बाबू की भी इच्छा थी कि महात्मा गांधी झरिया का दौरा करें। यह मौका मिला 1921 में। महात्मा गांधी 1921 और 1927 में धनबाद और झरिया आए थे। इसके बाद 1934 में भी गांधीजी ने अस्पृश्यता के खिलाफ जागरूकता फैलाने के लिए झरिया का दौरा किया था। कोलकाता से 5 फरवरी, 1921 को गांधीजी पहले धनबाद आए। फिर झरिया गए। राष्ट्रीय विश्वविद्यालय के लिए कोष संग्रह करने के लिए उन्होंने यह दौरा किया था और यहाँ उन्हें बंगाल जैसी सफलता भी मिली थी। बंगाल में तो लड़कियों ने जेवर तक यह कहते हुए दान कर दिया था कि जब देश ही पराधीन है तो इन जेवरों का क्या अर्थ है। झरिया में तो राष्ट्रीय विश्वविद्यालय के लिए 60 हजार रुपए दिए गए थे। उस समय यह बहुत बड़ी राशि थी। खुद गांधीजी ने पटना में यह घोषणा की थी और बताया था कि इस रकम का बड़ा हिस्सा गुजरातियों, बंगालियों और मारवाड़ियों ने दिया था। कतरास का उन्होंने जिक्र किया था, जहाँ के एक बंगाली जमींदार ने अकेले दो हजार रुपए दिए थे। बड़ी रकम देनेवाले अधिकांश लोग बिहार के बाहर के थे। इससे गांधीजी काफी खुश थे और उन्होंने पटना के भाषण में जिक्र करते हुए कहा कि बिहार के बाहर के लोगों ने इतनी बड़ी राशि इसलिए दी है,

क्योंकि वे यह अनुभव करने लगे हैं कि राष्ट्रीय विश्वविद्यालय भले ही बिहार में स्थापित किया गया है, पर वह राष्ट्र के लिए काम करेगा। इसे आगे बढ़ाना राष्ट्रीय धर्म है। इस दौरे में गांधीजी काफी व्यस्त थे। झरिया से जब देवदास गांधी को उन्होंने पाँच फरवरी को पत्र लिखा तो इसका उल्लेख किया कि उन्हें सोने तक का समय नहीं मिलता। फिर पत्र का जवाब कैसे दें। इस दौरे में गांधीजी के साथ जमनादास, डॉक्टर और प्रभुदास भी थे। झरिया का कार्यक्रम खत्म कर गांधीजी पटना चले गए थे।

पहली बार जब महात्मा गांधी झरिया आए थे तो उनका मुख्य उद्देश्य राष्ट्रीय विद्यालय के लिए राशि जमा करना था। वहाँ एक सभा को संबोधित करते हुए कहा था कि मैं श्रमिकों के सामने भाषण देने के लिए ही आया हूँ। मैंने अपना जीवन श्रमिकों के साथ ही बिताया है और उनके रिवाज-जरूरतों को बेहतर समझता हूँ। श्रमिकों के वर्तमान हालात को देखकर मैं दुःखी हूँ। लेकिन मैं श्रमिक भाइयों को यह बताना चाहता हूँ कि मेरे पास कोई ऐसा फार्मूला नहीं है, जिससे 24 घंटे के भीतर श्रमिकों की स्थिति सुधर जाए। लेकिन अगर वे खदान क्षेत्र में कुछ दिन रह जाएँ तो शायद उन्हें कोई निदान बता सके। हालाँकि अभी उनके लिए ऐसा संभव नहीं है, क्योंकि उनके जिम्मे कई और महत्त्वपूर्ण काम हैं। सब जानते हैं कि भारत एक अजीब किस्म के रोग से ग्रसित है। इसे ठीक करने में वे लगे हुए हैं। यह रोग है अधिक शिक्षित लोगों द्वारा धन जमा करने की लालसा। धनी और शिक्षित लोग यह महसूस नहीं कर पा रहे हैं कि अधिक धन जमा करना गुलामी की निशानी है। धनवान और शिक्षित लोगों के मन में अभी भी शंका है कि क्या चुप रहा जाए या नहीं। गांधीजी ने कहा कि मैंने पहले ही कहा था कि अंग्रेज सरकार रावण की सरकार की तरह है, इसलिए सरकार के साथ बगैर असहयोग किए आजादी नहीं मिल सकती। इसलिए लोगों को चाहिए कि वे सरकार के साथ असहयोगात्मक रुख बनाए रखें। लेकिन ध्यान रहे कि हिंसा का सहारा लिये बिना अपने काम को जारी रखें। श्रमिकों को गांधीजी ने कहा कि जो सलाह मैंने आपको दी है, उसे याद रखें, भूले नहीं। मैंने किसी को नहीं कहा कि अंग्रेजों के साथ दुश्मन जैसा व्यवहार करें और उनका गला काटें। सिर्फ इतना कहा है कि सरकार क्रूर है और इसलिए उसके साथ कोई सहयोग नहीं करें। ऐसे हालात में वे अपनी पत्नी, अपने भाई और यहाँ तक कि अपने पिता के साथ भी ऐसा ही रुख अपनाते।

गांधीजी ने श्रमिकों से कहा कि उनके (श्रमिकों) पास लाठी का प्रयोग करने की भी क्षमता है, लेकिन इससे उनका ही नुकसान होगा। वे यह भी नहीं जानते कि कब और किसके खिलाफ वे लाठी का प्रयोग करेंगे। बेहतर है कि आप श्रमिक बुरी आदतों को छोड़ दीजिए। शराब पीना, धूम्रपान करना और जुआ खेलना बंद कर दीजिए। ऐसी आदतों के कारण ही इस धंधे में लगे लोग आप श्रमिकों का शोषण करते हैं, आपका जीवन खराब करते हैं। इस धारणा में मत रहिए कि जिस व्यक्ति के पास बहुत जेवरात है, वह सुखी है और जिन लोगों के पास नहीं है, अगर वे सोने-चाँदी के अधिक-से-अधिक जेवरात जमा कर लें तो वे भी सुखी हो जाएँगे। ऐसा नहीं होता। गांधीजी ने कहा कि खान मालिक अपने श्रमिकों की सुख-सुविधा का खयाल रखें और उनकी आर्थिक स्थिति को बेहतर करने में लग जाएँ। श्रमिक भी उत्पादन बढ़ाने में लग जाएँ। हड़ताल करने से बचें और जहाँ काम करते हैं, उसके मालिकों के साथ मिलकर रहें। कांग्रेस को जो कदम उठाना है, वह उठा रही है। अधिवक्ताओं को चाहिए कि वे ब्रिटिश कोर्ट में वकालत करना छोड़ दें। बच्चे स्कूल न जाएँ। स्वदेशी चीजों का प्रयोग करें। महिलाएँ और लड़कियाँ चरखा से सूत कातने में लग जाएँ। इससे देश को जो करोड़ों रुपया विदेशी कपड़े के लिए बाहर जा रहा है, वह देश में ही रहेगा। अगर पैसा को देश में ही रोकने में भारतीय सफल हो जाते हैं तो देश को आजाद होने में ज्यादा वक्त नहीं लगेगा। गांधीजी ने कहा कि हिंदू और मुसलमान दोनों एक-दूसरे का सम्मान करें। मिलकर रहें। उन्हें ऐसा नहीं सोचना चाहिए कि देश आजाद हो जाएगा तो वे एक होकर नहीं रह सकते।

इस सभा के पहले गांधीजी ने महिलाओं की एक सभा को संबोधित किया था, जहाँ उन्होंने राष्ट्रीय विद्यालय के लिए लोगों से सहयोग करने की अपील की थी। उन्हें महिलाओं की ओर से भारी मात्रा में जेवरात मिले थे। गांधीजी को सबसे ज्यादा पसंद एक गरीब महिला द्वारा दिया गया वह पैसा आया, जिसे वह चिथड़े में बाँधकर लाई थी। उस कम पैसे का असली महत्त्व करोड़ों रुपए से ज्यादा था। गांधीजी ने कहा था कि झरिया के लोगों ने खुलकर सहयोग किया है। लाला रामजस अगरवाला ने 15 हजार रुपए देने की पहल की है। उन्होंने दूसरे व्यवसायियों पर भी पैसे देने का दबाव बनाया। उनके आग्रह पर कई और व्यवसायी आगे आए और अच्छी राशि दी। महिलाओं ने साढ़े तीन हजार रुपए के साथ-साथ दो-तीन हजार के जेवर भी दिए। कुल मिलाकर यह राशि 60 हजार की हो गई थी।

खादी की दुकान पर गए थे गांधीजी

दूसरी बार गांधीजी 12 और 13 जनवरी, 1927 को धनबाद और झरिया के दौरे पर थे। इससे पहले गांधीजी की डालटेनगंज में सभा हो चुकी थी। वहाँ से वे धनबाद पहुँचे थे। 12 को ही शाम में झरिया में गांधीजी ने सभा की। सभा के पहले वे खादी की दुकान पर गए और यह जानना चाहा कि वहाँ कितनी खादी बिक रही है। लोगों की रुचि खादी पहनने में है कि नहीं। उन्होंने सारा आँकड़ा पहले ही इकट्ठा कर लिया था। पूरा क्षेत्र घूमने के बाद गांधीजी को जो जानकारी मिली थी, उससे वे नाराज थे। इसका कारण था कि झरिया में खादी की बहुत कम बिक्री हो रही थी। उसकी तुलना में विदेशी कपड़े कई गुना अधिक बिक रहे थे। गांधीजी को जब सभा में बोलने का मौका मिला तो उन्होंने एक-एक कर इन सभी बातों को उठाया।

गांधीजी इस बात को बखूबी समझते थे कि जो लोग उनकी सभा में उन्हें सुनने आए हैं, उनमें से अधिकांश हिंदी या बँगला ही समझते हैं। इसलिए उन्होंने भाषण के दौरान कई ऐसी बातें कहीं, जिसने मजदूरों-श्रोताओं का दिल जीत लिया था। दरअसल झरिया में भारतीय कोयला खान कर्मचारी संघ की ओर से उन्हें अभिनंदन-पत्र भेंट किया गया था। गांधीजी खुश थे कि यह अभिनंदन-पत्र उन्हें हिंदी में मिला था। अपने भाषण में भी उन्होंने इसका उल्लेख किया। दरअसल इसके पहले गांधीजी को दो अभिनंदन-पत्र और मिले थे, जो अंग्रेजी में थे। उन्होंने आग्रह किया था कि उन्हें हिंदी में ही अभिनंदन-पत्र दिए जाएँ। गांधीजी ने भाषण देते हुए कहा कि मुझे इस बात की खुशी है कि कर्मचारी संघ के अध्यक्ष ने मेरी विनती स्वीकार कर ली और अंग्रेजी में लिखा हुआ अभिनंदन-पत्र नहीं पढ़ा। मुझे सुबह दो अभिनंदन-पत्र मिल चुके हैं, जो अंग्रेजी में लिखे थे। लेकिन इस तीसरे अभिनंदन-पत्र पर मैंने आपत्ति की, क्योंकि इस सभा में बहुत कम ऐसे लोग हैं, जो अंग्रेजी भाषा समझ सकते हैं। यदि अभिनंदन-पत्र हिंदी या बांग्ला में होता तो मैं उसे बहुत पसंद करता। अंग्रेजी भाषा से मेरा कोई झगड़ा नहीं है। वस्तुतः वह एक अच्छी भाषा है। मैं उसका कुछ ज्ञान रखने का दावा रखता हूँ। यदि मुझे अंग्रेजी के प्रति द्वेष होता तो मैं अंग्रेजी भाषा का पत्र नहीं चला रहा होता। लेकिन अंग्रेजी भाषा का प्रयोग करने के लिए सभी अवसर अनुकूल नहीं हैं। आपकी अपनी राष्ट्रभाषा है, जो हिंदी है। आप अंतरप्रांतीय मामलों में आसानी से उसका प्रयोग कर सकते हैं। भले ही वह टूटी-फूटी हो। किसी आदमी की पहचान उसके

शब्दों से नहीं होती। आपको तो यह देखना चाहिए कि उसका हृदय सच्चा है या नहीं। खुद मैं भी, चाहे व्याकरण की दृष्टि से गलत हिंदी बोलूँ; लेकिन मेरा उद्देश्य सच्चा है और इतना ही इस बात के लिए काफी है कि आप मेरे भाषण पर ध्यान दें। उन्होंने कहा कि झरिया ऐसी जगह है, जहाँ हिंदू, मुसलमान, सिख, ईसाई, मारवाड़ी, गुजराती, बंगाली, बिहारी बल्कि भारत के सभी प्रांतों के लोग साथ-साथ रहते हैं। वे सब किसी के प्रति दुर्भाव रखे बिना मित्रतापूर्वक रहते हैं।

महात्मा गांधी ने खादी के प्रचार-प्रसार और महत्त्व पर भी जोर देते हुए कहा कि विदेशों से आयातित कपड़े से भारत की कितनी तबाही हुई है। यह तो स्वाभाविक और वांछनीय भी है कि मनुष्य दूसरों का भला करने का प्रयत्न करे, चाहे वे किसी भी देश या धर्म के लोग क्यों न हों। लेकिन दूसरों की मदद इस ढंग से करना कि खुद अपने ही घर को अपूरणीय क्षति पहुँचे, भयंकर गलती है। फिर आप विदेशी कपड़ा क्यों पहनते हैं? क्या आप मैनचेस्टर के बुनकरों की मदद करने के लिए ऐसा करते हैं? निश्चय ही नहीं। इस प्रश्न का मुझे एक ही जवाब मिल सका है। वह यह कि विदेशी वस्त्र पहनना फैशन है, खद्दर खुरदरा और मोटा होता है। लेकिन सोचिए, अगर आपकी माँ के हाथ की बनी रोटी खराब हो, तो क्या आप उसे खाने से इनकार कर देंगे और बेहतर रोटी के लिए घर-घर माँगते फिरेंगे? खद्दर आपकी मातृभूमि का उपहार है और इसलिए आपके लिए पवित्र वस्तु है। आप अपनी माँ से बेहतर रोटी की माँग कर सकते हैं, लेकिन जब तक वह तैयार न हो सके, तब तक खराब रोटी को ही संतोष के साथ खाने के सिवा कोई और चारा नहीं है। इसी तरह से आप खद्दर की किस्म बेहतर बनाने की कोशिश कर सकते हैं, लेकिन जब तक बेहतर खद्दर न मिल सके, तब तक जैसा भी खद्दर मिले, उसी से संतोष करना होगा, भले ही वह कितना ही खुरदरा क्यों न हो।

गांधीजी ने सभा को संबोधित करते हुए कहा था कि भारतीय संस्कृति की प्रमुख विशेषता यही रही है कि व्यक्ति दुःख में पड़े हुए अन्य मानवों की मदद करे। खद्दर पहनकर आप गरीबों की सहायता करने का अपना धार्मिक कर्तव्य पूरा कर सकते हैं। आपकी गीता आपको सिखाती है कि जो व्यक्ति यज्ञ नहीं करता, वह पाप करता है। चरखा चलाना आपके लिए यज्ञ के समान है और हर घर में यज्ञवेदी की तरह चरखा रखा जाना चाहिए। मैं अभी स्थानीय खादी भंडार से आ रहा हूँ। मैंने देखा है कि उस दुकान में केवल एक हजार रुपए का खद्दर

रखा गया है और वह भी बेचा नहीं जा सका है। मैं नहीं जानता कि झरिया में कितने रुपयों का विदेशी कपड़ा बेचा गया है, लेकिन मैं अच्छी तरह जानता हूँ कि विदेशी वस्त्रों की बिक्री खद्दर की बिक्री की अपेक्षा कई गुना ज्यादा हुई है। मेरे लिए यह बड़े ही खेद की बात है कि झरिया में इतनी छोटी सी खादी की दुकान भी नहीं चलाई जा सकती है। मैं सबसे अपील करता हूँ कि आप सब खद्दर पहनना नियम बना लें। मेरा अनुरोध है कि आप सब लोग गंभीरतापूर्वक समस्त विदेशी वस्त्र का बहिष्कार करने और केवल खादी पहनने का संकल्प करें।

गांधीजी ने मजदूरों से कहा कि वे नशाबंदी का पालन करें और सभी तरह के वस्त्रों को छोड़कर सिर्फ खद्दर पहनें। ऐसा करके आप अपने सैकड़ों ऐसे भूखे भाई-बहनों को भोजन देने का काम करेंगे, जो रोजी के अभाव में एक पैसा भी नहीं कमा सकते। इसके बाद महात्मा गांधी ने अस्पृश्यता और हिंदू-मुसलिम तनाव पर भी चर्चा की। महादेव देसाई ने अपनी डायरी में कुछ मुसलिम अखबारों में छपी खबरों पर की गई गांधीजी की टिप्पणी का जिक्र किया है। महादेव देसाई के अनुसार, गांधीजी ने पहली बार स्पष्ट तौर पर कहा कि जिन मुसलमान अखबारों और लोगों ने गालियाँ फैलाई हैं और श्रद्धानंदजी, लालाजी और मालवीयजी को दुश्मन बताया है, वे ही लोग श्रद्धानंदजी की हत्या के लिए उत्तरदायी हैं। गांधीजी ने मालिक-मजदूरों के संबंध पर भी बात की थी। उन्होंने कहा कि मुझे इस बात की खुशी है कि संघ का कार्य प्रगति कर रहा है और मैं संयोजकों को उनकी सफलता के लिए बधाई देता हूँ। पूँजीपतियों और मजदूरों के संबंधों पर गांधीजी ने आश्वासन दिया कि उनकी सहानुभूति हमेशा गरीब मजदूरों से है। मेरा उद्देश्य मालिकों और मजदूरों में सहयोग और शांति कायम करना है। निश्चय ही जमशेदपुर के मजदूरों के लिए मैंने कुछ किया है, लेकिन यहाँ की स्थानीय परिस्थितियों से पूरी तरह मैं परिचित नहीं हूँ। जमशेदपुर में मजदूर नेताओं में से कुछ मेरे जाने हुए लोग और मेरे मित्र तथा भाई स्वरूप एंड्रूज भी थे। फिर भी यदि किसी भी समय मेरी मदद की जरूरत पड़ी तो मैं जो कुछ थोड़ा बहुत कर सकता हूँ, करूँगा। निश्चय ही मैं ऐसा नहीं मानता कि सभी पूँजीपति बुरे और दमनकारी हैं। बल्कि इसके विपरीत बहुत से ऐसे पूँजीपतियों को मैं जानता हूँ, जिनके दिलों में मजदूरों के भले का खयाल है। मजदूर सही रास्ते पर चलें, मुझे विश्वास है कि अंत में सत्य की विजय होगी।

गांधीजी ने जब यह कहा कि सारे पूँजीपति खराब नहीं होते, अच्छे भी होते

हैं और मजदूरों के प्रति अच्छी धारणा रखते हैं, तो इसके पीछे उनका अनुभव था। जमशेदपुर में जब टाटा प्रबंधन और मजदूर यूनियन के बीच चल रहा विवाद जब नहीं सुलझ पा रहा था तो मामले को सुलझाने के लिए गांधीजी को 1925 में बुलाया गया था। गांधीजी के रिश्ते प्रबंधन से बेहतर थे और जो मामला कई साल से नहीं सुलझ पा रहा था, गांधीजी के कहने पर उसी मामले पर तुरंत समझौता हो गया था। सिर्फ जमशेदपुर की ही बात नहीं थी। जिस जगह यानी झरिया में गांधीजी भाषण दे रहे थे, उसी शहर में एक ऐसे पूँजीपति थे, जो गांधीजी के करीबी थे, उनके भक्त थे और उनकी लड़ाई में हर संभव सहायता करने के लिए तैयार रहते थे। उनका नाम था रामजश अगरवाला। भारतीय कोयला उद्योग का बड़ा नाम। झरिया में कई खानों के वे मालिक थे। अगर उनके पास साधन था तो देश के लिए उस पैसे को खर्च करने, सहयोग करने का दिल भी था। चितरंजन दास और राजेंद्र बाबू के भी वे करीबी थे। 1922 के गया कांग्रेस अधिवेशन में जब अंतिम क्षणों में पैसे की जरूरत आ पड़ी थी, अगरवाला ने उस कमी को पूरा किया था। राजेंद्र बाबू के साथ वे कोलकाता में थे। वहीं से उनका परिचय हुआ था और इस संबंध को उन्होंने आगे बढ़ाया था। जब बिहार में भूकंप आया और राहत कार्य के लिए पैसे की जरूरत पड़ी, अगरवाला खुद पटना चले गए। उन दिनों राजेंद्र बाबू बीमार थे, उसके बावजूद वे राहत कार्य में जुड़े हुए थे। पटना में अगरवाला ने गांधीजी से मुलाकात की थी। 1940 में रामगढ़ अधिवेशन में भी अगरवाला ने साधन उपलब्ध कराने में काफी सहयोग किया था। अगरवाला के अलावा झरिया क्षेत्र में कुछ और लोग थे, जो स्वतंत्रता की लड़ाई को आगे बढ़ाने में जी-जान से जुटे हुए थे।

1934 में भी गांधीजी झरिया आए थे

1934 का साल बिहार के लिए बड़ी चिंता का साल था। इस साल बिहार में भयंकर भूकंप आया था और महात्मा गांधी ने भूकंप पीड़ितों के लिए बिहार में समय दिया था। यह वह वर्ष था, जब उन्होंने अस्पृश्यता के खिलाफ जागरूकता फैलाने के लिए और हरिजन राहत कोष में मदद करने के लिए छोटानागपुर का दौरा किया था। इसी क्रम में 28 अगस्त, 1934 को महात्मा गांधी हजारीबाग से विष्णुगढ़, गोमिया, बेरमो, डुमरी, कतरास होते हुए झरिया आए थे। झरिया में उन्होंने जनसभा भी की थी और हरिजन कल्याण कोष के लिए सहायता माँगी

थी। झरिया के लोगों ने उस दिन जनसभा में गांधीजी को उस कोष के लिए 1485 रुपए, 10 आना और एक पाइ की राशि दी थी। उस दिन रात में गांधीजी झरिया में ही ठहरे थे। दूसरे दिन यानी 29 अप्रैल को गांधीजी ने जामाडोबा कोलियरी में टाटा कोलियरी वर्कर्स और हरिजन वर्कर्स को संबोधित किया था। वहाँ से उन्हें इस कोष के लिए 931 रुपए की सहायता मिली थी। इसके बाद गांधीजी पुरुलिया, झालदा होते हुए राँची आ गए थे।

□

धनबाद : खद्दर पहनें, रोजगार बढ़ेगा

ऐसे तो महात्मा गांधी 5 फरवरी, 1921 को ही पहली बार धनबाद गए थे, लेकिन तब समय का अभाव होने के कारण उनका कोई बड़ा कार्यक्रम नहीं हो सका था। वे कोलकाता से धनबाद होते हुए उसी दिन झरिया गए थे। झरिया से ही उन्होंने उसी दिन जयरामदास दौलतराम को पत्र लिखा था। धनबाद और झरिया दौरे के बाद वे पटना लौट गए थे। रास्ते में ही उन्होंने ट्रेन से देवदास गांधी को पत्र लिखा था। इस पत्र से यह मालूम होता है कि गांधीजी के साथ उस समय जमनादास, डॉक्टर और प्रभुदास थे। ये सभी गांधीजी के साथ धनबाद सें ट्रेन से पटना जा रहे थे। पहले दौरे में गांधीजी अपने बहुत करीबियों से ही मिल पाए थे। लेकिन उनका दूसरा दौरा सार्वजनिक दौरा था। दूसरी बार महात्मा गांधी ने जिस दिन यानी 12 जनवरी, 1927 को धनबाद का दौरा किया था, उस दिन मौसम काफी खराब था। एक तो जनवरी का महीना, कंपकपा देनेवाली ठंड और इस ठंड के मौसम में बारिश होने से पूरा माहौल ही बदल गया था। इस दौरे में गांधीजी के साथ राजेंद्र बाबू (प्रसाद) भी थे। गांधीजी ने ऐसा मौसम देखकर राजेंद्र बाबू से पूछा था कि क्या इधर ठंड के मौसम में भी बारिश होती है? गांधीजी के सवालों का जवाब देते हुए राजेंद्र बाबू ने उन्हें बताया था कि यहाँ इस मौसम में बारिश होना कुछ भी असाधारण नहीं है। स्थानीय हॉल में गांधीजी ने सभा की थी, जहाँ उन्होंने कहा था कि निस्संदेह मुझे मालूम है कि बारिश की वजह से श्रोताओं को कितनी कठिनाई उठानी पड़ी है। मुझे भी कुछ कम कठिनाई नहीं हुई है। लेकिन मैं सभी तरह की कठिनाइयों के बीच काम कर सकता हूँ। मेरा जीवन हर तरह की कठिनाइयों से संघर्ष की एक लंबी कहानी रहा है। महात्मा गांधी ने भाषण के दौरान ही लोगों को बताया कि आखिर उनके यहाँ आने का उद्‌देश्य क्या है। उन्होंने कहा था कि आप शायद जानते हैं कि मेरे इस दौरे का उद्‌देश्य विशेष रूप से चरखे और खादी का

संदेश देना है। मैं यह स्वीकार करता हूँ कि स्वराज्य पाने की दृष्टि से देश में अन्य काम करने की काफी गुंजाइश है। लेकिन मैंने चरखे का काम इसलिए हाथ में लिया है, क्योंकि मैं जानता हूँ कि इस काम को हिंदू-मुसलमान, स्त्री-पुरुष, बाल-वृद्ध, स्पृश्य-अस्पृश्य सभी लोगों से करने को कहा जा सकता है। चरखा एक सार्वत्रिक चीज है और इसलिए हर व्यक्ति को अपनी क्षमता के अनुसार इससे कताई का काम करना चाहिए। चरखा कातना हर भारतीय का पवित्र कर्तव्य है। इस सार्वत्रिक यज्ञ में हर व्यक्ति से शामिल होने की अपेक्षा की जा सकती है। लेकिन यदि सब लोग ऐसा नहीं कर सकते तो एक काम अवश्य कर सकते हैं। कम-से-कम खद्दर तो सभी पहन सकते हैं।

समस्त भारत में सर्वत्र खद्दर के काम को बड़े पैमाने पर चलाने के लिए उस पर बहुत पूँजी खर्च करने की जरूरत है। वह पूँजी देश को ही जुटानी है। करीब 16 लाख रुपए पहले ही इकट्ठा हो चुके हैं और खर्च भी किए जा चुके हैं। इसके फलस्वरूप लगभग 50 हजार ऐसी औरतें और लगभग चार हजार आदमियों को रोजी मिली है, जिनके पास पहले लगभग कुछ काम करने को नहीं था। अधिकांश बुनकरों को लंकाशायर के बुनकरों से जबरदस्त मुकाबला होने के कारण अपना पेशा छोड़ना पड़ा था, उन्हें फिर से रोजी मिल गई है। धुनियों और रुई पींजनेवालों में काफी धन पहले ही वितरित किया जा चुका है। इसलिए कताई का काम गरीबों की रक्षा करनेवाला है, जबकि मध्यम वर्ग के लोग भी उससे काफी लाभ उठा सकते हैं। मध्य वर्ग के नौजवान सरकार से याचना और अमीरों की मिन्नत किए बिना अपनी बेरोजगारी की समस्या स्वयं ही बहुत कुछ सुलझा सकते हैं। निश्चय ही इस काम से बहुत आर्थिक लाभ की आशा नहीं की जा सकती, लेकिन नौजवान लोग खद्दर का काम फिर से अपनाकर ईमानदारी से जीविकोपार्जन भलीभाँति कर सकते हैं।

गांधीजी ने कहा कि जिस कोष के लिए मैं धन देने की अपील कर रहा हूँ, उसका नाम देशबंधु स्मारक कोष है, जो स्वर्गीय देशबंधु की पवित्र स्मृति को चिरस्थायी बनाने के लिए शुरू किया गया है। खद्दर उनको दिल से बहुत अधिक प्यारा था। उन्होंने इस बात को समझ लिया था कि चरखा ही एक ऐसी चीज है, जिसके जरिए जनसाधारण को गाँवों के पुनर्निर्माण के काम में लगाया जा सकता है। गाँवों का पुनर्निर्माण उनके जीवन का स्वप्न था, जिसे वे अपने जीवन में मूर्त नहीं कर सके। मृत्यु से कुछ दिन पहले उन्होंने खद्दर संबंधी दौरे में मेरे साथ चलने की अपनी इच्छा व्यक्त की थी, लेकिन मेरे मन कछु और है, विधना के कछु और।

अपनी योजना के अनुसार कुछ काम शुरू कर सकने के पहले ही मृत्यु के क्रूर हाथों ने उन्हें छीन लिया। उनकी अंतिम इच्छा पूरी करने के लिए ही यह अखिल भारतीय देशबंधु स्मारक कोष शुरू किया गया है, जिसका उपयोग अखिल भारतीय चरखा संघ द्वारा किया जाएगा। उन्होंने उन परिस्थितियों क़ा उल्लेख किया, जिनमें अखिल भारतीय स्मारक कोष को अस्पताल पर खर्च करने की अनुमति दी गई थी। उसी समय मैंने खद्दर कार्य के लिए अखिल भारतीय कोष में धन देने के लिए अपील की थी। देशबंधु की अंतिम इच्छा पूरी करने में आप सबके लिए अपना-अपना योगदान करने का यही अवसर है। इस कोष के लिए चंदा देकर दाता एक साथ दो काम कर सकता है। जो देशबंधु आपके लिए जिएँ और आप ही के लिए मरें, एक तो उनकी स्मृति का आप सम्मान करेंगे और दूसरे आप गरीबों को काम और पैसे से मदद करेंगे।

सभा में महात्मा गांधी का पूरा भाषण खादी, उसके उपयोग करने पर केंद्रित था। इसके लिए उन्होंने खादी की पूरी अर्थव्यवस्था लोगों को समझायी थी। गांधीजी ने कहा था कि एक गज खद्दर खरीदने का अर्थ है देश के गरीब लोगों को लगभग चार आने की मदद देना, जबकि विदेशी कपड़े पर पैसे खर्च करने का अर्थ है देश के भाइयों को कष्ट देते हुए उसी पैसे को देश से बाहर भेजना। भारतीय मिलों का कपड़ा खरीदने का अर्थ गरीबों की मदद करना नहीं है, क्योंकि उसमें मुनाफे का सबसे ज्यादा भाग पूँजीपतियों को मिलता है और वह श्रमिकों को नाममात्र का थोड़ा सा ही पैसा देता है, जो उनके जीवित रखने भर को काफी नहीं है। भारतीय मिलों के बने कपड़े खरीदने में खर्च किए जानेवाले धन का तीन-चौथाई हिस्सा पूँजीपतियों की पहले से ही खचाखच भरी तिजोरियों को ही भरता है। जबकि श्रमिकों को, जो सचमुच जरूरतमंद हैं, कुल मिलाकर मुनाफे के एक-चौथाई हिस्से से ज्यादा नहीं मिलता। देश की गरीबी से संघर्ष करने और उसमें सफलता पाने के लिए चरखा ही एकमात्र प्रभावशाली अस्त्र है।

गांधीजी ने धन देने की अपील करते हुए कहा कि मैं चाहता हूँ कि सभी उपस्थित लोग अपनी शक्ति के अनुसार इस महान् काम के लिए चंदा दें और यदि उनके पास अभी समय देने को न हो, तो बाद में अधिकृत व्यक्ति के पास भेज दें। आप गंभीरतापूर्वक वादा करें कि आगे से हमेशा केवल खद्दर ही पहनेंगे। मैं तो आप लोगों से कहूँगा कि यदि आपके पास विदेशी वस्त्र है, तो उन्हें जला दें। लेकिन यदि आप इस हद तक नहीं जा सकते तो आपको बिना संकोच अब आगे से सभी

विदेशी वस्त्रों का बहिष्कार करना चाहिए। खद्दर मेरे जीवन की अदम्य अभिलाषा बन गया है, क्योंकि मैंने देख लिया है कि सिर्फ खद्दर ही गरीबों को भोजन दे सकता है। लोग मुझे पागल कह सकते हैं, लेकिन मैं इस काम को किसी भी चीज की खातिर नहीं छोड़ सकता। मैं यह नहीं चाहता कि लोग डर से या शर्माशर्मी से धन दें। मैं चाहता हूँ कि हर व्यक्ति इस उद्देश्य की महानता को महसूस करें और तब फिर जो भी उसकी ताकत भर हो सके, करें। गांधीजी ने अस्पृश्यता की भी चर्चा की और कहा कि यह हिंदू समाज का सबसे बड़ा कलंक है और इसे यथासंभव जल्दी-से-जल्दी मिटा देना चाहिए। हिंदू धर्म कभी किसी को ऐसी शिक्षा नहीं देता कि वह किसी दूसरे व्यक्ति को अस्पृश्य माने। अस्पृश्यता की प्रथा को मानकर हिंदू लोग पाप कर रहे हैं। स्वामी श्रद्धानंदजी ने अस्पृश्यता निवारण के लिए अपने प्राण दे दिए हैं। आपका कर्तव्य है कि आप गरीबों और अस्पृश्यों की सेवा करें। महात्मा गांधी ने हिंदू-मुसलिम तनाव की भी चर्चा की और स्वामीजी की हत्या की निंदा करते हुए कहा कि यदि हिंदू और मुसलमान दोनों ही उनके खून से अपने दिल धोकर स्वच्छ बना लें, तो स्वामीजी की मृत्यु भी लाभकारी बन सकती है। वैसा करना शुद्धि की क्रिया होगी, वह एक सच्चा शुद्धि का कार्य होगा। हिंदुओं का क्या कर्तव्य है? उन्हें बदला लेने की बात नहीं सोचनी चाहिए। सभी धर्मों का उपदेश यही है कि बुराइयों का बदला, बुराई से नहीं, वरन भलाई से देना चाहिए। सभी धर्म यही शिक्षा देते हैं कि सबसे बड़ी विजय स्वयं पर, अपने आप पर विजय पाना है। हिंदुओं को वही आत्मसंयम प्राप्त करना चाहिए। आपने जो संघर्ष शुरू किया है, उसकी सफलता के लिए 1922 जैसे उत्साह की जरूरत है, लेकिन वह सफलता तब तक नहीं मिल सकती, जब तक कि ऐसी शुद्धीकरण प्रक्रिया पूरी नहीं हो जाती। इसलिए हर व्यक्ति को अपना पूरा ध्यान आत्मशुद्धि पर केंद्रित करना चाहिए। शत्रुओं के प्रति शत्रुभाव रखना बिल्कुल अविवेक का काम है, उन पर तो तरस खाना चाहिए।

धनबाद में गांधीजी को अभिनंदन-पत्र भी सौंपा गया था। उन्होंने इसके लिए नगरपालिका और जिला बोर्ड के सदस्यों को धन्यवाद भी दिया था। धन्यवाद इसलिए भी दिया था, क्योंकि नगरपालिका की ओर से साफ-साफ स्वीकार किया गया था कि उनके क्षेत्र में चरखे और खद्दर का बहुत प्रचलन नहीं है। गांधीजी ने कहा था कि जब मैं दक्षिण अफ्रीका में था, तब भी नगरपालिका के मामलों में मैं दिलचस्पी लिया करता था। मैं जानता हूँ कि देश के मामलों में नगर मुख्य भूमिका

अदा करते हैं और आधुनिक युग में विश्व के लगभग सभी आंदोलनों का सूत्रपात शहरों से हुआ है। मैं यह भी जानता हूँ कि शहरी नवयुवकों में नागरिक उत्तरदायित्व की भावना जाग्रत् करने की जरूरत है। लेकिन भारत की अनोखी परिस्थिति में शहरों का अधिक-से-अधिक सिर्फ दूसरे दर्जे का महत्त्व है। असली भारत तो गाँवों में रहता है और सात लाख गाँवों की तुलना में शहरों का महत्त्व बहुत कम हो जाता है। भारत में ग्रामीण जीवन के इस महत्त्व को नगरपालिकाओं के सदस्यों को नजरंदाज नहीं करना चाहिए। भाषण के अंत में गांधीजी ने लोगों से अधिक-से-अधिक सहयोग देने की अपील की।

□

संदर्भ सूची

- संपूर्ण गांधी वांङ्मय (प्रकाशन विभाग, भारत सरकार) : खंड–13, खंड–19, खंड–28, खंड–32, खंड–57, खंड–71
- महादेव भाई की डायरी : छठा खंड (जून 1925 से दिसंबर 1925), आठवाँ खंड (जनवरी 1927 से जून 1927)
- चंपारण में महात्मा गांधी : राजेंद्र प्रसाद
- झारखंड—इतिहास एवं संस्कृति : बी. वीरोत्तम
- सत्य के मेरे प्रयोग : महात्मा गांधी
- आत्मकथा : राजेंद्र प्रसाद
- योगी कथामृत : परमहंस योगानंद
- गांधीजी की देवघर यात्रा : उमेश
- फ्रीडम मूवमेंट इन बिहार (भाग दो और तीन) : डॉ. के.के. दत्ता
- रामजश अगरवाला : बनखंडी मिश्र
- यंग इंडिया (महात्मा गांधी द्वारा प्रकाशित) : 8.10.1925, 15.10.1925
- हरिजन (महात्मा गांधी द्वारा प्रकाशित अंग्रेजी पत्र) : 4.5.1934, 11.5.1934, 30.3.1940,
- कांग्रेस बुलेटिन : 12.4.1940 खंड–1
- आदिवासी (बिहार सचिवालय) : 20 फरवरी, 1958 का अंक
- आदिवासी (बिहार सचिवालय) : 2 अक्तूबर, 1969
- टिस्को न्यूज : गांधी शताब्दी अंक (29 सितंबर, 1969)
- राइटिंग्स एंड स्पीचेज ऑफ महात्मा गांधी रिलेटिंग टू बिहार (1917–1947), बिहार सरकार : डॉ. के.के. दत्ता
- सर्चलाइट (पटना से प्रकाशित अंग्रेजी दैनिक) : 14.8.1925,

20.9.1925, 27.9.1925, 9.10.1925, 16.1.1927, 19.1.1927

- अमृत बाजार पत्रिका (कोलकाता से प्रकाशित अंग्रेजी दैनिक) : 16.9.1925, 15.3.1940, 20.3.1940

□□□